NAGEL & KIMCHE

Die Peter Falcon-Reihe basiert auf einer Idee
von Achim Fell und Leif Karpe

Für meinen Vater (1942-2021),
der sich zeitlebens für den
Schutz der Umwelt eingesetzt hat.

Für Inspiration und Unterstützung
besonderen Dank an:
Anja Zeltner, Peter Kaspar, Michael Meert, Philipp Reuter

1. Auflage 2021

in der MG Medien Verlags GmbH, München
Satz: im Verlag, gesetzt aus der Garamond Pro
Umschlag: JournalMedia GmbH,
unter Verwendung von Fotos von
David Lees Photography Archive / Bridgeman Image
und Adobe Stock
Druck und Bindung: CPI Books GmbH

ISBN 978-3-312-01238-1

Printed in Germany

FSC MIX Papier aus verantwortungsvollen Quellen FSC® C083411

LEIF KARPE

DIE GÖTTIN, DIE VON BLÜTEN TRÄUMTE

Ein Fall für Peter Falcon

Kriminalroman

NAGEL & KIMCHE

»Die Wissenschaft ist der Verstand der Welt –
die Kunst ihre Seele.«
Maxim Gorki

»Ich bin nicht tot,
ich tausche nur die Räume,
ich leb' in Euch und geh'
durch Eure Träume.«
Michelangelo

Das Geisterhaus

»Picasso«

»Vorname?«

»Pablo«

»Nationalität?«

»Spanier«

»Wo waren Sie am Morgen des 21. August?«

»In meinem Bett.«

Picasso rann ein Schweißtropfen langsam über das Rückgrat. Er spürte hinter sich die flehentlichen Blicke seines Freundes Guillaume Apollinaire. Mit ihm hatte alles begonnen, besser mit seinem zwielichtigen Freund Géry Pieret, einem kleinen Gauner, der ab und zu bei Apollinaire übernachtete. Doch Pieret war auch ein nützlicher Gauner. Er hatte Picasso zwei uralte iberische Masken besorgt, die der Maler zur Inspiration in seiner kubistischen Phase benötigte. Pieret hatte sie aus dem Louvre mitgehen lassen.

Im Grunde hatte sich in dem riesigen Museum niemand für diesen alten spanischen Plunder interessiert. Für den jungen Spanier aus Malaga stellten sie viel mehr dar: den Ursprung der Kunst in seiner geliebten Heimat. Und vermutlich wären die gestohlenen Artefakte auch für immer im Besitz Picassos geblieben, hätte am 21. August 1911 nicht ein Raub die Welt erschüttert. La Gioconda, die Mona Lisa, war verschwunden! Die Blätter waren voll von dem Skandal. In den Kirchen wurden Bittgottesdienste gefeiert, Zeitungen lobten Belohnungen für die Wiederbeschaffung von Leonardos Meisterwerk aus. Die Polizei war ratlos.

»Monsieur Apollinaire hat ein Geständnis unterschrieben! Wie lange kennen Sie Monsieur Apollinaire schon?«

»Ich habe ihn noch nie gesehen!«

Der Kommissar kam jetzt bedrohlich nah an sein Gesicht.

»Also, zum letzten Mal: Wo waren Sie am Abend des 21. August?«

»Im Bett«, flüsterte Peter. Er spürte das nasse Hemd auf seinem Rücken. Die Bilder verblassten langsam und nun sah Peter nur ihr Lächeln, das Lächeln der Gioconda. Oder war es doch das Lächeln von Giovanna? Er stand allein vor dem berühmtesten Gemälde der Welt. Keine Besuchermassen, keine Fremdenführer, ja, nicht einmal Sicherheitspersonal befanden sich mehr im Saal Sechs des Denon-Flügels im Louvre. Peter Falcon hatte die Mona Lisa ganz für sich. Stumm war er vor dem kleinen Bild gestanden, das Leonardo vor fünfhundert Jahren auf ein Birkenholzbrett gemalt hatte, gerade mal 77 Zentimeter hoch und 54 Zentimeter breit. Sekunden, Minuten, Stunden … Die Zeit verrann nicht, sie gerann zu irgendetwas. Peter hatte jegliches Zeitgefühl verloren, als er sich auf Mona Lisas Lächeln konzentrierte, und dieses Lächeln hatte ihn unvermutet in den Pariser Gerichtssaal vor über hundert Jahren gezogen.

Peter schaute sich in dem riesigen Saal um. Der Louvre, das wohl berühmteste Museum der Welt. Nun stand es in dieser bemerkenswert seltsamen Zeit da wie ein Geisterhaus. Zehn Kilometer Gänge. 73.000 Quadratmeter Fläche. 380.000 Kunstwerke. Menschenleer. Gespenstisch. Peter vernahm in der Ferne ein Poltern. War er wirklich allein?

Peter hatte den seltsamen Eindruck, als sei die Abwesenheit der Menschen nur vorübergehend, doch schien es ihm geradezu, als hatte sich Mona Lisa diese Situation herbeigesehnt. Sie gehörte seit gut zwei Jahrhunderten – mit kurzen Unterbrechungen – zu den heimlichen Bewohnern dieses gigantischen Hauses, durch das jeden Tag ungebetene Gäste strömten, laut und fordernd.

Für Peter jedoch war der Gang durchs Museum oft wie ein Besuch bei alten Freunden. Doch wie viele lange Beziehungen war auch diese nicht immer einfach. Ja, manchmal wurden ihm die alten Meister zur Last. Oft vermittelten ihm ihre Werke, in die er sich verlor, Dinge, die er gar nicht wissen wollte. Das machte ihm Angst. Das aber war seine Fähigkeit.

Auch in Anbetracht der Mona Lisa hatte er nicht Leonardo getroffen, sondern Pablo Picasso gesehen, der im Grunde nichts mit der Mona Lisa zu tun hatte, außer dass er in Verdacht geraten war, sie geraubt zu haben. »Immer diese Kriminalfälle«, stöhnte Peter. Warum ausgerechnet er?

Und warum ausgerechnet sie? Stirnrunzelnd blickte Peter auf ihr berühmtes Lächeln. Lag darin ein Schlüssel für die Lösung seines neuen Falles? Tatsächlich erinnerte es ihn immer wieder an das Lächeln von Giovanna, seiner Auftraggeberin.

Die Weltverbesserungsmaschine

»Leonardo oder nicht, das ist hier die Frage!« In seinen kleinen Laden »Falcon's Comics & Records« in New York war Giovanna gekommen, wie sie es bisweilen tat, wenn sie wieder einen heiklen Auftrag für ihn hatte. »Tiffany« lag nicht gerade um die Ecke, aber auch hier, im Souterrain seines Ladens, erschien nicht nur ihr Kostüm von einer zeitlosen Eleganz.

Das einfallende Frühlingslicht verfing sich in ihrem dichten, schwarzen Haar und auch Peter schien Ähnliches zu widerfahren. Schon einmal hatte er sich eingeredet, dass er einen Auftrag von ihr nur des Geldes wegen annahm, um seinen kleinen Laden zu erhalten. Doch es war wohl eher das Lächeln der schönen Italienerin, das ihn dazu brachte, in ein verhasstes Flugzeug zu steigen und über den Atlantik zu fliegen.

Giovanna Ferrara vertrat das Auktionshaus Chroseby, eines der größten der Welt. Milliarden wurden hier umgesetzt, Werke für dreistellige Millionensummen versteigert. Eine glamouröse Welt, der Peter vor über zwanzig Jahren den Rücken zugekehrt hatte. Die Welt der Kunst war längst ein Dschungel geworden, in dem das Täuschen und Tricksen an der Tagesordnung war. Kunstraub und Fälschungen zählten mittlerweile neben dem Drogen- und Menschenhandel zu den lukrativsten kriminellen Delikten. Doch vor drei Jahren, bei dem »Sternennacht-Fall«, hatte Giovanna Ferrara ihn entdeckt: Peter Falcon, den Comic-und Schallplatten-Händler am Rande von East Village, der eine gewisse Gabe hatte. Und nun schien es ganz so, als wäre es wieder an der Zeit, diese unter Beweis zu stellen.

»Sie kennen das Bode-Museum in Berlin?«, fragte sie.

»Ja«, erwiderte er, ein wenig misstrauisch. »Natürlich. Ich war allerdings noch nie dort.«

»Das wird sich ändern«, meinte sie fröhlich und blätterte gedankenverloren in einem Manga-Comic.

Peter stöhnte auf.

»Es geht um eine Wachsfigur, genauer um eine Büste.«

»Ich bitte Sie, Giovanna. Da finden Sie doch sicher einen Experten bei Madame Tussauds.«

Giovanna Ferrara lächelte amüsiert.

»Oh, mein lieber Peter. Eine solche Skulptur werden Sie schwerlich in einem Wachsfigurenkabinett finden. Es handelt sich angeblich um ein Werk von Leonardo da Vinci.«

Peter sog scharf den Atem ein. Er war sich nicht sicher, ob sie ihn auf den Arm nahm. Sicher, sie neigte nicht dazu. Aber eine Wachsfigur von Leonardo?

»Entschuldigen Sie, Giovanna. Das klingt ja wie: Ein Traktor von Porsche.«

Nun lachte sie laut auf.

»Ja, in der Tat. Und ob Sie es mir glauben oder nicht. Es gibt auch Traktoren von Porsche. Mein Großonkel Umberto besaß einen, mit dem er seinen Hof im Trentino bewirtschaftete.«

Das Bild einer jungen Frau, die im Spätsommerlicht auf dem Radkasten eines roten Traktors sitzend durch eine zypressengesäumte Hügellandschaft fährt, blitzte kurz bei Peter auf.

»Es gibt also eine Wachsfigur von Leonardo?«

»Oder auch nicht. Es könnte sich auch um eine Fälschung aus dem 19. Jahrhundert handeln, geschaffen von einem englischen Schlitzohr namens Richard Cockle Lucas. Doch die Befürworter der Leonardo-Hypothese argumentieren mit dem unverwechselbaren *leonardischen Lächeln.* Dafür gibt es aber keinen Beweis, denn es ist eine klassische Interpretation. Aber das könnten Sie doch noch ganz nebenbei herausfinden«, zwinkerte sie ihm zu.

»Nebenbei?«

Sie fuhr sich mit der Hand vors Gesicht, als wolle sie eine Fliege verjagen.

»Schauen Sie mich nicht so an, Sie wissen genau, das zieht bei mir nicht. Ich … also, seit hundertzehn Jahren wird darüber gestritten, ob die Büste nun Leonardo zugeordnet werden soll. Doch nun ist etwas passiert, was alles verändert.«

Peter stutzte. Giovanna wirkte plötzlich verunsichert. Er konnte den Kloß, der in ihrem Hals steckte, förmlich selbst spüren. Fast hätte er sich geräuspert.

Sie räusperte sich. »Also, die Sache ist die …«, sie unterbrach sich und wusste offenbar selbst nicht genau, wo sie ansetzen sollte. Ziemlich untypisch für Giovanna, wie Peter erstaunt feststellte, »Es gibt da eine Wissenschaftlerin. Sie heißt Laura Una Petreus. Bis vor Kurzem hat sie in unserem Haus gearbeitet. Petreus gilt weltweit als führend bei der Entwicklung von neuen forensischen digitalen Techniken zur Untersuchung von Kunstwerken. Ihr eilt der Ruf voraus, dass sie Kunstwerke in eine Formel übersetzen kann.«

»Dann brauchen Sie mich ja nicht mehr!«, unterbrach Peter sie erfreut.

Giovanna setzte unbeirrt fort: »Frau Petreus gilt als genial, aber auch als schwierig. Dennoch haben wir sie engagiert. Nach dem Skandal um unseren letzten Experten Charlie White …«

Peter zuckte innerlich, als er den Namen hörte. Sein alter Studienkollege Charlie White. Er hatte durch manipulierte Expertisen zunächst Millionen verdient. Peter hatte ihn in seinem letzten Fall überführt. Nun saß Charlie ein. Wie lange eigentlich noch?

»Die ganze Kunstgeschichte muss auf ein naturwissenschaftliches Fundament gestellt werden, daran hat auch unser Haus ein großes Interesse«, riss Giovanna Peter aus seinen Gedanken.

»Das versprachen wir uns von Laura Petreus' Engagement und zunächst erfüllte, ja übertraf sie unsere Erwartungen. Die gesamte Kunstwelt staunte über ihre offenbar perfekten Datierungen, die sie, teilweise auf die Woche genau, selbst bei Renaissancewerken machen konnte. Wir bekamen Anfragen aus aller Welt.«

»Klingt doch nach einer Erfolgsgeschichte!?«

»Zunächst einmal eine sehr kostspielige! Frau Petreus orderte immer neue, teurere Geräte für ihr Labor. In unserem Glauben an sie, floss sehr, sehr viel Geld! Sie tat geheimnisvoll und sprach davon, dass sie an einer Art *Weltverbesserungsmaschine* – ja, so nannte sie es – arbeiten würde, die es ihr bald erlauben würde, alle Kunstwerke zu dechiffrieren.«

»Sie meinen, Kunst in eine Formel zu übersetzen? Was hat das bitte mit Weltverbesserung zu tun?«, fragte Peter ungläubig.

»Tja, Frau Petreus fühlt sich offenbar zu Höherem berufen. Jedenfalls behauptet sie, jedes Kunstwerk bestehe aus Bausteinen und ließe sich in Zahlen übersetzen. Das werde sie bald beweisen können.«

Als würde Giovanna bei ihm einen Nerv treffen, zog Peter eine Schallplatte aus einer Verkaufskiste. »Kennen Sie, oder? ›The Girl from Ipanema‹!?«

»Genau, eine musikalische Mona Lisa …«

Giovanna lächelte: »Kostet aber weniger …«

»Na, immerhin neunzig Dollar. Erstpressung, Verve.«

Peter strich mit seiner flachen Hand sanft über das Cover, als wollte er darin etwas beschützen.

»Vinyl. Dann kam die »Weltverbesserung«: Anfang der der 1980er Jahre wurde die digitale Compact Disc eingeführt, mit dem Versprechen die Schallplatte abzulösen. Digitales ReMastering hieß das Stichwort, und man überredete auch Joáo Gilberto seine Platten ›verbessern‹ zu lassen. Und wissen Sie was? Sie haben die Musik zerstört, als sie auf CD übertragen wurden. Sie haben die Musik in Nullen und Einsen überführt und neu gemischt. Ein Tontechniker schlug vor, die Frequenzen und Dynamiken messen zu lassen, und es stellte sich heraus: Sie sind anders!«

Peter zog die Schallplatte aus dem Cover und drehte das Vinyl so, dass sich das Licht in den Rillen spiegelte.

»Da. Drei Minuten und neunzehn Sekunden. Vierzig Takte. AABA-Form. Zweiviertel Takt. Eine der hervorstechendsten Eigenschaften der Melodie ist die auffallende Beschränkung auf wenige, einfache Motive und deren konsequente Weiterführung durch die ...«, Peter hielt kurz inne, als wolle ihm das Wort nicht einfallen. »Akkordfortschreitungen! So einfach ist die Musik des Bossa Nova, ein bisschen so wie ein Kinderlied.«

Auch Peter ereiferte sich wie ein Kind, als würde ihm gerade wieder einfallen, wieso er sich ausgerechnet in dieser prekären Nischenwelt aus Bootlegs und Sonderdrucken im Souterrain einer doch noch ziemlich runtergekommenen Gegend sein Leben eingerichtet hatte. Er schaute Giovanna an. Das Girl from Trentino – wo immer das auch lag: Sie hatte eine Weltkarriere gemacht – ganz im Gegensatz zu ihm.

»Ein A, ein D, ein C. Dann vielleicht wieder ein Akkord. Funktioniert so die Kunst? Nach einer Formel, die es womöglich zu entschlüsseln gilt?«

Peter schüttelte den Kopf und Giovannas grüne Augen blitzten auf. Sie mochte Peters Scharfsinn schon seit ihrer ersten Begegnung, doch so energisch kannte sie Peter nicht. Peter strahlte eine Wärme aus, die nicht berechnend war.

»Nun, Frau Petreus meint genau das. Sie vertritt die Meinung, dass wir durch die Dechiffrierung von Kunst ein völlig anderes Verständnis von den Dingen erreichen könnten. Aber auch sonst wurde sie mit der Zeit immer seltsamer. Sie verweigerte den Zutritt zu ihrem Labor und arbeitete meist bis tief in die Nacht. Schließlich, im Vorfeld unserer großen Herbstauktion moderner Malerei des 20. Jahrhunderts, begann sie sich öffentlich negativ über moderne Malerei zu äußern. Sie meinte ihre *Weltverbesserungsmaschine* bräuchte sie dafür gar nicht anzuschmeißen, da käme hinten gar nichts raus …«

»Und?«, musste Peter schmunzeln.

»Ich habe sie zum Gespräch gebeten und ihr klargemacht, dass es nicht ihre Aufgabe ist, Kunst zu bewerten, sondern zu datieren.«

»Sie ist eine Gefahr für Sie geworden«, resümierte Peter.

»Ein paar Tage später lag ihre Kündigung auf dem Tisch«, wich Giovanna aus.

»Dann sind Sie die Dame doch endlich los!«

»Ja, mit all ihrem Wissen!«

»Wo ist sie denn hin?«

»Schon mal was von Mortapes gehört?«

»Äh … Sie meinen das Pharmaunternehmen?« Giovanna nickte. »Steht das nicht wegen Glyphosat in der Diskussion?«

»Genau das. Es sponsert jetzt mit einer Million Euro den Versuch, ein für alle Mal wissenschaftlich beweisen zu lassen, dass die Büste tatsächlich von Leonardo stammt.«

»Wieso denn das?«, fragte Peter entgeistert.

»Ist doch klar: Glyphosat macht Bienen tot. Bienen aber liefern Wachs und aus Wachs ist die Büste der Flora, die die Natur verkörpert. Man nennt so etwas ›Greenwashing‹. Im vorliegenden Fall geht das zwar ein wenig von hinten durch die Brust ins Auge. Aber natürlich will sich der Konzern damit in ein deutlich besseres Licht rücken.«

»Das ist jetzt aber nicht Ihr Ernst, Giovanna? Und da ist die Petreus hin?«

»Neben einem vermutlich astronomisch hohen Gehalt stellte man ihr in Aussicht, eng mit ihren Kollegen an dem einmaligen Teilchenbeschleuniger unter dem Louvre zusammen zu arbeiten.«

»Am was?«, platzte es aus Peter heraus. »Teilchenbeschleuniger kenn' ich. Das ist dieses Ding in Genf, CERN oder so ähnlich. Die machen da höchst seltsame Versuche und wenn sie nicht aufpassen, erzeugen sie ein schwarzes Loch, das uns alle verschlingen wird«, rief Peter. »Und jetzt behaupten Sie, dass es unter dem Louvre auch so ein Ding gibt?«

Giovanna lachte leise. »Der Teilchenbeschleuniger unter dem Louvre ist viel kleiner und seine Aufgabe ist es auch nicht, schwarze Löcher zu erzeugen, sondern auf besondere Weise die Echtheit oder eben die Fälschung alter Meister zu belegen. Laura Una Petreus sagte immer, dass ihr die Arbeit an einem Teilchenbeschleuniger das letzte Puzzlestück für ihre *Weltverbesserungsmaschine* liefern würde. Sie arbeitete wohl tatsächlich ein paar Tage an diesem Teilchenbeschleuniger in Paris. Und jetzt ist sie verschwunden!«

Peter konnte es sich nicht verkneifen: »Schwarze Löcher!«

»Hören Sie auf, Peter!«, Giovanna war ernst. »Unsere Information ist: Sie ist vor drei Wochen mit den entnommenen Wachsproben der Büste aus Berlin in Paris eingetroffen. Sie arbeitete im Labor, kehrte abends in ihr Hotel zurück und wurde seither nicht mehr gesehen.«

»Das ist doch wohl ein Fall für die Polizei. Was geht Sie das an, Giovanna? Und was, um alles in der Welt, geht es mich an?«

»Die Pariser Polizei fühlt sich nicht zuständig. Madame Petreus, so heißt es, sei volljährig. Nichts weise auf ein Verbrechen hin und sie werde sich sicher bald wieder einfinden. Doch ich glaube, sie hat einen größeren Plan. Wir möchten ihr zuvorkommen.«

»Aber ich bin kein Ermittler …«

»Spürsinn! Das ist in diesem Fall vielleicht die wichtigste Waffe. Es geht bei dem Fall der Flora darum, eine der spektakulärsten und längsten Auseinandersetzungen in der Kunstgeschichte zu entscheiden. Wissen Sie, die gute Laura ist vielleicht brillant, aber auch exzentrisch. Sie hat überhaupt kein Problem damit, ihre Methoden für eigene Interessen zu nutzen.«

Giovanna schaute auf das Cover des Bossa Nova-Klassikers, das Peter noch immer in der Hand hielt.

»Nehmen Sie es doch sportlich, Peter! Seien Sie der João Gilberto und beweisen der Welt, dass die Kunst mehr ist als eine Zahlenformel, die ein heiß gelaufener Drucker nach Ablauf eines Programmes unter Getöse ausspuckt.«

Peter drehte das Cover in seinen Händen und betrachtete das zeitlose Design. »Sie scheint ja eine reizende Person zu sein.«

»Ich halte es durchaus für möglich, dass es schon am ersten Tag zu einer Auseinandersetzung mit den Kolleginnen und Kollegen im Louvre gekommen ist. Wir nehmen an, sie hat eventuell schon eine Art Beweis gefunden, ob die Büste ein Werk von Leonardo ist – ein Erfolg, den auch wir uns gerne auf die Fahne schreiben würden. Die Entwicklung ihrer Methoden haben schließlich wir finanziert.«

»Und wenn jemand verhindern will, dass sie damit an die Öffentlichkeit geht? Vielleicht wurde sie auch entführt oder man hat sie …« Peter wollte den Gedanken nicht aussprechen.

»Bloß wer, und warum?«, fragte Giovanna, gerade so, als wolle sie den Verdacht von sich wenden.

»Und ich soll jetzt was tun?«, Peter stellte sich absichtlich dumm. Er ahnte so langsam, worauf Giovanna hinauswollte. Für einen Moment flammte in ihm der alte Rebell auf – er konnte ja einfach absagen –, um den Gedanken im gleichen Moment wieder zu verwerfen. Einer Giovanna Ferrara sagt man nicht ab.

»Peter, machen Sie es mir doch nicht so schwer. Es ist doch nichts Großes dabei. Fliegen Sie für mich nach Paris, studieren Sie Leonardo und finden Sie heraus, was am Teilchenbeschleuniger los war. Seien Sie ein guter Mediator. Fahren Sie dann nach Berlin und schauen sich die Büste der Flora an. Wir möchten Frau Petreus zuvorkommen! Peter, Sie haben doch noch diese einzigartige … wie soll ich sagen … Gabe?«

»Spürsinn gegen Hightech?«, Peter zuckte mit den Schultern. Nach einer kleinen Pause. »Es passiert mir eigentlich nur bei Bildern, bei Wachsfiguren …«, er ließ den Satz mit dem Nachklang des Zweifels in der Luft hängen.

Giovanna schaute in ihn fast gütig an und nahm ihm die Plattencover aus der Hand.

»Die kaufe ich. Ich habe noch einen alten Plattenspieler«, nickte sie ihm zu, um dann anzufügen: »Peter, es ist nur eine kleine Reise nach Paris und Berlin. Es wird Ihnen ganz bestimmt gefallen. Sie mögen doch Paris? Oder?«

Giovanna wollte zahlen, doch Peter schüttelte den Kopf. »Nein, aber sobald ich zurück bin – das versprechen Sie mir –, lauschen wir gemeinsam dieser geheimnisvollen Formel aus Samba und Jazz!«

Peter freute sich diebisch über seinen Schachzug. Wieder dieses Lächeln, doch diesmal hatte er es erzeugt. Und zum Abschied sagte Giovanna dann noch etwas, was Peter ihr als Geschäftsfrau nicht zugetraut hätte: »Wissen Sie, Peter, die Kunst und die Wissenschaft, das war mal ein Liebespaar. Bei Leonardo, das ist schon lange her. Vielleicht schaffen wir es ja, sie wieder zusammenzuführen …!?« Ein Liebespaar? Peter errötete bei diesem Gedanken.

Zurück in die Zukunft

Peter hörte klackende Schritte und spürte dann eine leichte Berührung auf seiner rechten Schulter.

»Monsieur Falcon, es wird Zeit«, hörte er die Stimme eines Museumswärters sagen, der ihn nun mit seiner Taschenlampe leuchtend aus dem Saal Sechs des Devon-Flügels geleitete. Giovanna hatte das möglich gemacht. Eine halbe Stunde durfte er mit der Geheimnisvollen aus Florenz verbringen. Und was hatte sie ihm offenbart? Dass man einst Pablo Picasso verdächtigt hatte, sie gestohlen zu haben. Zu dumm, dass er diese Episode schon während seines Studiums gelernt hatte. Der Raub des wohl berühmtesten Lächelns der Welt am 21. August 1911 war ein Kinderspiel. Der Täter: Ein Italiener, der aus patriotischen Gründen, so behauptet es Vincenzo Peruggia bei seiner Vernehmung, die Mona Lisa für ganze vierundzwanzig Monate heim nach Italien brachte. Und dafür brauchte er nur eins: einen weißen Kittel, die Arbeitskleidung von Kopisten und Verwaltungsangestellten, mit dem er sich ins Museum schlich.

Peter folgte dem Lichtkegel des Museumswärters durch die abgedunkelten Säle.Rechts und links von sich erkannte Peter schemenhaft reißende Löwen, Steine werfende Titanen, lüsterne Göttinnen. Wie eine Plansequenz in Zeitlupe, aufgenommen mit einer einzigen Kamerafahrt, ungeschnitten. Eine geräuschlose Fahrt durch die Geschichte, durch die Epochen der menschlichen Zivilisation. Peter hatte den Eindruck, als würde ihm Schattenbilder der eigenen Entwicklung vorgehalten. Kindheit, Fortschritt, Vollendung, Dekadenz.

Peter seufzte, als der Museumswärter eine unscheinbare Tür öffnete, die den normalen Besuchern verschlossen war. Dahinter erwartete ihn ein Mann, etwa Mitte dreißig, schlank, mit dunklen, zerzausten Haaren.

»Willkommen im Accélérateur Grand Louvre d'analyse élémentaire. Sie müssen Peter Falcon sein! Mein Name ist Antoine Marat.«

Peter musterte den jungen Franzosen und beschloss, ihn sympathisch zu finden.

»Folgen Sie mir!«, rief Marat fast euphorisch. In eiligen Schritten durchmaß er die abgedimmten Gänge. Sie schienen Peter endlos. Geisterhafte Kilometer, wie er sie schon im Nordflügel abgelaufen hatte. Immer wieder hastete Marat Treppen hinunter. Er stieg tiefer und tiefer in den Bauch des Louvre. Peter hatte plötzlich das Bild eines Leviathans vor dem Kopf. Das gewaltige Museum schien ihm wie ein lebender Organismus, der ihn langsam verschlang. Wie war das mit Jonas und dem Wal?, dachte sich Peter, der Mühe hatte, den schnellen Schritten zu folgen. Gleichzeitig wuchs seine Anspannung. Ihm fiel Dan Brown ein. Wurde in »Sakrileg« nicht der Kurator des Louvre ermordet? Und in »Illuminati« wurde ein katholischer Geistlicher am Teilchenbeschleuniger von CERN bei Genf umgebracht. Sei Herz klopfte schneller. Was, wenn der sympathische Marat ihn ermorden wollte, wenn er in Wirklichkeit ein Illuminat war? Keiner würde hier unten sein Flehen und Röcheln hören. Allerdings konnte Peter sich selbst keine so richtig schlüssige Antwort darauf geben, warum es Illuminaten, sollte es sie überhaupt geben, ausgerechnet auf ihn abgesehen haben könnten. Zudem schien es ihm nicht so richtig passend, dass ein möglicherweise von den Illuminaten gedungener Mörder in solch einem halsbrecherischen Tempo durch die verwinkelten Gänge und über Treppen hastete. Sein Instinkt sagte ihm, dass Meuchelmörder eher auf leisen, vorsichtigen Pfoten unterwegs waren, langsam, voller Bedacht und List. Marat hatte zudem seinen Teilchenbeschleuniger. Wenn er wollte, konnte er damit schwarze Löcher produzieren, die alles verschlingen würden. Warum sollte er sich dann überhaupt mit so einem kleinen Licht wie Peter Falcon aus New York, Besitzer eines Comicshops am St. Marks Place in Manhattan, abgeben? Nein, das ergäbe keinen Sinn, beschloss Peter. Antoine Marat war kein Meuchelmörder — höchstens ein Massenmörder mit seiner Protonenkanone oder was auch immer das für ein Ding sein mochte. Dieser Gedanke beruhigte Peter.

Schließlich blieb Marat vor einer großen Stahltür stehen, die mit allerlei Warn- und Verbotsschildern dekoriert war. Marat öffnete sie und schob Peter hinein. Der blieb nach zwei Schritten wie angewurzelt stehen. Peter musste sich ein, zwei Mal schütteln, doch der überwältigende Eindruck blieb. Er hatte das Gefühl, er sei gerade in einen Science-Fiction-Film versetzt worden.

»Das ist ja, das ist ja …«, stammelte er.

Der riesige Raum wurde beherrscht von einer silbernen kreisförmigen Röhre. Alles war strahlend hell erleuchtet und wirkte in seinem Weiß steril wie ein Operationssaal. In der Mitte liefen Stege zu einer Art Kreuz zusammen. Alles war drapiert mit verschiedenfarbigen Leitungen und Kabeln. An allen Ecken und Enden standen Computer und Flachbildschirme und trotzdem, so schien es Peter, hatte jeder Zweite im Raum noch einen Laptop oder wenigstens ein Tablet in der Hand.

»Beeindruckend, nicht wahr?«, fragte Marat mit einem zufriedenen Nicken nach.

»Ist das … ist das nicht gefährlich?«, fragte Peter ein wenig verzagt.

Marat drehte sich zu Peter und lächelte ihn spöttisch an.

Peter konnte sich gar nicht so recht vorstellen, dass er sich jetzt genau fünfzehn Meter unter der Glaspyramide befand, jenem kultischen Eingangsbereich des Museums.

»Wir beschießen Kunstgegenstände …«

»Sie beschießen Kunstgegenstände?«, Peter zog demonstrativ seine Augenbraue hoch.

»...mit Helium oder Wasserstoffkernen. Keine Angst, das ist völlig harmlos. Wir beschleunigen die Teilchen auf zwanzigtausend Kilometer pro Sekunde.«

»So schnell!«

Marat schüttelte den Kopf. »Im Grunde ist das ziemlich langsam. Die Lichtgeschwindigkeit liegt bei dreihunderttausend Kilometer pro Sekunde. Das LHC am CERN erreicht im Protonenmodus schon über neunundneunzig Prozent der Lichtgeschwindigkeit. Unser Aglaé kommt dagegen ziemlich gemächlich daher. Aber für unsere Zwecke reicht das völlig aus.«

»Und wofür ist das gut?«

»Sagt Ihnen die Radiokarbonmethode etwas?«

Peter nickte. Er war völlig eingeschüchtert von der Umgebung und von dem Wissen, das Antoine Marat gerade wie einen Sturzbach auf ihn herniederregnen ließ. Was wollte ihm dieser kleine Mann mit seiner dreißig Meter Kanone eigentlich gerade erzählen? Dr. Seltsam. Und auch ein anderer Film kam ihm in den Sinn.

»Das erinnert mich etwas an ›Zurück in die Zukunft‹.« Marat schaute Peter verwundert an. »Na, der Film! Kennen Sie den Film?«

»Äh ... ja. Aber was hat das jetzt mit der Radiokarbon ...«

»Na ja, das ist hier alles so, so ... so futuristisch. Jetzt mal ganz ehrlich, Monsieur Marat«, rief Peter und deutete wie ein Erzengel mit dem Zeigefinger in die Luft, »dort oben hängen die Mona Lisa, die Marianne von Delacroix, der Astronom von Vermeer, steht die Venus von Milo und sie schießen auf die? Das ist doch völlig egal, ob Wasserstoffkerne oder Heliumkerne oder Kirschkerne. Ich finde, das gehört sich einfach nicht!«

Marat, der einen halben Kopf kleiner war als Peter, schaute ihn an und vermittelte Peter das Gefühl, er sähe nun auf ihn herab, herab wie auf ein kleines Kind, das man gerade schonend auf die physikalische Nichtexistenz des Osterhasen hinzuweisen versucht.

»Sie sollten einen guten Wissenschaftler ohne literarische Fähigkeiten einem Literaten ohne wissenschaftliche Fähigkeiten vorziehen!«, zi-

tierte Marat plötzlich pathetisch, als meine er sich selbst damit. »Wer hat das wohl gesagt? – LEONARDO DA VINCI!«, belehrte er Peter und weiter: »Wissenschaft und Kunst müssen keine Gegensätze sein. Ich erinnere Sie nur an seinen Vitruvianischen Menschen. Die bekannteste Zeichnung der Welt. Sicher ein großes Kunstwerk, aber es war die Wissenschaft, die Leonardo antrieb. Ich bin sicher, wenn Leonardo da Vinci unser Labor heute sehen könnte, wäre er tief beeindruckt und würde unsere Arbeit sehr zu schätzen wissen, glauben Sie nicht?«

Offenbar erwartete der Franzose keine Antwort von Peter, sondern referierte weiter: »Entwickelt wurde die Radiokarbonmethode von Willard Frank Libby 1949, der dafür 1960 den Nobelpreis bekam. Alle organischen Stoffe basieren auf Kohlenstoff. In jeder Kohlenstoffverbindung steckt auch ein bestimmter Anteil Isotope. Interessant ist das radioaktive 14C-Isotop. Es hat eine Halbwertszeit von 5730 Jahren. Wenn man nun den Gehalt von 14C-Isotopen in Relation zum restlichen Kohlenstoff ermittelt, hat man das Alter, weil das 14C-Isotop immer weniger wird, während der restliche Kohlenstoff gleichbleibt. Verstanden?«

Peter brummte der Kopf, aber er glaubte, noch folgen zu können.

»Allerdings war die Methode noch ziemlich ungenau und vor allem langwierig. Man benutzte sogenannte Zählrohre. Die Einzelheiten erspare ich Ihnen. Mit einem Teilchenbeschleuniger geht das heute viel schneller und eleganter …«

»Und genauer …«, ergänzte Peter, der mit seinem vorlauten Einwand seinem Gastgeber nur zeigen wollte, dass er ihm folgen konnte. Doch Marat wirkte eher genervt vom Einwand des Laien.

»… nein, nicht unbedingt genauer. Es gibt so viele Faktoren, die das Messergebnis beeinflussen können. Da ist zum Beispiel der sogenannte Suess-Effekt. Der österreichische Physiker Hans Suess kam darauf. Seit dem Beginn der Industrialisierung vor etwa hundertfünfzig Jahren ist in großem Stil fossiler Brennstoff in Form von

Kohle oder Öl verbrannt worden, wodurch Kohlenstoff in Form von CO_2 wieder zurück in die Atmosphäre gelangt. Allerdings liegt der Anteil des Isotops 14C praktisch bei null, ist nicht mehr nachweisbar. Das wiederum kann dazu führen, dass man sich bei der Radiokarbonmethode um Jahrhunderte verrechnen kann.«

»Ach?«, Peter war tatsächlich völlig verblüfft. Wissenschaft irrte doch nie und genau das machte ihm die Wissenschaft so unheimlich. Das exakt Vorhersagbare ließ keinen Raum für Kreativität und das war ihm zutiefst zuwider. Und nun behauptete der junge Wissenschaftler allen Ernstes, dass die Wissenschaft gar nicht so exakt sei. Doch Marat war noch nicht am Ende.

»Und dann waren da natürlich die Atomversuche …«

»Atomversuche??«

Marat nickte heftig. Also doch Dr. Seltsam.

»Und was heißt das jetzt alles?«

Marat zuckte mit den Schultern. »Das heißt, dass wir grundsätzlich bei Ergebnissen der Radiokarbonmethode vorsichtig sein müssen. Und da spielt es keine Rolle, ob die Ergebnisse noch nach alter Väter Sitte wochenlang mit dem Zählrohr ermittelt wurden, oder ob das mit so einem riesigen Aufwand wie bei uns in ein paar Sekunden passiert.«

»Aber dieses gewaltige Labor, die ganzen Computer«, rief Peter und in seinem Ton lag eine Mischung aus Verzweiflung und Empörung, »die irren sich doch nicht!«

Marat schüttelte den Kopf und fuhr mit seiner Hand fast liebevoll über ein silbernes Rohr.

»Nein, ein Computer kann sich nicht irren. Und wissen Sie, warum? Er kennt nur Eins oder Null, Ja oder Nein. Auf der Grundlage dessen, was ihm eingegeben wurde, wird er immer richtig rechnen. Bei wem liegt nun der Fehler?«

»Bei dem, der den Computer gefüttert hat?«, tippte Peter.

»So ist es. Die unsichere Komponente in der Wissenschaft ist der Mensch.«

Marat sah plötzlich betreten auf den blank gewienerten Boden und malte mit der Schuhspitze einen Verlegenheitskringel auf dem Belag.

»Deswegen ist sie wohl auch verschwunden«, meinte er etwas kleinlaut.

Peter sparte sich diesmal seinen Witz mit den Schwarzen Löchern und spielte jetzt ganz den Ermittler. »Hat sie eventuell etwas gefunden, was Ihnen oder gar anderen missfallen könnte?«

Marat wirkte jetzt sichtlich verunsichert.

»Nun, Frau Professor Petreus und ich hatten wohl eine kleine Meinungsverschiedenheit.«

»So klein kann sie nicht gewesen sein, wenn sie dann verschwunden ist«, mahnte Peter mit detektivischem Unterton. Er fühlte, wie er langsam Oberwasser bekam.

Marat kratzte sich am Hinterkopf. »Ich weiß nicht so recht, was Ihre Aufgabe ist, Monsieur Falcon. Aber man hat mir gesagt, Sie seien so eine Art, ich weiß nicht, privater Ermittler und von höchster Ebene beauftragt, und ich solle Ihnen sagen, was ich weiß.«

Peter straffte sich ein wenig. Im Grunde war er völlig uneitel. Doch der vergleichsweise junge Bursche hatte ihm in den letzten zwanzig Minuten so unverblümt die Grenzen seines Wissens aufgezeigt, dass es Peter nun fast genoss, wie sich Marat drehte und wendete. Und nun konnte er die Initiative übernehmen.

»Sehen Sie, Monsieur Marat, die Sache ist ziemlich delikat. Man hat mich hinzugezogen, weil ich eben kein Computer bin. Gehen Sie nach oben in die heiligen Hallen …«, rief Peter aus und gab seiner Stimme einen leichten Hauch von Pathos. »… und schauen Sie sich die Werke Leonardos an. Kaum ein Künstler war so vielseitig begabt wie Leonardo da Vinci. Sein größtes Talent zeigte er aber, wenn er Frauen porträtierte. Das Geheimnis? Die seltene Gabe Leonardo da Vincis steckt im Lächeln der Frauen! Wenn Sie das Lächeln der Mona Lisa sehen, wird es keinen Computer der Welt geben, der Ihnen erklären kann, was ihr Lächeln ausmacht. Und die

Flora, um die es hier geht, zeichnet sich durch ein Lächeln aus, das dem der Mona Lisa sehr ähnlich ist. In der Kunst nennt man das auch die Aura und Experten ...«

Marat wirkte ein wenig müde. »Ja, ich kenne das Argument, aber ich bin Wissenschaftler und ...«

»Und das ist Laura Petreus auch. Und trotzdem sind Sie beide offenbar unterschiedlicher Meinung.«

»Es geht hier nicht um Meinung, sondern um präzise wissenschaftliche Ergebnisse.«

»Sagten Sie nicht gerade, dass der Faktor Mensch die wissenschaftlichen Ergebnisse, in die eine oder andere Richtung verändern kann?«, entgegnete Peter fast gönnerhaft.

»Wenn ich zwei verschiedene Ergebnisse habe, kann aber nur eines das richtige sein.«

»Was macht Sie so sicher, dass Sie sich nicht geirrt haben?«

»Nun, ich will es Ihnen erklären. Laura Petreus hatte dreizehn unterschiedliche Proben aus der Büste mitgebracht.«

»Dreizehn?«, rief Peter ungläubig aus. »Was ist denn da noch von der Büste übrig?«

Marat musste lachen.

»Es sind wirklich mikroskopisch kleine Proben. Das ist der Vorteil eines Teilchenbeschleunigers. Man kommt mit extrem wenig Material aus. Im speziellen Fall ist es besonders schwierig. Die Büste besteht aus einer Mischung aus Bienenwachs, Walrat und ein wenig Stearin. Im Grunde ist es gar nicht mehr möglich, das Mischungsverhältnis genau anzugeben. Deshalb hat man so viel verschiedene Proben genommen. Entscheidend ist nun das Walrat, das, zugegeben, in der Mitte des 19. Jahrhunderts kaum noch für Wachskerzen benutzt wurde. Kerzenwachs, egal aus welchem Material, war, soweit wir wissen, das Material, aus dem die Büste geschaffen wurde. Laura Petreus hatte eine Probe dabei, die sich eindeutig als Walrat identifizieren ließ. Als wir die Probe untersuchten, stellte sich heraus, dass der Walrat aus dem 16. Jahrhundert stammen musste.«

»Das spräche für die Leonardo-These«, warf Peter ein.

»Wenn man so misst wie Laura Petreus.«

»Was war an der Messung falsch?«, forschte Peter nach.

»Sie hat terrestrisch gemessen.«

»Was soll das heißen?«

»Sehen Sie, die ursprüngliche Radiokarbonmethode funktioniert nur bei Organismen, die auf dem Land leben. Bei Organismen im Meer ergeben sich ganz andere Zerfallsraten. Man muss die maritime Methode anwenden.«

»Das haben Sie getan?«

»Genau.«

»Und was hat Ihre Messung ergeben?«

»Dass der Walrat keinesfalls älter als zweihundert Jahre alt sein kann.«

»Also 19. Jahrhundert, womit wir wieder bei Richard Cockle Lucas angekommen wären.«

»So ist es.«

»Und wie hat sie reagiert?«

»Wie schon? Sie hat mich beschimpft und mich einen Scharlatan genannt.«

»Aber mit welcher Begründung? Ich geh' mal davon aus, sie kannte die unterschiedlichen Messmethoden.«

»Ja, aber sie argumentierte, dass meine Rechnung nicht stimmen könne, denn Wale seien nun mal Säugetiere, die immer wieder auftauchen müssten, um zu atmen und so der 14C-Anteil mit dem eines Landtieres verglichen werden müsse.«

»Hat sie damit recht?«

Marat machte eine wegwerfende Handbewegung.

»Ganz so einfach ist es dann auch wieder nicht. Sie hätte wohl recht, wenn sich ein Wal Zeit seines Lebens an der Oberfläche aufhalten würde. Aber Wale sind meistens tauchend unterwegs.«

»Das heißt, der Walrat stammt eher aus dem 17. oder 18. Jahrhundert!«

»Es ist schwer einzuordnen. Aber im Grunde haben Sie recht, Monsieur Falcon.«

Peter schüttelte verblüfft den Kopf.

»Aber das würde ja bedeuten, dass weder Leonardo noch Lucas als Schöpfer der Büste in Betracht kämen.«

Marat nickte zustimmend und seufzte.

»Professor Petreus bestand leider darauf, dass sie recht habe. Ich versuchte ihr klar zu machen, dass diese Interpretation die Ergebnisse nicht hergäben. Sie wurde fuchsteufelswild und begann mich zu beschimpfen.«

»Beschimpfen?«, fragte Peter. In der kühlen, nüchternen Welt der Wissenschaft konnte er sich solch einen emotionalen Ausbruch schlechterdings nicht vorstellen. Marat erklärte: »Sie nannte mich einen französischen Froschfresser.«

Peter gluckste, schluckte, gluckste noch einmal, dann brach er in schallendes Gelächter aus.

»Das hat sie getan?«

Marat nickte heftig, um dann, etwas verhaltener, in das Lachen einzustimmen.

»Und ich dachte immer, euch Wissenschaftler könne nichts aus der Ruhe bringen.« Marat wiegte den Kopf.

»Wenn Sie Professor Petreus kennen würden, dann hätten Sie von Wissenschaftlern schnell eine ganz andere Meinung.«

»Ist sie so schlimm?«, fragte Peter mitfühlend. Doch Marat hob nun abwehrend die Hände.

»Aber nein«, rief er fast empört aus. »Die Frau ist brillant, absolut brillant. Und sie kann jeden überzeugen, wirklich jeden. Sie ist unglaublich inspirierend, gerade weil sie für ihre Arbeit so viele Emotionen mitbringt. Allerdings, das gebe ich zu, ist sie nur schwer von einer Meinung abzubringen, die sie einmal gefasst hat.«

»Und was ist dann anschließend passiert?«

»Nachdem sie mich einen französischen Froschfresser genannt hatte, trat sie einen Laborwagen um, warf ein Klemmbrett in die

Ecke und schrie, dass es das nun gewesen sei. Sie werde keinen Fuß mehr in dieses Labor von Dilettanten setzen und dann verschwand sie.«

»Und was taten Sie?«

Marat zuckte mit den Schultern.

»Was hätte ich schon tun können? Von diesem Auftritt war ich ziemlich geschockt. Irgendwann wollte ich ihr nachlaufen, aber da war sie schon weg. Ich dachte, sie werde sich schon wieder beruhigen und würde am nächsten Tag wieder kommen. Aber sie kam nicht mehr. Als sie nach mehreren Tagen noch immer nicht wieder da war, begannen wir uns ernsthaft Sorgen zu machen. Wir vermuteten, dass sie im Zorn nach Berlin zurückgekehrt sei. Doch als wir uns mit dem Bode-Museum in Verbindung setzen, wussten sie auch von nichts. Schließlich informierten wir die Polizei. Die sah sich aber außerstande uns zu helfen.«

»Und das Projekt?«

»Ist vorläufig auf Eis gelegt. Doch ich habe hier auch genug zu tun.«

»Ist das eigentlich spannend?«, fragte Peter plötzlich.

»Was meinen Sie?«

»Na, mit so kleinen Teilchen auf andere kleine Teilchen zu schießen?«

Marat lachte laut auf.

»Wenn Sie glauben, wir spielen hier so eine Art Moorhuhnjagd, dann muss ich Sie leider enttäuschen. Es geht schon etwas profaner zu.«

»Wie darf ich mir das vorstellen?«

Marat schaute auf die Uhr, schnippte mit dem Finger und sagte dann mehr zu sich selbst: »Warum schieben wir denn nicht noch einen Braten in die Röhre!?«

»Einen Braten in die Röhre?«, Peter verstand nicht. »Essen?«

»Entschuldigen Sie, Mister Falcon …«, antwortete Marat etwas verlegen, »… so nennen wir das manchmal unter Kollegen, wenn wir die Maschine hochfahren. Da ich jetzt eh einen Testlauf starten muss: Warum nicht gleich ein Pröbchen unserer Flora einlegen und sie ein wenig beschießen? Dann können Sie sich ein Bild machen.«

»Wenn mir dabei mal nicht mein Lächeln vergeht!«

Tatsächlich hatte Peter ein wenig Angst davor, dass Marat die Höllenmaschine in Betrieb setzte.

Doch wenn Antoine Marat ihm unbedingt zeigen wollte, wie sein toller Teilchenbeschleuniger funktionierte, musste sich Peter dem wohl fügen. Was würde Giovanna dazu sagen, wenn er sich dem Aglaé verweigert hätte? Da ermöglichte sie ihm einen Exklusiv-Besuch bei Mona Lisa, sozusagen eine Privataudienz und dann verweigerte er sich dem Teilchenbeschleuniger. Das passte nicht recht zueinander, musste er zugeben.

Marat war schon wieder ganz in seinem Element.

»Was den Aglaé so einzigartig macht: Wir arbeiten nicht mit einer Vakuumkammer. Das heißt, die Objekte werden sozusagen direkt beschossen. Dadurch können wir hier auch große Objekte untersuchen. Theoretisch hätten wir hier auch die komplette Büste der Flora untersuchen können. Aber dafür hätte die Büste aus Berlin hierher gebracht werden müssen. Da sind die kleinen Proben schon deutlich praktischer.« Er ging mit Peter zu einem Laborschrank und öffnete die Tür. »Nanu?«, murmelte er und runzelte die Stirn. »Wo sind denn die Proben?« Er drehte sich um und rief zu einer Laborhelferin, um zu fragen, ob sie die Proben entnommen habe. Sie verneinte, ebenso drei andere Personen.

Peter sah jetzt Panik in Marats Augen. Mit der Faust schlug er gegen den Metallschrank.

»Merde! Die Proben sind weg!!«

Die schlaue Biene Maja

Marat war außer sich und schien völlig hilflos. Irgendetwas stimmte hier nicht. Einerseits schilderte er Laura Una Petreus als zänkisch und selbstgerecht, im Grunde als nicht teamfähig, doch im nächsten Satz lobte er sie über den grünen Klee, stellte sie fast auf ein Podest. Verschwieg ihm der junge Franzose etwas? Peter konnte sich selbst gut einschätzen. Er bildete sich nicht ein, ein zweiter Sherlock Holmes zu sein. Und Menschenkenntnis gehörte auch nicht gerade zu seinen Paradedisziplinen. Wie sonst hätte ihn sein alter Freund und Studienkollege Charles damals so täuschen können? Peter wusste sehr genau, was er konnte: mit Kunstwerken kommunizieren, sprechen, ja, ihnen ihre Geheimnisse entlocken – aber die Wahrheit aus Menschen herausbekommen, das war nicht seine Stärke. Peter dachte einen Moment nach.

»Professor Petreus hatte hier doch sicher einen Schreibtisch oder so etwas?«

Marat sah Peter verständnislos an.

»Ja, sicher, sie kann ja nicht den ganzen Tag neben dem Teilchenbeschleuniger stehen.«

»Macht es Ihnen etwas aus, mir den Schreibtisch einmal zu zeigen?« Marat zuckte mit den Schultern.

»Gar nicht. Aber Sie werden nichts finden. Wir haben natürlich auch schon nachgesehen, ob sie eine Nachricht hinterlassen hatte. Nichts.«

Marat führt Peter aus dem Labor in einen langen Gang, öffnete dann eine Tür und sie standen in einer winzigen, weißgetünchten

Zelle, in der gerade eben Platz für einen Schreibtisch, ein Sideboard und einen mittelgroßen Aktenschrank war. Marat ließ Peter den Vortritt.

Der Schreibtisch war penibel aufgeräumt und nichts wies hier auf eine zerstreute Wissenschaftlerin hin. Auf der Tischplatte fand sich eine Tastatur, ein Flachbildmonitor, drei übereinander gestapelte Ablagekästen und eine Tasse mit dem Bild von Biene Maja. Alleine sie gab diesem kalten Stillleben ein klein wenig Wärme. Was würde nun zum Beispiel Columbo tun?, fragte sich Peter. Der würde sich drei Mal ratlos im Kreise drehen, aus dem kleinen Büro schlurfen und sich von Marat verabschieden, sich im Gehen jedoch noch einmal umdrehen, mit dem Zeigefinger an die Nase fassen und Marat die eine kleine und vernichtende Frage stellen. Gut, dachte Peter, Columbo fällt aus. Magnum vielleicht? Kojak? Wie bekamen die das alles hin?

»Sagte ich doch, hier liegt nichts«, maulte Marat hinter Peters Rücken. Das ärgerte ihn. Aus Trotz griff er nun in einen der Ablagekästen und erwartete, ein Blatt herauszuziehen, auf dem sich endlos Zahlen aneinanderreihten. Doch zu seiner Überraschung hielt er einen Brief in der Hand. Er war an Laura gerichtet und auf Deutsch. Peter hatte während seines Studiums einige Zeit über Albrecht Dürer geforscht.

Damals hatte er Deutsch gelernt und sich anfangs mächtig davor gefürchtet, nachdem er Mark Twains Aufsatz über »Die schreckliche deutsche Sprache« gelesen hatte. Ihm fiel das Lernen überraschend leicht. Geholfen hatte ihm auch die Musik. Bei einem Teil der Studenten auf dem Campus war es damals unglaublich angesagt gewesen, aktuelle deutsche Musik zu hören. »Krautrock« nannte sich das. Eine Band namens »Kraftwerk« hatte es ihm besonders angetan. Was er damals nicht ahnen konnte, war, dass diese monotonen Rhythmen den Grundstein für eine völlig neue Art der populären Musik legen sollten, deren Erfolg sich auch im Umsatz in seinem Plattenladen niederschlug.

Das war jetzt schon eine ganze Weile her und sein Deutsch war ein wenig eingerostet, doch Peter erkannte sehr schnell, worum es ging. Er hielt den Ausdruck einer E-Mail in Händen. Er überflog den Text einmal, ein weiteres Mal. Empfänger war ein gewisser Professor Friedemann Mondschai im Bode-Museum in Berlin. Das war doch dieser Freund, von dem Giovanna erzählt hatte. Der Name des Absenders sagte ihm nichts. Karl-Theodor von Grumkow. Die Domain dahinter sagte ihm aber inzwischen etwas: mortapes.com. In der E-Mail ging es offensichtlich darum, dass sich dieser von Grumkow bei Mondschai offensichtlich über Professor Petreus beschwerte, weil die Untersuchungen in Paris zu lange dauerten.

»Was ist, haben Sie etwas gefunden?«, wollte Marat wissen. Er wirkte ungeduldig.

Peter nickte nur leicht geistesabwesend. Er stand mit dem Rücken zur Tür, als er den Ausdruck studierte. Marat kam nun näher und versuchte, ihm über die Schulter zu spähen, um dann enttäuscht festzustellen: »Das ist ja Deutsch. Können Sie das lesen?«

»Wer mehrsprachig ist, hat mehr vom Leben«, knurrte Peter.

Es dauerte ein paar Minuten, bis er den Sinn des Schreibens richtig begriffen hatte. Dann drehte er sich zu Marat um und fragte ihn:

»Erklären Sie mir das noch einmal mit dem Streit. Hatten Sie die ganze Zeit schon Probleme mit Laura Petreus?«

»Eigentlich nicht. Am Anfang kamen wir sehr gut miteinander aus. Wie ich schon sagte, sie ist brillant und inspirierend«, antwortete Marat und wirkte nun sehr nachdenklich.

»Und dann kam es so langsam, wie soll ich sagen, zu einer Entfremdung?«, forschte Peter nach.

Marat schüttelte heftig den Kopf.

»Ich würde sagen, das kam ziemlich über Nacht. Ich begreife auch nicht so richtig, wie sie diesen Fehler machen konnte – und dann auch noch darauf beharrte, dass sie recht habe.«

Peter tippt mit dem Finger auf das Blatt Papier.

»Das hier könnte die Lösung sein.«

»Was steht denn da drin?«, fragte Marat erwartungsvoll.

»Sie wissen, wer der Geldgeber für diese Untersuchung ist?«

»Ja, natürlich: dieser Chemiegigant, Mortapes.«

»Dieser Chemiegigant wollte Professor Laura Una Petreus offensichtlich absägen. In dieser E-Mail steht sinngemäß, dass Mortapes den Geldhahn zudreht, wenn das Bode-Museum sie nicht sofort von der Untersuchung abzieht.«

»Aber … aber …«, stammelte Marat.

»Es scheint so, dass sie dem Bode-Museum nun zuvorgekommen ist.«

Der Tanz der Bienen

Autsch! Martha schaute vorwurfsvoll auf ihr linkes Handgelenk, wo der kleine rote Einstich anschwoll. Vorsichtig entfernte sie den Stachel. Dann spuckte sie auf die winzige Wunde, eher mechanisch als bewusst, und massierte den Speichel ein. Nein, weh tat es eigentlich nicht. Vielmehr wunderte sie sich, dass sie ihn überhaupt gespürt hatte. Es war eine Legende, dass Imker nie gestochen wurden. Natürlich wurden sie gestochen, aber sie wussten auch, wie man mit den kleinen sensiblen Tieren umgeht und deshalb passierte es vergleichsweise selten. Und wenn es passierte, merkte es der Imker meist nicht einmal. Viel schlimmer als der Stich war für Martha stets, dass jeder Stich für eine Biene unweigerlich deren Tod bedeutete. Der Stachel mit dem Widerhaken blieb im Fleisch hängen und riss dadurch das ganze Innenleben der Biene heraus. Exitus!

Martha liebte Bienen und war jedes Mal erschüttert, dass ein purer Akt der Selbstverteidigung unweigerlich zu einem schmerzhaften und grausamen Tod der Biene führte. Auch dieses Mal spürte sie ein starkes Bedauern, in das sich jedoch auch Wut, Verzweiflung und Ratlosigkeit mischte. Martha spürte genau, dass es ihren Bienen nicht gut ging. Sie wusste auch warum, sie hatte es sozusagen amtlich, mit Brief und Siegel vom Amt für Veterinär- und Lebensmittelüberwachung im nahegelegenen Beeskow. Der Honig ihrer Bienen war mit 1,07 Milligramm Glyphosat pro Kilogramm belastet. In der Verwaltungswirklichkeit hieß das, dass sie ihren Honig nicht in den Verkehr bringen durfte, weil der Grenzwert von 0,05 Milligramm um das 21-fache überschritten sei. 21-fach überschritten, klar, das konnte weder gut für Menschen noch Bienen sein. Sie wusste von einem Kollegen, der die Messlatte noch heftiger gerissen hatte, um das 157-fache.

Noch bevor das Schreiben der Behörde angekommen war, hatte Martha schon gespürt, dass etwas nicht in Ordnung war. Martha betreute siebenundachtzig Völker. Von ihnen lebte sie. Vom Honig, vom Wachs, von den Pollen und von der Propolis, einem der stärksten Antibiotika, das in der Natur vorkommt. Nichts von alldem würde sie nun verkaufen können. Gut 70 000 Euro betrug der Schaden. Genau genommen sollte das das Ende sein. Gute Imker spüren, wenn ihren Bienenvölkern etwas fehlt. Auch sie hatte gemerkt, dass etwas anders war. Es lag an den Kundschafterinnen.

Martha kannte sie alle. Vor etlichen Tagen war es ihr zum ersten Mal aufgefallen: irgendetwas stimmte mit einer Kundschafterin nicht. Ihr Schwänzeltanz war unvollständig, die Biene wirkte benommen. Da Kundschafterinnen die Seniorinnen im Bienenreich darstellten, war es natürlich denkbar, dass jene Biene zufällig genau zu jener Zeit, als Martha in den Stock schaute, ihren Lebenszyklus beendete. Doch Martha beschlich eine böse Ahnung. Sie versicherte sich in den anderen Bienenstöcken. Zunächst waren es zwei gewesen, dann vier, neun und schließlich achtundzwanzig Stöcke. Da ahnte sie, dass ihr großer Traum bald ausgeträumt war.

Martha Agnelli war in der Toskana groß geworden, in dem kleinen Städtchen Terricciola, etwa dreißig, vierzig Kilometer südöstlich von Pisa. Wie viele andere kleine Dörfer und Städtchen dort lag es auf einer Anhöhe eingesäumt von Weinreben, aus denen man einen guten Chianti machte. Auch die Familie hatte ein kleines Weingut. Der Vater jedoch arbeitete als Amtsvorsteher bei der Gemeinde. Früh hatte es Martha weggezogen. Zuerst hatte sie Kunstgeschichte in Siena und Florenz studiert und sich dann auf die Biologie gestürzt. Sie zog nach Berlin, weil einfach alle jungen Italiener nach

Berlin zogen und begann an der Freien Universität Biologie zu studieren. Schnell lebte sie sich dort in einen internationalen Freundeskreis ein: der ernste Ire Martin, der etwas ausgeflippte Däne Anatol, die stets besorgte Spanierin Inez und Auguste, der Franzose, der stets Unsinn im Kopf hatte. Inez war bald bei Martin untergeschlüpft, der offenbar glaubhaft versichern konnte, dass der Weltuntergang nicht unmittelbar bevorstand und Martha selbst ließ sich von dem Kreativbolzen Anatol bezaubern. Und dann war da noch Laura. Die brillante Laura. Die Brasilianerin aus gutem Hause. Der Vater war ein Schönheitschirurg aus Rio, ihre Mutter eine bekannte indigene Malerin. Als Martha Laura zum ersten Mal sah, mit ihren langen Gliedmaßen, ihrer fast kupferfarbenen Haut und dem glatten Haar, da dachte sie, so müssen die Amazonen ausgesehen haben. Tatsächlich war Laura von kämpferischer Natur und immer auch irgendwie politisch aktiv.

Es war Anatol, der auf die Idee mit den Bienen kam. Auch Laura war sofort begeistert, denn man müsse in diesen Zeiten aktiv werden und etwas verändern. Martha hatte sich eigentlich auf eine Laufbahn als Wissenschaftlerin in einer Universität oder bei einem renommierten Institut eingestellt. Als Imkerin wollte sie nicht enden. Dafür hatte sie auch nicht studiert. Doch Anatol hatte etwas so Überzeugendes, so Warmherziges und auch Laura ließ nicht locker. Und als sie eines Tages zu dritt einer Annonce folgend einen alten Bauernhof rund eine Autostunde südlich von Berlin in der Märkischen Heide anschauten, fühlte sich Martha plötzlich an ihre Heimat erinnert. Die Märkische Heide am Rande des Spreewaldes war keine spektakuläre Landschaft wie die Toskana. Leicht geschwungene Kiefernwälder wechselten sich mit gleichmäßig erscheinenden Feldern ab. Dazwischen immer wieder Zeugnisse der urzeitlichen Eisschmelze: Seen, eingelassen wie Augen. Und darüber? Dieser Himmel, den man in Berlin nie sah, so dachte Martha. Eine Seelenlandschaft. Die Elemente Erde, Luft und Wasser schienen in der

Märkischen Heide in einem besonderen Maße im Gleichgewicht zu stehen, und das war ein Gefühl, das sie an ihre Heimat erinnerte. Ein märkisches Yin und Yang, irgendwie. Martha spürte eine Ruhe, die sie brauchte. Und dann kam noch etwas anderes dazu, sodass sie merkte, sie will bleiben. Je mehr sie sich in das Thema Bienen und Imkerei vertiefte, umso mehr war sie davon fasziniert. In Marthas neuer Heimat Deutschland waren die Bienen die drittwichtigsten Nutztiere, noch vor Hühnern, Pferden, Enten oder Schafen. Der volkswirtschaftliche Nutzen der Imkerei belief sich auf vier Milliarden Euro, allein in Deutschland. Den allerkleinsten Teil machte der Honig aus. Es ging um das Bestäuben. Denn ohne die Bienen würde nichts wachsen: kein Weizen fürs Brot, kein Hopfen fürs Bier, kein Obst und kein Gemüse, weder Blumen noch Gräser. Martha wusste, dass in den USA wandernde Imker mit riesigen Trucks durchs Land fuhren und ihre Bestäubungsdienste gegen harte Dollar anboten. In Deutschland galt das Bestäuben hingegen als Gratisservice von Honigproduzenten.

Als Martha klar geworden war, wie wichtig die Imkerei war und dass es um weit mehr als nur um ein paar Gläser Honig ging, war sie Feuer und Flamme für diese Idee. Mit der finanziellen Unterstützung ihrer Familie kaufte sie sich den heruntergekommenen Hof in dem Dorf namens Groß Leuthen und baute ihn zu einer kleinen, aber modernen, leistungsfähigen Imkerei auf. Dann gab es nur noch ein Problem und das hieß Anatol. So begeistert er in der Theorie von den Bienen gesprochen hatte, so groß waren seine Probleme mit der Praxis.

Hatten Marthas Eltern zwar etwas verwundert, aber letztlich doch verständnisvoll reagiert, bekam Anatol von seinem Vater, dem Möbelproduzenten Olov Clausen aus Aalborg, ein fürchterliches Donnerwetter ab. Keinen Cent wollte er in das Projekt stecken. Anatol solle gefälligst Karriere machen und vor allem zurück nach Dänemark kommen.

Viele Geschichten sind geschrieben worden, von liebenden Paaren, die den zürnenden Eltern trotzten. Manche endeten glücklich, andere endeten tragisch. Die Geschichte von Martha und Anatol endete profan. Anatol hatte Angst vor dem Vater, Angst vor den Bienen und Angst vor der Arbeit. Es wunderte Martha nicht, dass Anatol eines Morgens verschwunden war. Tags darauf erhielt sie eine Nachricht auf ihr Smartphone. Anatol bestieg gerade in Rostock die Fähre nach Dänemark. Er entschuldigte sich in ungelenken Worten, mit denen er endgültig aus ihrem Leben verschwand.

Martha, die Praktische, trauerte nicht lange um den verträumten Anatol, der sich im richtigen Leben als wenig alltagstauglich erwiesen hatte. Sie musste sich um ein Dutzend Bienenvölker kümmern, verhindern, dass sie von der Amerikanischen Faulbrut befallen wurden oder die Kleinen Beutenkäfer in die Bienenstöcke eindrangen.

Der Freundeskreis verlief sich langsam. Inez war Martin nach Dublin gefolgt. Auguste hatte sie noch das ein oder andere Mal besucht und, da Anatol weg war, versucht, mit ihr anzubandeln. Eines Tages folgte er einem Ruf nach Martinique, wo er Verkaufsleiter einer der großen Rum-Destillerien wurde.

Doch dann war da ja noch Laura. Das Ende der Beziehung zu Anatol war wie eine Befreiung, denn erst jetzt merkte sie, dass sie Laura seit ihrer ersten Begegnung nicht nur bewunderte, sondern liebte. Alle zwei Wochen besuchte Laura sie in dem kleinen Dorf. Sie saßen dann meist im Garten, nicht weit von den Bienenstöcken, tranken Aperol Spritz oder Campari und hörten immer dieselbe Platte. Jenes gleichnamige Album von Bebel Gilberto, der Tochter von João Gilberto. Bebel war für Laura sowas die Zukunft des Sambas. Ja, Musik und Fußball, betonte Laura immer stolz, das sei die DNA Brasiliens, die keiner kopieren könne!

Viel unterhielten sie sich über Kunst. Das einte sie. Auch Laura hatte einst Kunstgeschichte studiert, ehe sie sich der Physik zugewandt hatte. Und doch sie waren ein ungleiches Paar. Laura ließ ihre Zuneigung nur zu, wenn sie gerade Lust dazu hatte. Laura war launisch und redete sich oft in Rage, wenn es um gesellschaftliche Themen ging. Martha war darüber unglücklich und wenn sie die Tage alleine mit ihren Bienen verbrachte, sah sie eine gewisse Analogie zwischen ihrer Beziehung zu Laura und ihrer Beziehung zu den Bienen.

Auch ein Bienenvolk hat eine hochkomplizierte Ordnung. Da gibt es auch eine Königin, um die sich alles dreht. Sie wird umsorgt von einem quirligen aufgeregten Hofstaat, der aus gerade frisch geschlüpften Bienen besteht, sozusagen aus Teenagern. Pheromone sorgen dafür, dass dieser Hofstaat keinerlei negativen Empfindungen oder Aggressionen entwickelt. Die Jungbienen sind im Grunde genommen alle erst einmal high. Irgendwann lassen die Duftstoffe nach und aus den Jungbienen werden Arbeiterinnen, die verschiedene Aufgaben übernehmen. Die einen verteidigen den Stock, andere heizen ihn, in dem sie kräftig mit den Flügeln schlagen.

Es gibt Putzkolonnen und Imbissverkäufer und natürlich die Sammlerinnen, die rund um den Bienenstock bis in zwei Kilometern Entfernung nach Nahrung suchen, den Blütennektar. Die ältesten der Sammlerinnen werden schließlich zu Kundschafterinnen, die so etwas wie die Elitetruppe des Bienenstaats darstellen. Ihre Aufgabe ist es, gute Futterplätze zu entdeckten, die sogenannten Trachten. Haben sie die gefunden, kehren die Kundschafterinnen in den Stock zurück und berichten den anderen von ihrer Entdeckung. Und das funktioniert über eine sogenannte Tanzsprache. Die Kundschafterin wackelt mit ihrem Hinterleib und bewegt sich dabei nach vorne, beschreibt einen Halbkreis, wackelt den gleichen Weg wieder und beschreibt dann auf der gegenüberliegenden Seite ebenfalls einen Halbkreis. Aus der Art der Bewegung und dem Winkel der Mittelachse zur Sonne, wissen nun die Sammlerbienen, wohin sie fliegen müssen. Es braucht eben eine Choreografin für diesen Tanz, dachte Martha. Oder eben für diesen Kampf, den sie eines Tages antreten würde, ganz sicher.

Die Jahre zogen dahin, Martha sammelte Preise für ihren unvergleichlichen Bio-Honig. Laura promovierte. Die Beziehung blieb schwierig und die Besuche wurden weniger. Eines Abends gestand Laura ihr, dass sie ein Angebot aus New York angenommen hätte, um dort am wichtigsten Auktionshaus der Welt zu arbeiten. Sie erzählte von neuen Messmethoden, die sie entwickelt hätte. Zur zeitlichen Datierung von verschiedensten Materialien, wie Farbe, Leinwand, Holz und gar Wachs! Martha hörte nicht richtig zu, ihre Trauer überwog.

Bis zu jenem Jahr, als niemand aus Angst vor dem Virus das Haus verließ, ging in Marthas Leben alles seinen Gang. Und auch dann war den Bienen das Virus egal. Sie sammelten weiter ihren Nektar. Auch die Bauern in der Nachbarschaft bewirtschafteten ihre Felder. Sie hatten mit einem anderen Feind zu kämpfen, einem Unkraut, einer Abart des Fuchsschwanzes, der die Getreideernte bedrohte. Aber da hatte die Wissenschaft ja großartige Helfer entwickelt.

So hatte das Unheil seinen Lauf genommen. Die gesamte Honigernte eines Jahres vernichtet. 70 000 Euro Schaden, ein Totalausfall, den keine Versicherung ersetzte. Schon in dem Seuchenjahr hatte sie nur die Hälfte des Honigs absetzen können. Doch damals half der Staat, ein Staat, der sie jetzt im Stich ließ und von einem bedauerlichen Einzelfall sprach. Noch einmal würde sie mit dem Staat kommunizieren: Morgen würde sie ihre Ernte dort abladen, wo sie hingehörte.

Dann klingelte ihr Telefon. Es war nach so langer Zeit Laura! Ihr Herz klopfte, als sie das Gespräch annahm und noch mehr, als sie Lauras Stimme hörte. Laura war wieder zurück in Berlin! Sie müssten sich treffen und überhaupt: sie habe einen wunderbaren, wohldotierten Job für sie. Am Museum. Museumsinsel Berlin. Ob sie momentan so etwas brauchen könnte, fragte Laura gerade so, als ob sie von ihrem Desaster wüsste. Es gehe um eine Wachsbüste von Leonardo da Vinci! Man müsse Proben entnehmen. »Wachs und Kunst! Verstehst du? Die Verbindung mit der Natur ...«, rief Laura erregt in den Hörer.

Es war wie der Ruf der Königin! Martha spürte, dass es nun losgehen sollte. Da war zunächst dieses prachtvolle Kleid, dass Laura ihr beim Wiedersehen schenkte. Es folgten leidenschaftliche Nächte. Und immer energischer bestand Laura darauf, dass Martha dieses Kleid anziehen sollte. Es schien Lauras Lust in einem nie dagewesenen Maße zu steigern. Ein Kleid wie ein nicht endender Blütentraum.

All das war nun ein paar Wochen her und längst war Martha zurück auf ihrem kleinen Hof. Vor ihrer Scheune saß sie auf ihrer kleinen Terrasse und schaute hinaus in Richtung Spree. Der praktischen Martha liefen die Tränen über die Wangen. Warum hatte Laura sie verraten?

Die Insel der Kunst

Peter freute sich auf Deutschland. Obwohl er noch nie da war, hatte es doch etwas von Heimkommen. Sein alter Kunstprofessor war einst aus Nürnberg vor den Nazis geflohen und hatte sich in den USA eine neue Existenz aufgebaut. Von ihm hatte Peter unendlich viel gelernt. Während für andere Amerikaner Nürnberg die Stadt der Reichsparteitage war, empfand Peter sie als die Stadt Albrecht Dürers. Peter liebte die italienische Renaissance, doch er verehrte auch die deutsche Renaissance, die so im Schatten eines Michelangelos, Raffaellos oder Botticellis stand. Doch standen ihnen die Holbeins oder ein Mattias Grünewald wirklich so sehr nach? Und überragte das Genie eines Leonardo da Vincis das eines Albrecht Dürers tatsächlich? Nie hatte Dürer ein Nashorn gesehen und trotzdem eines nahezu lebensecht gezeichnet. Sein berühmtes Monogramm gilt heute als erstes Markenzeichen der Welt. Die betenden Hände wurden so ikonisch wie die Mona Lisa. Während Leonardo den Vitruvianischen Menschen zeichnete, entwickelte Dürer die Anleitung zur Konstruktion von Muschellinien und schrieb das erste Mathematikbuch in deutscher Sprache.

Als er auf dem neu eröffneten Flughafen in Berlin ankam, wirkte der Airport ein wenig seltsam auf ihn. Es hatte wohl viel länger gedauert, ihn zu bauen als gedacht. Das hatte Peter irgendwann mal mitbekommen. Aber das konnte es ja wohl kaum sein, was ihn so irritierte. Dann wurde es ihm schlagartig klar: Alles sah noch so frisch und neu aus – und trotzdem schon zehn Jahre alt. Der Flughafen war einfach ein Stück aus seinem Zeitrahmen gefallen, hatte sich um ein paar Millimeter in der Wahrnehmung verschoben.

Er trat vor das Hauptgebäude und fragte einen Taxifahrer:

»Sind Sie frei?«

»Glooben Se, ick steh ma hier vor lauter Spaßvergnüjen de Beene inne Leib?«, schnauzte der Fahrer, griff nach Peters Rollkoffer und warf ihn in den Kofferraum des cremefarbenen Mercedes'. Peter hatte nicht so genau verstanden, was der Fahrer gesagt hatte. Freundlich klang es nicht. Aber da er sich des Koffers bemächtigt hatte und Peter mit einem Kopfnicken beschieden hatte, auf dem Rücksitz Platz zu nehmen, konnte Peter davon ausgehen, befördert zu werden.

»Westin Grand, bitte, das ist ...«

»Wees ick«, schnauzte der Fahrer wieder und gab Gas.

Nun ging es also auf die berühmten deutschen Autobahnen, dachte Peter, als sie die breite neue Ausfallstraße des Flughafens nahmen. Mit einem ausladenden Linksbogen mündete die Straße vor Waltersdorf in die Autobahn ein. In Peters Kopf hämmerte schon das Lied von *Kraftwerk*: »Wir fahr'n, fahr'n, fahr'n auf der ...« Die Melodie löst sich schnell in nichts auf, denn kaum hatten sie die Autobahn erreicht, wurde der Verkehr, zäh, zäher und stand schließlich.

Die Fahrt vom Flughafen ins Zentrum ging quälend langsam. Auf allen Einfallstraßen von Berlin tuckerten Traktoren in Richtung Innenstadt. Die schweren Schlepper waren mit Plakaten und Parolen behängt, wie »Keiner soll's vergessen, ohne Bauern gibt's kein Essen«, »Kein Billigfleisch auf deutschen Tellern«, »Ist der Bauer ruiniert, wird das Essen importiert«. Peter seufzte. So hatte er sich dieses High-Tech-Land nicht vorgestellt. Das Land der schnellen Autos, das Land der Autobahnen ohne Tempolimit. Und das alles war nun ausgebremst, ausgerechnet von Bauern.

So ganz schienen sich die deutschen Landwirte nicht einig zu sein. Ab und an entdeckte er den Namen Mortapes oder den Begriff

Glyphosat auf den Plakaten. Die einen schienen entschieden dafür und andere völlig dagegen. Bei anderen Themen herrschte Einigkeit: Mehr Geld für landwirtschaftliche Produkte und kein Billigfleisch in Supermärkten. Peter schüttelte sachte den Kopf und dachte, dass er solche Probleme gerne mal in den Staaten hätte.

Das Taxi kam nur im Schritttempo vorwärts und rollte nun langsam durch die Wilhelmstraße. Stop and go, stop and go. Und dann wieder Stop. Zahlreiche Demonstranten belagerten gerade den Eingang eines herrschaftlich wirkenden Gebäudes. Vor dem Portal reckten sich vier Fahnenmasten. Links daneben wies ein goldgelbes Schild mit Bundesadler den Bau als »Bundesministerium für Ernährung und Landwirtschaft« aus.

Nun ging gar nichts mehr. Vor dem Taxi stand ein großer Geländewagen, dessen Heckklappe geöffnet war. Peter konnte zahlreiche weiße Plastikeimer erkennen, die mit so etwas wie Warnhinweisen beklebt waren. Was darauf stand, konnte Peter nicht recht sehen. Eine durchtrainierte Frau mit schwarzen, lockigen Haaren packte sich zwei dieser Eimer und ging damit zum Portal. Sie riss den Deckel herunter. Eine zähe goldgelbe Flüssigkeit ergoss sich nun über die Stufen. Auch der Inhalt des zweiten Eimers ereilte dieses Schicksal. Mit gleichmütiger Mine kehrte die Frau zurück, packte wieder zwei der Eimer, schwang sie heraus, als seien die mit Popcorn gefüllt. Doch das war kein Popcorn, das war Honig, wie Peter schließlich erkennen konnte. Diese Plastikeimer enthielten mindestens fünfzehn Liter Honig. Die mussten höllisch schwer sein. Bewundernd sah er ihr hinterher, wie sie den Inhalt des nächsten Honigeimers über den Stufen des Ministeriums verteilte.

Peter versuchte die Eimer in dem Geländewagen zu zählen, scheiterte aber. Obwohl er gemütlich im Fond eines geräumigen Taxis saß, hatte er auf einmal das Gefühl, seine Arme schmerzten. Der Frau indes schien die Plackerei gar nichts auszumachen.

Irgendwann gelang es dem Taxi schließlich doch, sich einen Weg durch die Demonstranten zu bahnen. Der Fahrer bog in die Französische Straße ein und die Reihen der Protestierer wurden lichter. Zwei Minuten später hatten sie das Westin Grand in der Friedrichstraße erreicht.

Peter checkte ein und machte sich frisch. Dann orientierte er sich und stellte fest, dass es zu Fuß von der Friedrichstraße bis zum Bode-Museum doch noch ein ganz schönes Stück war. Nun gut, wenn er schon hier war, dann konnte er sich auch ein wenig von Berlin ansehen. Über den Gendarmenmarkt, die St.-Hedwigs-Kathedrale, den Bebelplatz und die Neue Wache war es ein ziemlich kurzweiliger Spaziergang. Er sprach einen Passanten an: »Wie weit ist es noch zur Museumsinsel?«

»What? I don't speak German … the island of museums? Go there … It's fantastic!«

Hm, dachte Peter, Mark Twain hätte seine Freude gehabt. Ich glaube nicht, dass es irgendetwas auf der ganzen Welt gibt, was man in Berlin nicht lernen könnte – außer der deutschen Sprache!

Peter nahm seinen Reiseführer zur Hand, wo er einen weiteren Hinweis fand.

»Die Insel wird von einem Fluss umschlossen.
Der Fluss fließt mitten durch Berlin.
Er heißt: Spree.«

Peter folgte dem Fluss weiter Richtung Osten und plötzlich lag die Museumsinsel vor ihm: Wie ein riesiger Dampfer, dessen Bug das mächtige Bode-Museum darstellte, dem vier weitere Museen folgten, ein dunkles Schiff, das aus allen Herren Länder Kunst über die Meere gebracht hat und jetzt hier vor über hundert Jahren vor Anker gegangen war. Das nun die Heimat vom großen Echnaton war, der Ort des Pergamonaltars, der Platz für das Ishtar-Tor. Griechische Götter kämpften hier gegen Titanen und es offenbarten sich die Mysterien des alten Babylons. Doch waren es besonders zwei geheimnisvolle Damen, die uns durch die Jahrtausende segeln ließen. Dreitausend Jahre lagen zwischen ihnen. Die eine, Herrscherin aus Kalkstein: Nofrete. Die andere, eine Göttin aus Wachs: die Flora. Die beiden konnten kaum unterschiedlicher sein, doch etwas gab es, das sie verband: ihre Schönheit. Worin lag das Geheimnis ihrer zeitlosen Anziehungskraft? Gab es etwa einen allgemein gültigen Schlüssel für die Schönheit, womöglich ein höheres universales Gesetz als die eigene Empfindung? Leicht schwankend betrat Peter den Dampfer und fühlte die hohe See der Kunst.

Jäger des verlorenen Schatzes

An der Kasse erkundigte sich Peter zunächst nach Professor Mondschai. Die ältere Frau hinter der dicken Panzerscheibe musterte ihn misstrauisch; Peter fiel auf, dass in diesem Land Museumskassen so gesichert waren wie anderswo Banken. Immerhin hielt Peter den strengen Beurteilungskriterien der Frau hinter der Scheibe stand. Sie kümmerte sich um sein Anliegen und telefonierte.

»Der Professor bittet um ein paar Minuten Geduld, er wird gleich da sein«, erklärte die Frau hinter dem Panzerglas.

Peter entfernte sich von der Kasse und trat in eine Halle, in der sich von der rechten und der linken Seite zwei Treppen hinaufwandten. Über Peter eine riesige Kuppel, darunter auf einem monumentalen Granitsockel eine imperiale Reiterfigur.

»Daß ganz Europa nicht von einem Fürsten hört!
Der so der Künste Kern als König Friedrich liebet.
Die Fürsten wollen selbst in deine Schule gehn
Drum hast Du auch für Sie ein Spree-Athen gebauet,
Wo Prinzen in der Zahl gelehrter Musen stehn
Da wird die Weisheit erst in rechter Pracht geschauet«

War er derjenige, der aus Kriegen und Schlachten Truhen voller Kunst ins heimische Berlin mitbrachte? Ein König oder gar ein Räuber?, fragte sich Peter. Vermutlich beides.

»Mister Falcon, es freut mich«, sagte plötzlich ein Mann und tippte mit dem Finger an die Krempe seiner ausgefallenen Kopfbedeckung.

Ein hochgewachsener Mann mit schwarzem Frack und Zylinder stand neben ihm. Sein Gesicht zierte ein imposanter Schnauzbart. Irgendwie passte er genau zu diesem Museum. Giovanna hätte ihm auch sagen können, dass es sich bei Mondschai um einen Exzentriker, na ja, um einen Spinner handelte.

»Kommen Sie, kommen Sie herein, treten Sie ein in meine Wunderkammer«, erklärte der exzentrische Direktor und öffnete mit einem Schwung die Flügeltür. Erhobenen Hauptes ging er voran.

Sie durchliefen ein inszeniertes Nebeneinander von Räumen und Stilen, in denen Bilder durch Möbel, Kleinbronzen, Kamine, Gobelins und andere Accessoires ergänzt wurden. Ein Sammelsurium. Schließlich erreichten sie eine Halle, die an das Innere einer Basilika erinnerte. Der Direktor mit Zylinder breitete seine Arme aus und seufzte tief »Ah, mein Italien!«

Peter blieb direkt vor einer Vitrine stehen, die eine Figur eines nackten Jungen mit Flügeln, einen sogenannten Putto, beherbergte. Fasziniert schaute Peter auf dieses Miniaturwesen, das, mit einem Tamburin in der Hand sich um seine eigene Achse drehend, einen Rhythmus vorzugeben schien.

Als er die Beschriftung sah, schluckte Peter. Es war tatsächlich ein Werk von Donatello. Stolz vernahm der Direktor Peters Bewunderung. Wow, Donatello.

Eigentlich hieß dieser ja Donato di Niccolò di Betto Bardi. Peter erschrak, als der komplette Name plötzlich wie ein hochgehaltenes Schild in seinem Unterbewusstsein aufpoppte. Der Begründer der Renaissance in der Bildhauerei. Vorbild für Leonardo, Michelangelo und all die anderen. Er, der die Natur studierte und die Antike wiederentdeckte. Peter rasten die Gedanken durch den Kopf.

»Gefällt er Ihnen, dieser kleine nackte Knabe?«, fragte plötzlich neben ihm ein Mann mit italienischem Akzent. Er schien Tourist zu sein, doch wie kam er hier herein? Sein Blick hat etwas Forderndes. Peter schaute zum Direktor, der wiegelte ab: »Unser Faktotum, lassen Sie ihn nur …«

Dieser fühlte sich nun aufgefordert und fing an den tanzenden Putto in einer Art Gegenbewegung zu umkreisen. »Schauen Sie, sehen Sie, wie er sich dreht, freistehend, graziös, natürlich. Inspiriert von der Antike. Ja, es war der Aufbruch in eine neue Zeit. Indem wir das Alte wiederentdeckten, wurde das Neue geboren. Wäre doch auch was für heute, nicht?«

»Ja, ja … die Renaissance war wirklich eine faszinierende Epoche«, fügte Peter schnell an, um etwas zu sagen. Das Faktotum stoppte abrupt seinen verschwörerischen Tanz.

»Faszinierend? – Sie scherzen, mein Herr!«, erklärte er pikiert. »Wenn jemals eine Zeit oder eine Epoche das Prädikat Revolution verdient hätte, dann war es doch die, die Sie jetzt Renaissance nennen. Gemälde, Statuen, Altäre, Architektur, Literatur – alles war im Aufbruch, wir haben gelernt und wir haben gelebt.«

Er blickte traurig auf die Skulptur. »Und jetzt? Jetzt ist mein armer Putto nur noch ein Begrüßungsonkel in einem Kabinett der Scheußlichkeiten.«

»Aber, aber«, tadelte der Direktor mit erhobenem Zeigefinger. »Das hier hat Methode, mit der die Grenzen der Kunstgattungen überwunden werden!«

Der andere winkte ab. »Hat alle er eingesammelt, in der ganzen Welt.« Er deutete auf den Direktor mit dem Zylinder, der jetzt an der Wand lehnte und aufmerksam seine Fingernägel betrachtete. »Ohne Sinn und Verstand – und mit Glück. Natürlich Glück, ohne Glück geht gar nichts.«

»Glück nennen Sie das? Undankbarkeit nenne ich das! Es war meine Fähigkeit! Ich war es doch, der bis dahin Ihre Arbeiten als nicht anerkannte Werke identifizierte, und schließlich auch erwarb! Was für die beiden wichtigsten Stücke der Berliner Sammlung gilt: Putto und Flora!«

»Mein Putto ist bedeutender! Ich schuf ihn, da war Leonardo nicht mal geboren!« Der Mann kratzte sich am Hinterkopf. »Oder doch? Einerlei, mehr als ein Kleinkind kann er nicht gewesen sein …«

Nun drehte er dem Direktor den Rücken zu und flüsterte Peter zu: » Ist er nicht seltsam, dieser sonderbare Jäger der Kunst? Erfinderisch und gerissen bis zur Skrupellosigkeit, wenn es um seinen Lebensinhalt ging! Ihm ging es nämlich nur um die Größe der preußischen Museen. Dem Kaiser hat er sich angedient. Imperiale Kunstpolitik, um dieses Berlin London und Paris ebenbürtig zu machen …«

Wieder schaute der Mann fast mitleidig auf den nackten Jüngling, als würde sich dieser hinter dem Vitrinenglas in Gefangenschaft befinden.

»Mein Putto … also, im Lauf der Jahrhunderte gelangte er irgendwie nach London zu einem gewissen Murray Marks. Und dann kam er.« Wieder deutete er auf den Mann mit dem Zylinder und dem Schnurrbart. »Er hat diesen Marks übers Ohr gehauen. Ein paar Pfund für diesen herrlichen Putto. Marks hatte keine Ahnung, was er da verkauft hatte. Als es ihm aber klar war, hat er sich gerächt.«

»Gerächt?«, fragte Peter und hielt den Atem an.

Der Mann mit dem Zylinder blies verächtlich die Luft aus.

»Hundertfünfundachtzigtausend Goldmark haben Sie ihm für das Wachsmädchen gezahlt, weil er Ihnen weisgemacht hat, es stamme von Leonardo«, rief der Italiener aufgeregt.

»Natürlich stammt sie von Leonardo, von wem sonst? Etwa von diesem Scharlatan? Von diesem Engländer, der auch nie annähernd etwas von Wert geschaffen hat? Machen Sie sich nicht lächerlich.«

»Auch ein Jäger schießt mal daneben!«, freute sich das Faktotum diebisch. »Die Engländer waren schlauer, hehe, als ihr damals, mit eurem übertriebenen Nationalismus!«

»Ha, dass ich nicht lache! Die Engländer waren doch viel schlimmer! Haben versucht, mich in der Presse fertig zu machen. Ja, sie haben die arme Flora zu Propagandazwecken missbraucht! Ja, Missbrauch der Kunst aus Nationalismus, schlimm ist das. Diese Inselaffen!«

Nun brach der Streit endgültig los.

»Selber Museumsinselaffen! Nur um dem Kaiser zu gefallen, einen echten Leonardo endlich zu besitzen, waren Sie verblendet...«

»Verblendet? Ihr Italiener... Ohne unsere Forschung und unsere Museen wäre eure Kunst längst verschwunden, bei eurem Chaos, sieht man jetzt ja wieder!«

Wild gestikulierend entfernten sich die beiden Streithähne langsam.

»Ha, nicht nur in der Kunst waren wir besser, unser Essen, Fußball...«

»Fußball???«

»Si, Signore! Zugegeben, ein bisschen später. 1970. Mexiko. Vier zu drei!«, freute sich das Faktotum.

Der Direktor schüttelte den Kopf. »Oh mein Gott, immer die gleiche Leier.«

Die Stimmen wurden leiser, bis die beiden schließlich am Ende eines Ganges verschwanden. Peter stand nun alleine in dieser Halle, dieser Nachbildung einer mittelalterlichen Kirche und er überlegte kurz, was jetzt hier alles echt war. Donatello? Flora?

»Mister Falcon? Sind Sie Mister Falcon? Ich bin Professor Mondschai, der Direktor... Bitte entschuldigen Sie meine Verspätung.«

Fegefeuer der Eitelkeiten

Peter schaute sich nochmal um. Das Faktotum und der Mann mit dem Zylinder waren endgültig verschwunden. Stattdessen stand nun ein rundlicher kleiner Mann mit Nickelbrille und Glatze neben ihm. Professor Mondschai sah Peter skeptisch an.

»Sie wirkten eben etwas abwesend.«

»Ja, ja … in der Tat, ich war mit meinen Gedanken gerade … woanders.«

»Ah, ja, ich weiß schon«, entgegnete Mondschai mit verschwörerischer Vertrautheit, die Peter in diesem Moment für ziemlich unangebracht hielt. Wusste der Teufel, was Giovanna dem Direktor schon alles erzählt hatte.

»Kommen Sie, wir gehen in mein Büro. Ach, übrigens, diese Figur hier ist ein echter Donatello. Zu dem gäbe es auch einiges zu erzählen …« Mondschai ging schnellen Schrittes durch das Museum. Peter folgte ihm und schaute nach rechts und links in die weiten Säle. Wo wohl die Flora sein mochte? Schließlich erreichten sie Mondschais Büro.

»Und, was sagen Sie?«, fragte Mondschai mit treuherzigem Augenaufschlag.

»Was meinen Sie? Ja, ein schönes, interessantes Museum.«

»Ach«, rief Mondschai mit einer abfälligen Handbewegung und einem schelmischen Lächeln. »Im Grunde genommen ist das hier eine alte Rumpelkammer wahllos zusammengetragener Exponate. Es ist sozusagen das Kuriositätenkabinett der Museumsinsel. Sie müssen mir also keinen Honig um den Mund schmieren.«

»Gut, dann kommen wir doch gleich mal zum Wesentlichen. Giovanna Ferrara sagte mir, Sie seien ein alter Freund und hätten sie um ihre Hilfe gebeten. So hat sie mich ins Flugzeug gesetzt und zu Ihnen nach Europa geschickt.«

Mondschai lachte laut auf und schlug sich vor Begeisterung auf die Schenkel. Peter hatte für einen Moment das Bild eines kleinen Hobbits vor Augen. Langsam bekam sich der Herr Professor wieder unter Kontrolle. Er rang noch ein wenig nach Atem, dann begann er: »Es kann keine Rede davon sein, dass ich sie um Hilfe gebeten habe. Das hat die liebe Giovanna offensichtlich falsch in Erinnerung. Es ist richtig, dass sie mir ihre Hilfe angeboten hatte. Doch ich habe dankend abgelehnt.«

»Und warum sitze ich jetzt hier?«, fragte Peter völlig verblüfft.

»Lieber Freund, das will ich Ihnen sagen. Giovanna hat so darauf insistiert und Sie, Mister Falcon, so überschwänglich angepriesen, dass ich schließlich doch eingewilligt habe. Ich konnte nicht anders. Ein Nein hätte sie entsetzlich brüskiert. Und glauben Sie mir, mit einer brüskierten Giovanna Ferrara wollen Sie es nicht zu tun haben.«

Peter seufzte. »Da haben Sie sicher recht, Herr Professor Mondschai. Aber sie schickt mich doch nicht aus Lust und Laune über den großen Teich. Sie weiß, wie ungern ich fliege.«

»Und sie weiß auch, was sie an Ihnen hat. Das heißt, sie hat schon einen Grund«, entgegnete der Professor listig. Peter hob die Augenbrauen.

»Und? Kennen Sie ihn?«

»Mister Falcon! Denken Sie nach!«, rief Mondschai fast aufgebracht.

Peter machte sich immer kleiner in seinem Stuhl. Er hatte keine Ahnung, worauf Mondschai hinauswollte.

»Nun, dann will ich Ihnen mal auf die Sprünge helfen«, meinte der Kurator gönnerhaft. »Womit verdient Chroseby das Geld?«

»Mit Kunsthandel?«

»Ja, natürlich. Und warum meinen Sie, weswegen sich Chroseby hier engagiert?«, drängte Mondschai.

»Das habe ich Giovanna auch schon gefragt. Ich wollte wissen, ob die Flora auf den Kunstmarkt kommt.«

Mondschai rollte mit den Augen, als könne er die Begriffsstutzigkeit seines Gastes kaum noch ertragen.

»Nein, niemand will die Flora verkaufen. Es geht um etwas ganz anderes. Der Kunstmarkt ist in der Krise zusammengebrochen, so wie viele andere Märkte auch. Es wird nie wieder sein wie vor Corona. Das ist klar. Aber der Kunstmarkt muss wieder aufgeweckt werden. Dazu ist es notwendig, Menschen wieder in die Museen zu locken. Wie lockt man Menschen in die Museen? Indem man ihnen etwas bietet. Am besten eine Sensation. Die Flora und ein Leonardo als ihr möglicher Schöpfer hätten genau dieses Sensationspotential. Und wenn Chroseby bei der Aufklärung des größten Kunstgeheimnisses des 20. Jahrhunderts auch ein Zipfelchen beigetragen hat, dann kann sich das nur positiv auf die Umsätze auswirken.«

»So profan ist das?«, fragte Peter fast enttäuscht.

»Nein, so profan ist es natürlich nicht«, erwiderte Mondschai und lachte ein wenig spöttisch. »Aber es lässt sich doch sehr gut verkaufen, oder?« Er wurde wieder ernst: »Natürlich hat Chroseby ein Interesse an dem Fall. Es geht um die Deutungshoheit in der Kunst, verstehen Sie? Wir als Menschen laufen Gefahr, abgelöst zu werden. Verstehen Sie? Wir erleben es ja schon in unserem täglichen Leben, in der Post, bei der Bank oder beim Einchecken in ein Flugzeug…«

Oh ja, Peter dachte daran, wie er bei der Einreise bei der automatisierten Passkontrolle abgewiesen wurde. Immer wieder lächelte er in die Kamera, doch ein Abgleich mit dem Passfoto aus Studentenzeiten schien nicht möglich. Hatte er sich so verändert?

»Das leonardische Lächeln, ob bei der Mona Lisa oder bei der Flora, liefert vielleicht das berühmteste Beispiel eines Geheimnisses, was es gilt, *nicht* zu enträtseln. Die Aura des Unaussprechlichen. Verstehen Sie?«

Der Zauber des Lächelns. Giovanna. Mona Lisa. Flora. Überhaupt, wo war sie? Peter musste sie sehen. Doch, bevor er fragen konnte, fuhr Mondschai fort: »Warum sollten wir eine Maschine bauen, die sie entzaubert? Wir sollten tunlichst die Finger davon lassen!«

Professor Mondschai hatte einen roten Kopf bekommen und Peter erschien er jetzt wie ein Kreuzritter, der bereit war, in einen heiligen Krieg zu ziehen. Plötzlich schoss ihm eine Frage in den Kopf.

»Gesichtserkennung … jetzt Kunsterkennung. Meine Frage ist: Wer profitiert eigentlich davon?«

Mondschai wurde von dieser Frage überrascht. Doch als müsste er an seinen Blutdruck denken, zügelte sich Mondschai und setzte neu an: »Mit der Untersuchung an der Flora ist Mortapes erstmalig in der Kunstszene als Geldgeber aufgefallen. Jetzt, nachdem nach Corona der Markt zusammengebrochen ist und es an allen Ecken und Enden an Geld oder Geldgebern fehlt, ist Mortapes unverzichtbar. Wenn die Flora ein Leonardo ist, dann wird noch mehr Geld in die Kunstszene fließen.«

»So gesehen …«, entgegnete Peter und ließ den Satz in der Luft hängen.

»… und so gesehen ist es auch ziemlich übel, dass Dr. Petreus verschwunden ist. Das ist der eigentliche Grund, warum Sie hier sind. Sie sollen Laura wiederfinden.«

»Ich??«, rief Peter entsetzt. »Aber ich bin kein Polizist, ich bin kein Privatdetektiv … ja, verlorene Bilder oder Fälschungen erkennen, ja, das kann ich, weil die Bilder mit mir sprechen. Aber welches Bild auf dieser Welt wird mir sagen, wo Dr. Petreus steckt? Darauf hätte ich mich doch niemals eingelassen!«

»Sehen Sie?«, gab Mondschai zurück. »Deshalb sitzen Sie jetzt hier. Ich hoffe, der Preis für ein intimes Date mit der Gioconda war Ihnen nicht zu hoch.«

Plötzlich schien die ganze Energie aus Mondschai herauszufließen und sein Blick wurde düster. »Die arme Flora muss jetzt für so vieles herhalten. Mortapes nutzt sie zu einer Art Greenwashing, das ruft Chroseby auf den Plan, das sich von der Büste eine Belebung des Kunstmarktes erhofft – und wir hoffen natürlich auch, dass die Flora es an unseren Eintrittskassen klingeln lässt.«

Sein Telefon meldete sich. Mondschai hob ab.

»Ja …? Nein, sagen Sie ihr, ich kann jetzt nicht, ich habe gerade einen Gast … Wie? Was heißt das, sie lässt sich nicht abwimmeln … Auf dem Weg zum mir? Hm … Nein, nein, keinen vom Wachpersonal. Nur keine Aufregung, ich werde schon mit ihr fertig.«

Er legte auf.

»Mister Falcon, es ist mir etwas peinlich, gleich wird eine junge Frau hier auftauchen, die offenbar ein wenig aufgeregt ist. Vielleicht könnte ich Sie bitten, einige Minuten durch unsere Säle zu …«

In diesem Moment wurde die Türe aufgerissen. Peter fuhr herum und erkannte die Frau wieder, die den Honig auf die Stufen des Ministeriums gegossen hatte.

»Wo ist sie, Herr Professor?«, schrie sie Mondschai an.

»Aber Martha, beruhigen Sie sich doch, wir wissen es nicht.«

»Sie lügen, genauso, wie sie mich belogen hat!«

»Nein, ich lüge nicht. Wir sind selbst in einer schlimmen Lage. Sie ist verschwunden. Und mit ihr alle Proben!«

Peter stutzte. Die beiden redeten doch über Dr. Laura Una Petreus!

Das Geheimnis eines Lächelns

Peter erhob sich, nickte der aufgeregten jungen Frau freundlich zu, die ihn hingegen, aufgebracht wie sie war, geflissentlich ignorierte. Peter versuchte sich ganz langsam aus dem Raum zu verdrücken, um so viel wie möglich noch mitzubekommen.

»Hat sie sich mit dem Engländer getroffen?«, zischte Martha und der Satz klang wie ein Peitschenhieb.

»Ach, Martha«, seufzte Mondschai nur.

Keiner der beiden schien Peter überhaupt noch zu bemerken.

»Und warum hat mir Laura nie etwas von Mortapes erzählt?«, schoss die Frau hinterher.

Peter war an der Tür angekommen.

»Sie wollte es, aber ich habe sie gebeten es nicht zu tun, weil …«

»… weil ich sonst niemals für Sie und Ihr beschissenes Museum gearbeitet hätte!«, vollendete Martha den Satz.

Peter schlüpfte hinaus. Die Türe schloss sich leise. Was war da los?

Sein erster Impuls war, an der Türe zu lauschen. Doch er widerstand der Versuchung. Zu peinlich wäre es gewesen, hätte ihn jemand mit dem Ohr an der Tür des Kurators entdeckt. Was hatte Mondschai gesagt? Er solle sich etwas in den Sälen umsehen? Einen Rundgang würde er jetzt sicher nicht machen. Aber es würde ihm Zeit verschaffen, wenn Mondschai demnächst nach ihm suchen sollte. Peter sah sich um, und fand, dass eine Säule in der Nähe des Treppenaufgangs in Sichtweite von Mondschais Büro genau der richtige Platz war, um zu warten.

Nach einigen Minuten stürmte die junge Frau aus dem Büro und ließ die Tür mit einem lauten Knall ins Schloss fallen. Sie eilte auf das Treppenhaus zu und hastete die Stufen hinab. Peter stürzte hinter der Säule hervor und rannte ihr hinterher.

»Warten Sie, warten Sie«, rief er mit gepresster Stimme, da er nicht wollte, dass sein Geschrei durchs ganze Museum schallte. Die Frau blieb stehen, drehte sich um und kniff ein Auge zu.

»Kennen wir uns?«, fragte sie misstrauisch.

»Nein.«

»Sind Sie ein Freund von Professor Mondschai?«

»Ja.«

»Dann hab' ich Ihnen nichts zu sagen.« Sie machte Anstalten, die Treppe weiter hinunter zu rennen.

»Nein, warten Sie, ich bin kein Freund von ihm. Ich hab' ihn das erste Mal vor einer halben Stunde gesehen.«

»Und warum sagen Sie, er sei ein Freund?«

»Ja ... ja, das sagt man doch so, oder?«

»Sie sind Amerikaner?«, fragte sie mit einem spöttischen Lächeln.

»Hört man das?«

»Aber sowas von ...«

»Wie?«

»Ja, das hört man. Ich bin übrigens Italienerin, das hört man, glaube ich auch.«

»Ich nicht. Gibt's hier irgendwo einen Ort, an dem wir ungestört reden können?«

»Ich bitte Sie, das ist ein Museum, in dem alten Kasten gibt's Hunderte von Orten. Aber was wollen Sie von mir?«

»Ging es da drin um Professor Laura Petreus?«

»Und warum interessiert Sie das?«

»Ich hätte sie in Paris treffen sollen. Doch sie war weg.«

»Ach, schau mal an. Sie sind also auch einer dieser Mortapes-Knechte?«

»Wie? Was soll ich sein?«

»Einer von denen, die Geld von Mortapes bekommen. Wegen der Flora.«

»Ich? Nein, damit habe ich nichts zu tun. Also, ich meine wegen der Flora schon, aber nicht wegen Mortapes, wenn Sie verstehen, was ich meine?«

»Kein Wort.«

»Das dachte ich mir. Es ist kompliziert.«

»Dann erklären Sie es mir, ich liebe komplizierte Dinge.«

»Ich weiß nicht, ob ich so viel Zeit habe. Ich muss eigentlich wieder zurück in Professor Mondschais Büro. Er wird sich eh schon fragen, wo ich bleibe. Und ich möchte nicht, dass er uns zusammen sieht.«

Martha blickte ihn irritiert an.

»Wer, verdammt noch mal, sind Sie?«

»Mein Name ist Peter Falcon.«

»Nie gehört.«

»Wie denn auch? Es sei denn, Sie haben mal in meinem Comic-Shop im Village am St. Marks Place eingekauft.«

»Wo?«

»In Manhatten.«

»Oh Mann, Sie nehmen mich auf den Arm.«

»Sehen Sie, wenn man so etwas macht, wie Comics verkaufen, muss man gelegentlich auch einen anderen Job annehmen – falls man nicht vom Comics-Verkaufen leben kann.«

»Wem sagen Sie das? Bei mir sind es die Bienen.«

»Ah, deshalb!«

»Was soll das heißen?«

»Ich sagte doch, es ist kompliziert.«

»Für wen arbeiten Sie?«

»Chroseby.«

»Ist nicht wahr?«

»Bestimmt.«

»Ah, langsam dämmert es mir. Sie wurden über den Teich geschickt, um rauszukriegen, was an der Leonardo-Geschichte mit der Flora wirklich dran ist?«

Peter schaute sie an und kombinierte.

»Um ehrlich zu sein: Ich bin hier, um Ihre Freundin Laura zu suchen!«

Martha stutzte. Offensichtlich hatte Peter den richtigen Nerv getroffen.

»Meine Freundin Laura... was... was wissen Sie?«, fragte Martha verdutzt.

»Äh, ich hab' da so eine Spur«, pokerte Peter.

»Können wir uns treffen?«, schoss es aus Martha.

»Vielleicht später in einem Café?«, schlug Peter prompt vor.

Sie schüttelte den Kopf.

»Leider nicht, ich bin praktisch schon unterwegs nach Hause.«

Peter kratzte sich verlegen am Hinterkopf.

»Sagt Ihnen die Märkische Heide etwas?«, fragte Martha

»Leider nein.«

Sie kramte in ihrer Umhängetasche und zog eine Visitenkarte heraus. Peter las: »Bienen-Traum Bio-Honig, Pollen, Propolis, Bio-Imkerei Martha Agnelli, Groß Leuthen« und eine Telefonnummer.

»Ein riesiger Sandkasten südlich von Berlin«, lachte Martha kurz auf. »Nein, eine wunderschöne Landschaft. Mein Arkadien. Kommen Sie dorthin, ja!? Rufen Sie vorher kurz an.«

Nun lächelte sie ihn zum ersten Mal an. Offensichtlich war sie froh, etwas über Laura erfahren zu können.

Dann ließ sie Peter stehen und hastete die Treppen hinunter.

Peter blickte ihr nach. Mondschai schien noch nicht nach ihm zu suchen. Also würde er sich noch ein wenig Zeit in den Ausstellungssälen gönnen. Vor allem wollte er die Zeit nun nutzen, um endlich das Objekt, um das sich alles drehte, selbst in Augenschein zu nehmen. Doch er fand nur eine leere Vitrine mit dem Hinweis, dass sich die Wachsbüste der Flora derzeit in der Werkstatt befinde. Die Galerie der preußischen Generäle fand er ein wenig befremdlich, aber die Basilika hatte es ihm angetan. Hier spürte er die Aura der Renaissance. Er bewunderte gerade den Auferstehungsaltar aus Florenz, als Mondschai wieder auftauchte.

»Ach, hier sind Sie. Ich fürchtete schon, Sie seien gegangen. Entschuldigen Sie, es hat nun etwas gedauert. Sie müssen verstehen. Die Dame war etwas aufgeregt.«

»Etwas Ernstes?«, fragte Peter und versuchte seiner Stimme einen besorgten Klang zu geben.

»Nein, nein. Vergessen wir es einfach. Sie wollten jetzt doch sicher die Flora im Original sehen!«

»Leider habe ich nur eine leere Vitrine gesehen.«

»Ja, wir mussten sie wegen der Untersuchung leider aus der Ausstellung nehmen.«

Mondschai führte ihn in die Werkstätten im Ostflügel des riesigen Gebäudes. Und da stand sie auf einem Arbeitstisch. Mondschai schaltete eine Lampe ein, um sie besser ins Bild zu setzen. Peter betrachtete sie von allen Seiten. Die Büste war knapp 70 Zentimeter hoch, die Unterarme waren abgebrochen, der marmorfarbene Oberkörper schien mehrfach zerbrochen und wieder zusammengesetzt. Die ansonsten barbusige Büste trug über den Schultern einen blauen Schleier. Peter schüttelte den Kopf. Der Hals schien ihm grotesk lang. Nein, keinesfalls konnte das ein Leonardo sein. Der Meister der Proportionen hätte niemals so etwas geformt. Aber der Kopf. Er war leicht nach rechts geneigt. Die Flora blickte versonnen nach unten und ihren perfekt geformten Mund umspielte ein hintergründiges Lächeln, ein Lächeln, wie er es noch tags zuvor im Devon-Flügel des Louvre gesehen hatte.

Peter fiel auf, dass ihn Mondschai mit einer gewissen Anspannung beobachtete. Da wurde ihm plötzlich klar, dass der Kurator offensichtlich auf eine Art Vision von ihm wartete. Doch da kam nichts. Die Mona Lisa sprach nicht mit ihm. Sollte er sich nun auf den Boden werfen und die Augen verdrehen – um Mondschai eine kleine Show zu bieten? Der Gedanke hatte tatsächlich etwas Reizvolles, doch Peter beherrschte sich.

»Und? Was sehen Sie?«, fragte Mondschai.

Peter war baff. Ihm schien die Frage im Moment einfach nur albern. Was hatte Giovanna dem Kurator über ihn erzählt? In Peter stieg ein leichter Anflug von Ärger auf. Er schluckte ihn hinunter.

»Falls Sie auf eine Art Vision warten, muss ich Sie enttäuschen. Da ist nichts, keine Empfindung. Sie spricht nicht mit mir.«

Mondschai ließ sich auf einen Stuhl fallen.

»Also kein Leonardo?«, flüsterte er mit erstickter Stimme. Peter hatte das Gefühl, im falschen Film zu sein. Die Situation erschien im bizarrer und unwirklicher als eine seiner Visionen. Da gab man eine Million für eine wissenschaftliche Untersuchung aus und Mondschai klappte zusammen, weil er, Peter, nicht beim ersten Anblick der Büste in hypnotische Ekstase verfallen war. Wieder stieg Ärger in ihm auf. Diesmal schluckte er ihn nicht hinunter.

»Verehrter Professor Mondschai, ich weiß nicht, was Sie von mir erwartet haben. Ich bin kein Rummelplatz-Hellseher, der Ihnen irgendetwas aus einer Kristallkugel oder aus Tarotkarten liest. Aber auch ich habe Kunstgeschichte studiert. Wir sind beide Männer vom Fach. Was sagt Ihnen der Hals?«

»Dass der sicher nicht von Leonardo stammt, natürlich nicht. Die Büste ist irgendwann zerbrochen.«

»Um das zu erkennen, muss man nicht studiert haben.«

»Irgendjemand hat sie restauriert und der wird wohl für den Hals verantwortlich sein.«

»So sieht es wohl aus.«

»Aber das Lächeln«, entgegnete Mondschai kläglich.

»Aber das Lächeln«, echote Peter nachdenklich.

Gottes Werk und Teufels Beitrag

Zügig verabschiedete sich Peter von dem Kurator und kehrte ins Hotel zurück. Das Erlebnis im Bode-Museum hatte ihn aufgewühlt. Mondschai, das war ihm klar, spielte irgendein seltsames Spiel. Einerseits stapelte er tief und bezeichnete sein Museum als »alte Rumpelkammer«, doch andererseits schien er auch zu allem fähig, wenn es um sein Museum ging. Mit keinem Wort hatte er erwähnt, dass es bei seinem Gespräch mit Martha um die vermisste Laura gegangen war. Doch wenige Minuten zuvor hatte er ihm eröffnet, dass er jene Laura wiederfinden solle. Warum? Was steckte hinter alldem? Wahrscheinlich konnte ihm die Imkerin mehr erzählen.

»Vor uns liegt ein weites Tal
Die Sonne scheint mit Glitzerstrahl
Wir fahren, fahren, fahren auf der Autobahn
Wir fahren, fahren, fahren auf der Autobahn
Fahrbahn ist ein graues Band
Weiße Streifen, grüner Rand«

Peter staunte. Keine Geschwindigkeitsbegrenzung. German Engineering. So saß er am nächsten Vormittag in einem deutschen Mietwagen bei 180 km/h und fuhr auf einer Autobahn namens A 13.

Noch am Abend hatte er bei Martha angerufen, und sie hatte ihn in ihre Imkerei eingeladen.

Als Peter auf einer lang gezogenen Kurve von der Autobahn abbog, war es ihm so, als hätte er die Ausfahrt in einen anderen Raum und eine andere Zeit genommen. Alleine glitt er auf einsamen Landstraßen durch riesige Kiefernwälder dahin. Da waren große sandige Hügel und immer wieder tauchte er geräuschlos in einen Tunnel aus alten Eichen. Wenn die Baumwipfel den Blick wieder freigaben, tat sich ein Himmel auf, der so weit war, wie in den alten Western-Filmen von John Ford. Wie ein *Spacecowboy travelling time,* so kam sich Peter immer und besonders in diesem Moment vor. Und nun ritt er unter diesen tiefgestaffelten Wolken in ein kleines Nest namens »Groß Leuthen«. Big peoples town. Komisch, dachte Peter.

Es dauerte eine ganze Weile, bis er den kleinen Hof in Groß Leuthen gefunden hatte. Das Dorf lag etwa zwei Kilometer von der Landstraße entfernt auf einer kleinen Anhöhe und hatte nur eine Zufahrtsstraße. Es gab zwar einen Dorfplatz, doch von dort führten einzelne Wege zu den Höfen.

»Sie wollen zu unserer schönen Italienerin?«, fragte ein Dorfbewohner, sichtlich nicht ohne Stolz, und wies Peter den Weg.

Martha und Peter saßen an einem kleinen Campingtisch unter einem ausladenden alten Apfelbaum, umschwirrt von Bienen, die Peter sichtlich nervös machten. Die Bienenstöcke waren kaum zehn Meter weiter an einer wilden Hecke aus Wacholder und Hagebutten aufgestellt.

»Wenn Sie den Bienen nichts tun, tun die Bienen Ihnen auch nichts«, hatte Martha leichthin gesagt.

Nicht nur die Bienen irritierten ihn. Auch Martha und ihr Kleid. Im Lichte des Apfelbaumes sah sie bezaubernd aus. Das Kleid kam ihm irgendwie bekannt vor. Es war ein helles Sommerkleid, über und über verziert mit grünen Zweigen und bunten Blüten. Es war so völlig anders als die übliche bedruckte Konfektionsware. Einerseits war er sich ganz sicher, noch nie zuvor solch ein Kleid gesehen zu haben und doch kam es ihm auf eine sonderbare Art vertraut vor.

»Sie tragen ein außergewöhnlich schönes Kleid. Es passt perfekt zur Natur, zu Ihrer …«

Martha errötete leicht.

»Ach ja, danke … ein Geschenk von Laura«, fügte sie noch schnell an.

Peter bemerkte, dass es ihr irgendwie unangenehm war und er überspielte den Moment.

»Ich konnte es gestern nicht sagen, weil ich dachte, dass Sie mich dann für einen Stalker halten. Aber ich habe Sie im Museum nicht zum ersten Mal gesehen.«

»Ach?«

»Als ich gestern ankam, saß ich in einem Taxi, das sich gerade den Weg durch die Demonstration bahnte, als Sie Ihren Honig auf der Treppe des Ministeriums gekippt haben.«

Sie lachte bitter auf.

»Ja, das war meine Existenz. Deswegen war ich gestern auch so sauer.«

»Und bei Mondschai verdienen Sie Geld, um Ihre Bienenfarm zu retten.«

»Wenn da noch was zu retten ist. Also, die Sache ist die: Vor einiger Zeit merkte ich, dass mit meinen Bienen etwas nicht stimmte. Was nicht stimmte, habe ich dann bald herausgefunden. Mein Honig ist so stark mit Glyphosat belastet, dass ich ihn nicht mehr verkaufen, ja nicht einmal verschenken darf. Würde ich Sie auch nur ein wenig davon kosten lassen, würde ich mich strafbar machen. Seit Jahren sollte dieses Teufelszeug schon verboten werden. Aber diese Scheiß-Lobbyisten verhindern das immer wieder. – Ich musste also irgendwie Geld verdienen. Ich habe früher Kunstgeschichte studiert. Und Laura, die ich seit dem Studium kenne, hatte mir einen Job verschafft. Ich konnte für sie arbeiten. Unter anderem ging es um die Flora, eigentlich nur darum. Was sie mir allerdings verschwiegen hatte: Das Geld für dieses Projekt kommt von Montarpes, jenem Konzern, der Clean B herstellt.«

»Was ist Clean B?«

»Ein Markenname, unter dem Glyphosat vertrieben wird. Montarpes ist der größte Hersteller, hat fast ein Monopol. Das heißt, ich werde jetzt von denen bezahlt, die meine Existenz vernichtet haben! Sorry, aber das kann ich nicht mitmachen!«

»Und was sagte Ihre Freundin Laura dazu?«

»Das weiß ich eben nicht. Sie war plötzlich nicht mehr zu sprechen. Ich wusste, dass sie in Paris war. Aber sie ging nie ans Telefon. Ich dachte, sie verweigert sich. Ich ahnte ja nicht, dass sie wirklich verschwunden ist. Das wurde mir erst gestern Nachmittag klar.«

»Tja, und ich habe gestern Mittag erfahren, dass ich sie suchen soll.«

»Wieso das?«

»Das frage ich mich auch. Eigentlich hat mich Chroseby hierher geschickt, damit ich mir einen Eindruck verschaffe, ob die Flora nun echt ist oder nicht.«

»Was heißt hier: echt oder nicht echt. Sie ist da. Die Frage ist doch nur, ob Leonardo seine Finger im Spiel hatte. Aber warum vertrauen die Ihnen mehr als einer ganzen Fußballmannschaft voller Wissenschaftler?«

»Nun ja«, Peter druckste herum. »Es ist etwas schwierig zu erklären. Es klingt verrückt, aber ich kann mit Bildern kommunizieren.«

»Sie können was?«

»Manchmal sprechen die Bilder zu mir.«

»Wie?«

»Also, ich falle dann irgendwie in das Bild und plötzlich sind sie da.«

»Wer sind *sie*?«

»Mal sind es Figuren in den Bildern, mal ist es der Künstler, der auftaucht … ach, ich weiß nicht. Im Grunde ist es mir peinlich, darüber zu reden.«

»Nein, das ist faszinierend! Wen haben Sie schon getroffen?«

Peter stockte. Er hatte keine Ahnung, wie und ob er weitererzählen sollte, ohne für verrückt gehalten zu werden. Aber wahrscheinlich war es dafür ohnehin schon zu spät.

»Vincent van Gogh zum Beispiel.«

»Wow, Sie haben Vincent van Gogh getroffen!«

»Also nicht wirklich ...«

»Hat er mit Ihnen gesprochen?«

»Schon, aber ...«

»Das ist unglaublich! Sie müssen mir mehr erzählen, Sie müssen mir alles erzählen!«

Es war tatsächlich unglaublich. Martha hinterfragte Peter nicht. Sie war fasziniert von seiner Fähigkeit, die sich ja doch so oft auch als hinderlich in seinem Werdegang erwies. Die meisten Leute hielten ihn für einen Spinner, der Stimmen in seinem Kopf hört. Vielleicht war es ja auch so. Peter wuchs bei seinem taubstummen Vater auf, dem drogenabhängigen Maler Jackson Falcon. Nur über Zeichen und Bilder konnten sie kommunizieren und irgendwann *sprachen* die Bilder seines Vaters zu ihm. Er konnte ihn dort förmlich hören. Und später passierte das dann auch im Museum. Zunächst bei Vincent Van Goghs Bildern, dessen Not in einer seltenen Verbindung zu seinem Vater stand.

Aber konnte er das Martha hier wirklich alles unter einem Apfelbaum erzählen?

»Wen haben Sie noch getroffen, Gauguin? Matisse? Picasso?«, holte ihn Martha aus seinen Gedanken.

»Treffen ist sicherlich das falsche Wort ... es ist mehr so ein ... Wissen Sie, das Komische ist, ich kann das ja nicht beeinflussen oder voraussehen.

Bevor ich nach Berlin kam, war ich in Paris. Und da hatte ich eine Art Privataudienz bei der Mona Lisa. Es ging darum, dem Bild ein Indiz zu entlocken, was wir dann auch bei der Flora finden. Ja, das Lächeln, das wissen wir, aber gibt es da vielleicht noch mehr?

Und dann nahm ich etwas wahr. Dass die Mona Lisa einmal vor über hundert Jahren aus dem Louvre gestohlen wurde, und man Picasso verdächtigt hatte …«

»Äh, also doch Picasso …«, Martha verstand nicht.

»Tja, was hat Picasso mit der Flora zu tun, das frage ich mich nun auch …«

Beide machten eine Pause, und plötzlich äußerte Peter einen Gedanken, der ihm in seiner Tragweite noch gar nicht klar zu sein schien.

»Was hat das Verschwinden der Mona Lisa von damals mit dem Verschwinden von Laura zu tun?«

»Wissen Sie, wo sie eventuell stecken könnte?«, schoss es aus Martha.

»Nein, überhaupt nicht. Warum ist sie verschwunden, was meinen Sie?«

»Woher soll ich das wissen? Glauben Sie, es hängt mit den Untersuchungen an der Flora zusammen?«

»Das könnte schon sein.«

»Vielleicht hat es etwas mit dem Engländer zu tun.«

»Was für ein Engländer?«

»Sie wissen, was die Engländer behaupten?«

»Ja, dass die Flora das Werk eines gewissen Richard Cockle Lucas sei.«

»Tja, und dessen Urenkel war in Berlin, kurz bevor Laura nach Paris abreiste. Ich weiß, dass sich die beiden getroffen haben. Mehr leider auch nicht.«

Peter horchte auf.

»Dann ist er möglicherweise die einzige Spur, die wir momentan haben«, sagte er mehr zu sich selbst als zu ihr, »Kennen Sie seinen Namen?«

Martha lachte.

»Ja, den hat mir Laura noch genannt und wir haben beide sehr gelacht. Sie werden es nicht glauben. Er heißt Paul Dix Lucas.«

»Was ist denn das für ein Name?«

»Das scheint so eine Familientradition zu sein. Richard Cockle Lucas hatte seinem Sohn den klangvollen Namen Albert Dürer gegeben.«

»Sie meinen Albrecht?«

»Nein, Albert. Nun ja, Dix hieß ja auch nicht Paul, sondern Otto.«

»Und Paul steht dann wohl für Klee. Seltsame Familie … Und wissen Sie, wo ich ihn finde?«

Martha zuckte mit den Schultern.

»Nein, leider nicht. Laura hat nur erzählt, dass er auch Künstler sei. Er muss ein wenig verschroben sein. Einerseits macht er wohl tolle Collagen und andererseits – halten Sie sich fest – betreibt er klassische Marinemalerei.«

»Dann werde ich mal das Internet befragen und mich auf den Weg nach England machen.«

Martha zog die Augenbrauen hoch.

»Was heißt hier, Sie reisen nach England? Da komme ich natürlich mit.«

Sie sagte es in einem Tonfall, der keine Widerrede zuließ. Sie schenkte ihm ein zauberhaftes Lächeln und legte ihre Hand auf seine.

»Aber nur, wenn Sie nichts dagegen haben.«

Wie hätte Peter da ablehnen können?

Das Lied der Wale

Martha war wohl nicht entgangen, wie angespannt Peter war, als sie das Flugzeug bestiegen. Bereitwillig hatte er ihr den Fensterplatz überlassen, auf seiner Stirn bildeten sich kleine Schweißtröpfchen und als die Maschine auf der Startbahn beschleunigte, krallte er seine Hände in beide Armstützen. Er presste beide Augen fest zu. Da spürte er auf seinem linken Handrücken Marthas Hand. Er öffnete vorsichtig die Augen und drehte den Kopf zu ihr. Sie lächelte ihn an.

»Ich weiß, wie das ist, es ist scheußlich.«

»Warum sind Sie dann so ruhig? Sie scheinen den Flug zu genießen.«

Martha lachte leise in sich hinein.

»Das habe ich in der Tat einigen meiner Kommilitonen zu verdanken. Es war in einer dieser Strandbars an der Spree. Unsere ganze Clique war dort, und es war ein, nun ja, sehr unterhaltsamer Abend. Und dann war da dieses Promo-Team eines privaten Rundfunksenders. Die verlosten eine Woche Mallorca für eine ganze Gruppe – bis zu sieben Personen. Jeder von uns füllte natürlich so ein Los aus. Und siehe da, wer wurde gezogen: ich. Da war der Jubel aber groß. Nur bei mir nicht. Wie sollte ich es meinen Freunden nur sagen? Ich war ein einziges Mal in meinem Leben geflogen. Ich hatte mich so entsetzlich gefürchtet, dass ich mir geschworen hatte, niemals mehr in meinem Leben in einen Flieger zu steigen. Einige Tage druckste ich herum, ehe ich meinen Freunden gestand, dass ich die Reise nicht machen könne, weil meine Angst viel zu groß sei. Sie waren zutiefst enttäuscht, denn diese Reise hing persönlich an mir. Würde ich kneifen, könnten auch die anderen nicht reisen. Eine Woche nach meinem Geständnis kam Laura zu mir und fragte mich, ob ich am nächsten Wochenende Zeit habe, sie habe eine Überraschung für mich. Und dann fuhr sie mit mir zum Flughafen. Meine ganze Clique hatte zusammengelegt und mir ein zweitägiges Seminar gegen Flugangst spendiert!«

»Und, hat es funktioniert?«, wollte Peter wissen.

»Offensichtlich! Am ersten Tag wurde alles erklärt. Wie ein Flugzeug funktioniert, warum es fliegt und vor allem, welche Geräusche es macht. Wir lernten den Unterschied zwischen Luftlöchern und Turbulenzen kennen und vieles andere mehr. Dann wurde es ernst. Tags darauf musste ich fliegen. Es war nur ein kurzer Flug von Berlin nach München und zurück, aber mit einem Diplompsychologen an meiner Seite. Ich durfte sogar kurz ins Cockpit, obwohl das strengstens verboten ist. Ich habe bis heute noch keine Ahnung, wie Laura das hinbekommen hat. Jedenfalls konnte ich den Rückflug schon richtig genießen. Sehen Sie, wenn man sich mal klar macht, dass jedes Verkehrsflugzeug auf vierfache Redundanz ausgelegt ist …«, sie redete und redete und Peter hörte gespannt zu. Seine Flugangst hatte er längt vergessen, er lauschte nur noch Marthas nie versiegendem Wortstrom. Und plötzlich kam die Ansage zur Landung.

Peter hatte Paul Dix Lucas tatsächlich rasch über das Internet ausfindig machen können. Er wohnte in einem kleinen Dorf in Hampshire zwischen Southampton und Portsmouth unweit des Solent, der Meerenge zwischen der Insel und der Isle of Wight. Peter hatte darauf verzichtet, im Vorfeld mit ihm Kontakt aufzunehmen. Wenn Laura tatsächlich in England war und wenn Paul Dix Lucas etwas darüber wissen sollte, dann wäre die Chance, Laura anzutreffen, vermutlich größer, wenn sie unangemeldet auftauchen würden. Er hatte ein kleines Landgasthaus nahe des Titchfield Haven Nationalparks gefunden, direkt am Strand des Solent mit einem schönen Blick auf die Isle of Wight. Es hörte auf den Namen »Ahab's Tavern« und Peter vermutete, dass es die uralte Taverne schon gegeben haben musste, als es noch Walfänger gab.

Die beiden waren am späten Mittag aus London angekommen. Sie checkten ein und bezogen ihre jeweiligen Zimmer. Gegen sieben hatten sie sich im Gastraum zum Abendessen verabredet. Peter war einige Minuten früher gekommen. Er fand Platz an einem Tisch in der Ecke, bestellte ein Pint und sah sich neugierig um. Tatsächlich schien hier alles sehr alt zu sein. Dunkles Holz, alles ein wenig abgewetzt und natürlich viel marines Dekor: Ein Steuerrad an der Wand, von einem Deckenbalken hing eine messingfarbene Positionslampe und daneben eine Schiffsglocke. Fischernetze verzierten die Decke. Der große Flatscreen, auf dem gerade ein Rugbyspiel lief, schien einigermaßen deplatziert. Am meisten faszinierte Peter aber das große Gemälde hinter dem Tresen. Es zeigte eine Szene aus dem Walfang des vorletzten Jahrhunderts. Ein riesiger Pottwal fuhr mit seinem gewaltigen Kopf im Todeskampf aus dem Wasser, eines der Fangboote zwischen den Kiefern. Panisch sprangen die Walfänger ins Wasser. Unterdessen versuchten die Jäger auf drei anderen Booten, die den Koloss umringten, ihre Harpunen in den Leib des Giganten zu rammen, in dem bereits einige der todbringenden Speere steckten.

Da öffnete sich die Tür zum Gastraum. Wow. Die Engländer sind echt konservativ. Der Mann, der nun hereinkam, sah aus als gehöre er zum Inventar. Er trug einen schwarzen Gehrock, darunter ein dunkles Wams, aus dem ein üppiger weißer Rüschenkragen quoll. Das Gesicht zierte ein brauner Backenbart. Seinen schwarzen Zylinder nahm er beim Hereinkommen ab. Er fixierte Peter, ging an seinen Tisch und fragte:

»Ist's erlaubt?«

Peter nickte und breitete einladend den rechten Arm aus. Der Mann setzte sich und fragte unvermittelt:

»Wisst Ihr einen Abnehmer für ein Fass Walrat?«

»Walrat?«, fragte Peter verblüfft.

»Damit haben sie mich abgespeist, mit einem Fass Walrat, ist das nicht unverschämt?«

Peter wusste nicht so recht, was er darauf sagen sollte und meinte nur: »Erzählen Sie.«

»Was gibt's da zu erzählen. Ich habe abgemustert. Ich hab's jetzt endgültig satt. Ich will nur noch zurück nach Hause.«

»Woher kommen Sie?«

»Aus New Bedford. Ich warte nur auf ein Schiff, mit dem ich zurück kann. Aber dazu muss ich erst einmal dieses vermaledeite Fass loswerden. Nochmal werde ich nicht auf einem Schiff anheuern.«

»Wie lange sind Sie zur See gefahren?«

»Das erste Mal habe ich auf einem Postschiff angeheuert, das ist schon ein paar Jahre her. Die Nordatlantikroute, von New York nach Liverpool. Das war öde. Ich wollte Abenteuer. So stach ich 1841 mit der *Acushnet* von Nantucket in See. Wir wollten in die Fanggründe vor Chile. Sie waren nicht ungefährlich. Dreißig Jahre war es her, dass Mocha Dick die *Essex* versenkt hatte.«

»Sie meinen Moby Dick?«, fragte Peter.

Der andere schaute ihn verständnislos an.

»Nein, Mocha Dick. Moby Dick? Nie gehört. Ja, ich weiß, da draußen gibt es noch andere Killer. Der alte Fighting Joe zum Beispiel, Spottet Tom oder Shy Jack, auch Ugly Jim ist ein wahrer Killer. Aber Mocha Dick war der schlimmste. Ob er damals noch lebte? Ich weiß es nicht. Aber eines weiß ich sicher. Mocha Dick war der erste, der einen Walfänger versenkt hat. Mit einundzwanzig Mann Besatzung ist die *Essex* 1810 in See gestochen. Nur acht kamen zurück. Und dann passierte es immer wieder. Große graue oder weiße Pottwalbullen haben die Walfänger angegriffen. Immer vorne Steuerbord. Weiß der Klabautermann, warum. Viele konnten sich retten, aber etliche sind untergegangen und teilten das Schicksal der *Essex*. Die *Pussie Hall*, die *Two Generals*, die *Pocahontas* und die *Ann Alexander*, alle liegen sie heute auf dem Grund des Meeres. Alle versenkt von gewaltigen Pottwalen. Und auch die *Union* unter Captain Gardener 1807 ist wahrscheinlich von einem Wal versenkt worden. Gesehen hat ihn aber keiner.«

»Und Sie?«

»Wir sind noch einmal knapp mit dem Leben davongekommen. Ich hatte auf der *Queequeg* angeheuert. Vor den Azoren wollten wir den Pottwal jagen. Bis er Jagd auf uns machte. Wir hatten einen Wassereinbruch auf Steuerbord, konnten das Leck aber noch halbwegs flicken. Auf den Kanaren haben wir den Kahn überholt, liefen dann nach Southampton – und hier habe ich dann abgemustert – für ein Fass Walrat. Hol's der Teufel.«

Peter spürte eine inzwischen fast vertraute Hand auf seinem Handrücken.

»Was ist mit Ihnen, Mister Falcon?«, hörte Peter Martha fragen. »Sie sind ja völlig weggetreten.«

Der Mann war verschwunden. In der Ecke lief auch wieder das Rugbyspiel und neben ihm saß Martha.

»Ich habe mir nur dieses Bild da angesehen.«

»Oh, Walfang, wie grässlich.«

»Oh ja, ich war mal vor Jahren im Walfangmuseum in New Bedford. Wussten Sie, dass New Bedford einmal die reichste Stadt der Welt war – nur wegen des Walfangs?«

»Ach? Dieses kleine Kaff in Neuengland?«

»Massachusetts, um genau zu sein. Das war in der Mitte des 19. Jahrhunderts. Von dort aus fuhren die meisten Walfänger. Mit dem Walrat hat man Maschinen geschmiert und Lampen beleuchtet. Und dann wurde in Pennsylvania Öl entdeckt und auf einmal kam Petroleum in die Lampen und Maschinen wurden mit Öl geschmiert. So schnell kann es gehen.«

Martha schien nachdenklich.

»Raubbau an der Natur war das eine wie das andere.«

»Wussten Sie, dass sich die Wale gewehrt haben?«

»Wie gewehrt?«

»Na, sie haben Schiffe versenkt.«

»Ach«, sie machte eine abwehrende Handbewegung, »Sie meinen die Geschichte von Moby Dick. Das ist doch nur ein Roman, eine Allegorie auf die Hybris des Menschen. Ich bezweifle, dass das so jemals stattgefunden hat.«

»Ich wäre mir da nicht so sicher.«

Am nächsten Morgen saß Peter zunächst wieder allein im Gastraum und wartete auf sein Frühstück. Es war am Vorabend noch lange geworden und sie hatten sehr anregende Gespräche geführt. Wenn dieser Aufenthalt in England noch länger dauern würde, könnte es durchaus sein, dass aus den anregenden Gesprächen auch noch etwas ganz anderes wird, dachte Peter.

Der Wirt tischte ihm Rührei mit gebratenem Speck, Baked Beans und Würstchen auf und fragte ihn, ob er erst die Milch und dann den Tee oder Tee und dann die Milch haben wolle. In diesem Moment kam eine strahlend gelaunte Martha herein und sagte auf Deutsch.

»Vorsicht, Falle. Wenn Sie erst die Milch in die Tasse geben und dann den Tee drauf schütten, hält er Sie für einen Snob.«

Peter lächelte den Wirt freundlich an und meinte:

»Ach, ich nehme doch lieber Kaffee.«

Der Wirt brummte etwas und wandte sich vom Tisch ab.

»Ich habe tolle Neuigkeiten. Paul Dix Lucas will Sie sehen.«

»Bitte was?«, fragte Peter und ließ vor Verblüffung Messer und Gabel fallen.

»Ich habe heute Morgen unter der Nummer seines Ateliers angerufen. Und ich habe auch gleich einen Termin für Sie vereinbart.«

»Sie meinen, für uns?«

»Nein, nur für Sie. Es war ihm sehr wichtig, dass er Sie allein treffen will. Mich hat das auch überrascht.«

»Und wo will er mich treffen? In seinem Atelier?«

»Nein, er erwartet Sie um 15 Uhr vor der HMS *Victory.*«

»Vor der was?« Die Überraschungen nahmen für Peter an diesem Morgen kein Ende.

»Die *Victory* sagt Ihnen doch etwas?«

»Sollte sie?«

»Admiral Nelsons Flaggschiff bei der Schlacht von Trafalgar.«

»Und wo finde ich dieses Schiff?«

»Keine zehn Kilometer von hier, im Marinehafen von Portsmouth. Das Schiff ist *die* Publikumsattraktion von Südengland. Mit Ausnahme von Stonehenge vielleicht.«

»Na, wenn Sie das sagen«, gab Peter leicht verwirrt zurück.

»Da könnte ich eigentlich heute Mittag hin, wenn Sie sich mit Lucas treffen.«

»Wohin?«

»Stonehenge. So weit ist das auch nicht weg. Ich habe mir das mal angesehen. Sind so etwa sechzig, siebzig Kilometer – von hier aus.«

Eigentlich hatte Peter gehofft, Martha noch zu einem Spaziergang durch das benachbarte Naturschutzgebiet überreden zu können. Doch irgendwie hatte sie plötzlich nur noch Stonehenge im Kopf. Sie schlug Peter vor, sich doch seinerseits ein wenig Zeit für das Naval Museum zu nehmen oder sich die sagenumwobene *Victory* anzusehen. Ganz offensichtlich hatte sie seine Enttäuschung gespürt und versuchte es nun auf diese Weise wieder gutzumachen. So ließ er sich überreden. Sie versprach sogar, ihn bis an die Fähre zu begleiten und versicherte, dass sie sicher einen ganz tollen Abend zusammen haben würden. Peter war besänftigt und fing schon an, sich in Gedanken den Abend auszumalen.

Gegen Mittag legte die Gosport Ferry ab. Martha winkte so heftig, als begäbe sich Peter auf eine Weltreise. Dabei legte die Fähre nur ein paar Minuten später auf der anderen Seite des Hafens von Portsmouth wieder an.

Vom Anleger bis zu Nelsons Flaggschiff musste Peter nur ein paar hundert Meter gehen. Als er vor dem gewaltigen Dreidecker stand, überfiel ihn fast eine Art Ehrfurcht. Die *Victory* wirkte mit ihren siebzig Metern Länge für ein Segelschiff gewaltig. Er löste ein Ticket, um sich einer Führung durch den gelb-grünen Giganten anzuschließen. An Deck erwartete die Gruppe ein junger Kadett, der in der kommenden Stunde jeden Schritt kommentierte, den Nelson während der für ihn verhängnisvollen Schlacht auf und unter Deck getan hatte. Viele Stellen waren auf dem Boden mit Messingplatten markiert, etwa jene, an der Nelson von dem französischen Scharfschützen tödlich getroffen wurde. Die Führung endete in einem blutrot getünchten Raum unter Deck. Es war das Lazarett und deshalb so rot getüncht, damit den Verwundeten nicht auffiel, wie sehr sie bluteten, wusste der Kadett zu berichten. Eine der inzwischen bekannten Messingplatten erläuterte, dass Vize-Admiral Lord Horatio Nelson genau an diesem Ort am 21. Oktober 1805 am späten Nachmittag sein Leben aushauchte.

Peter schwirrte ein wenig der Kopf, als er das Linienschiff verließ. In der Zwischenzeit hatte etwa fünfzig Meter vom Eingang ein Maler seine Staffelei aufgebaut. Er trug einen blauen Kittel, hatte eine Baskenmütze auf dem Kopf und einen üppigen schwarzen, von zahlreichen silbernen Strähnen durchzogenen Vollbart. Der Mann entsprach so jeglichem Klischee eines Malers, dass Peter fest davon ausging, dass es sich um Paul Dix Lucas handeln musste. Als er sich ihm näherte, streckte dieser gerade den rechten Arm heraus, den Daumen etwas gereckt, das linke Auge zugekniffen. Er visierte das Schiff an. Gleichzeitig sagte er, ohne die Miene zu verziehen:

»Schön, dass Sie gekommen sind, Mister Falcon.«

»Ich danke, dass Sie mich empfangen.«

Lucas wischte einen Pinsel und dann seine Hände ab, ehe er die Rechte Peters schüttelte.

»Sie sind also auch Künstler? Wie Ihr Urgroßvater?«

Paul lachte. »Nur ein Hobby. Oder sagen wir die Fortführung einer Familientradition. Nein, es hilft mir ein wenig, mich von den Katastrophen der Welt abzulenken. Ich bin Meeresbiologe und ich forsche hier über die Erwärmung der Meere. Genauer: die Auswirkungen des Klimawandels auf das Leben der größten Bewohner der Erde, der Wale … aber lassen wir das«, seufzte er. »Mister Falcon, was kann ich für Sie tun?«

»Ich suche eine Frau, eine brasilianische Wissenschaftlerin.«

»Sie meinen die Erfinderin der *Weltverbesserungsmaschine*?«, fragte Paul nicht ohne einen gewissen Ernst in der Stimme.

»Äh …«, Peter tat sich schwer.

»Sie meinen Professor Laura Una Petreus, ich weiß. Martha ist gerade bei ihr.«

»Ich denke, sie ist unterwegs nach Stonehenge!«, rief Peter empört.

»Nunja, das war eine kleine Notlüge. Die beiden Frauen sind seit Jahren sehr eng miteinander befreundet und Martha hat sich wirklich große Sorgen um sie gemacht. Da fand ich es nur fair, den beiden erst mal ein wenig Zeit zu geben, ehe sie sich wieder mit der … na ja, Angelegenheit befassen müssen.«

»Die Angelegenheit … Sie meinen die Flora?«

Lucas nickte.

»Sehen Sie, die Flora hätte die beiden um ein Haar voneinander getrennt. Dabei sind sie ja fast wie Schwestern. Und die Flora …«, er vollendete den Satz nicht.

»Aber ich muss Professor Petreus unbedingt sprechen. Ich habe einen Auftrag.«

»Das werden Sie, das werden Sie. Wo sind Sie untergebracht?«

»In Ahab's Tavern.«

»Nein!«, rief Lucas überrascht aus. »So ein Zufall, oder besser, das kann kein Zufall sein. Haben Sie etwa schon soweit recherchiert?«

Peter schwirrte der Kopf. Er verstand nur Bahnhof.

»Na, die Sache mit Herman Melville.«

»Wieso Melville?«

»Warum heißt Ahab's Tavern wohl so, wie sie heißt?«

»Ah, sie ist nach Captain Ahab benannt!«

»Ja, aber die Geschichte, warum sie so heißt, ist wirklich spannend. Die Taverne existiert schon viel länger. Sie soll es bereits im 17. Jahrhundert gegeben haben, lange bevor Melville gelebt hat. Damals hat sie angeblich Old Leviathan geheißen und sei eine Spelunke für Walfänger gewesen. Ich bin mir nicht sicher, ob das eine Erfindung des Fremdenverkehrsamtes von Hampshire ist. Aber wie es zu der Namensänderung kam, wird Sie interessieren.«

»Verzeihen Sie, am meisten interessiere ich mich im Moment für Laura und Martha …«

»… und für die Flora. Deswegen hat Sie Chroseby doch engagiert.«

»Sie sind gut informiert«, entgegnete Peter verblüfft.

»Sie wissen sicher, dass meine Familie sehr stark in diese Angelegenheit involviert war.«

»Und deswegen sind Sie auch kaum als unparteilich zu betrachten.«

Lucas lachte laut auf.

»Mister Falcon. Glauben Sie im Ernst, ich würde einen Feldzug wie mein Urgroßvater Albert Dürer Lucas führen, der sich immerhin mit dem großen Wilhelm von Bode angelegt hatte, nur um alle Welt davon zu überzeugen, dass sein Vater ein größerer Künstler gewesen sei, als er tatsächlich war? Hier geht es um ganz andere Dinge.«

»Um was geht es denn?«

»Das, verehrter Mister Falcon, müssen Sie schon selbst herausfinden«, sagte Lucas und schmunzelte in sich hinein. »Aber ich kann Ihnen zumindest dabei helfen.«

»Und wie?«

»Indem ich Ihnen die Geschichte von der Taverne erzähle.«

»Was hat die mit der Flora zu tun?«

»Eine ganze Menge, Sie werden sich wundern.«

Lucas begann:

»Anfang der vierziger Jahre des 19. Jahrhunderts war Melville auf verschiedenen Walfängern unterwegs. Die Forschung kennt die Geschichte ziemlich gut. Der letzte Walfänger, auf dem Melville diente, hieß *Queequeg.*«

»Wie der Harpunier auf der *Pequod,* Ahabs Schiff.«

»Genau. Diese Episode in Melvilles Leben liegt im Dunkeln. Passiert ist damals Folgendes: Die *Queequeg* hatte eine fatale Begegnung mit einem Pottwal. Mit Müh und Not schaffte sie es in einen Hafen auf den Kanaren. Von dort segelte sie nach Southampton, wo Melville abmusterte. Statt Geld wurde er mit einem Fass Walrat entschädigt. Melville wollte so schnell wie möglich zurück in die Staaten, aber keinesfalls mehr als Matrose. Doch eine Schiffspassage konnte er sich nur leisten, wenn er den Walrat verkaufen konnte.«

Peters Herz schlug immer schneller. Jetzt ahnte er, um wen es sich bei der Begegnung am Vorabend gehandelt hatte.

»Melville wanderte von einer Kneipe zur anderen, bis hinunter zum Solent. Im Old Leviathan traf er schließlich auf meinen Ururgroßvater Robert Cockle Lucas. Wie Sie wohl wissen, arbeitete er viel mit Wachs. Einst war auch Walrat bei Wachsbild-Künstlern ein beliebter Werkstoff. Doch zu Lebzeiten meines Ururgroßvaters war das schon längst vorbei. Warum er den Walrat trotzdem gekauft hatte? Eines ist jedenfalls sicher, die Flora besteht zu einem gewissen Anteil aus Walrat.«

Peter hätte Lucas nicht ein Wort geglaubt, wäre da nicht die Vision vom Vorabend gewesen. So flüsterte er nur. »Damit dürfte es wohl endgültig entschieden sein.«

»Was entschieden?«

»Dass Ihr Urahn die Flora geschaffen hat.«

Lucas' Blick schweifte ins Unendliche, wo er sich für einen Moment zu verlieren schien. Dann, als sei er gerade wieder erwacht, drehte er sich zu Peter und sagte:

»Nein, das heißt es nicht. Sehen Sie, die Flora ist die große Tragödie seines Lebens gewesen. Schauen Sie sich sein Werk an. Bieder, handwerklich, ordentlich – aber wo ist die Genialität? Der göttliche Funke? Mein Ururgroßvater war partiell verrückt. Wussten Sie, dass er einmal die Bürger von Southampton fürchterlich erschreckt hat, als er mit einer Toga bekleidet in einem römischen Streitwagen durch die Stadt fuhr, weil er sich für einen römischen Gott hielt? Und so ein exzentrischer Mensch hat die Flora nie ausgestellt und noch nicht einmal fotografisch dokumentiert, obwohl er das ansonsten mit allen seinen Werken tat?«

»Es gibt ein Foto seiner Werkstatt, in der zufällig die Flora steht,« wandte Peter ein.

»Nein, das gilt nicht. Das ist nicht mehr als eine Art Schnappschuss. Mein Ururgroßvater hatte etwas mit der Flora zu tun, nur was? Ich weiß es nicht.«

»Doch, wie kam die Taverne zu ihrem Namen? Niemand kannte Melville damals und ›Moby Dick‹ hatte er noch nicht geschrieben.«

»Völlig richtig, und das sollte auch noch dauern. Wussten Sie auch, dass Melville seine schriftstellerische Karriere mit ›Moby Dick‹ zerstört hatte? Nach seiner Zeit als Walfänger war er als Schriftsteller durchaus erfolgreich. Die Menschen mochten seine Bücher. Er konnte davon leben. Dann schrieb er ›Moby Dick‹. Das Buch erschien und bekam vernichtende Kritiken. Es war für seine Zeit zu modern, zu gotteslästerlich und zu fantastisch. Das Ironische an der Sache ist, dass die Grundlage seines Romans das Tagebuch von Owen Chase war. Er war der Steuermann der *Exeter,* des ersten Walfängers, der nachweislich durch den Angriff eines Pottwals versenkt worden war. Im Grunde ist ›Moby Dick‹ weniger ein Roman und vielmehr eine Reportage darüber, wie sich Pottwale im 19. Jahrhundert gegen ihre Ausrottung gewehrt haben. Verstehen Sie, das Buch ist ein frühes ökologisches Manifest gegen die Zerstörung der Lebensräume. Vielleicht ist es die Flora auch!?«

Peter verstand nicht, noch nicht.

»Was sollen denn die Pottwale mit der Flora zu tun haben?«

»Wissen Sie, was Maxim Gorki, der russische Zeitgenosse von Melville gesagt hat? *Die Wissenschaft ist der Verstand der Menschen, die Kunst ihre Seele.*«

Paul blickte Peter nun geheimnisvoll an. Peter verstand immer noch nicht. Plötzlich murmelte er gedankenverloren einen Satz, den er beim Abschied von Giovanna gehört hatte.

»Die Wissenschaft und die Kunst, das war mal ein Liebespaar ...«

»Lange ist es her!«, seufzte Paul laut. »Aber vielleicht ist es mal wieder an der Zeit! Wenn die Kunst und die Wissenschaft ...«, beschwor Paul in einem kämpferischen Ton und schwang dabei seinen Pinsel in der Luft. Als er Peters Blick bemerkte, ließ er den Pinsel schnell sinken und fügte rasch an.

»Äh, zurück zu Melville. Also, zu seinen Lebzeiten wurden gerade mal dreitausend Exemplare gedruckt. Er hat nie wieder etwas geschrieben und wurde schließlich Zollinspektor in New York. Erst nach seinem Tod, zu seinem hundertsten Geburtstag 1919, wurde ›Moby Dick‹ noch einmal neu aufgelegt und zu einem riesigen Erfolg. Die Geschichte mit dem Amerikaner, der für ein Fass Walrat in die Staaten zurückkehren will und dem ein damals durchaus bekannter Künstler geholfen hat, war in der Zwischenzeit natürlich längst eine lokale Legende geworden. Irgendwann in den zwanziger Jahren hat dann ein Nachkomme des Wirts die Taverne umbenannt. Ob ihm die Geschichte bekannt war oder ob er einfach vom Ruhm des Romans profitieren wollte? Ich weiß es nicht.«

Die beiden schwiegen und es war ein Schweigen, das etwas Endgültiges hatte. Peter verabschiedete sich freundlich und fuhr zurück in die Taverne.

Martha war noch nicht da. Er machte sich keine großen Gedanken. Laura und sie hatten sich sicher viel zu erzählen. Peter hoffte, Laura am Abend endlich kennenzulernen. Er war ziemlich sicher, dass die beiden gemeinsam auftauchen würden. So setzte er sich wieder in die Ecke wie am Abend zuvor und wartete und wartete. Doch weder tauchten die beiden Frauen auf noch ein Fantasiegebilde aus »Moby Dick« oder dem Walfänger-Gemälde. Er aß ohne großen Appetit, schaute lustlos dem Rugbyspiel zu und wurde allmählich unwirsch. Martha hätte ihm doch sagen können, dass es später wird. Auf der anderen Seite stellte er sich vor, wie die beiden gerade in einem Pub in Southampton saßen, redeten und völlig die Zeit vergaßen. Schließlich ging er alleine zu Bett. Ein wenig verstimmt war er trotzdem.

Am nächsten Morgen war er sich ganz sicher, dass Martha ihn nicht lange warten lassen würde. Doch er aß Eier, Bacon, Würstchen und Baked Beans alleine. Schließlich fasste er sich ein Herz und fragte den Wirt, ob er wisse, wann Mrs. Agnelli gestern zurückgekommen sei. Er sah ihn verständnislos an und sagte: »Warum zurückgekommen? Ihre Begleiterin hat gestern Nachmittag ausgecheckt. Ich dachte, das wussten Sie.«

Moon River

»Moon River, wider than a mile,
I'm crossing you in style some day.
Old dream maker, you heart breaker,
Wherever you're going I'm going your way.«

Die Gleise führten über den Fluss. Der Mond hing wie eine riesige Goldmünze im Himmel und spiegelte sich im Wasser. Zwischen 1.30 und 3.28 Uhr ruhte der S-Bahnverkehr. Das war gut. Allein acht S-Bahn-Linien frequentierten das Viadukt, dazu kamen noch sechs Regionalbahn- oder Regional-Express-Linien und eine Privatbahn. Eigentlich war hier entschieden zu viel los, um unbemerkt in die Werkstatt einzudringen. Doch es war der kürzeste Weg, um in das Museum hinein- und wieder hinauszukommen. Das größere Problem war das Viadukt selbst. Und dann natürlich das Auto. Sie mussten das gute Stück ja auch abtransportieren. So ganz leicht war das nicht. Ihren ersten Plan hatten sie schnell wieder verworfen. Sie wollten den Wagen im Kupfergraben parken und dann auf das Viadukt kommen. Das wäre der kürzeste und logischste Weg gewesen. Das Dumme war nur, dass ein Wohnhaus im Kupfergraben Tag und Nacht unter Polizeischutz stand. Sie hätten also unter den Augen der Ordnungshüter auf das Viadukt klettern und nach erfolgreichem Raubzug wieder mit der Beute herunterklettern müssen. Nein, das war keine gute Idee.

Es blieb noch die Spreebrücke. Da war der Weg über das Viadukt deutlich länger. Doch das war noch nicht alles. Der einzige sinnvolle Parkplatz für das Auto lag hinter dem James-Simon-Park in der Burgstraße. Das bedeutete im Klartext: Sie mussten ihre Beute über dreihundert Meter bis zum Wagen schleppen.

Das war schon eine Herausforderung. Aber es war möglich. Vor einigen Jahren war auf ganz ähnliche Weise eine riesige kanadische Goldmünze, die berühmte »Big Maple Leaf«, hundert Kilogramm schwer mit einem Durchmesser von fünfzig Zentimetern, aus dem Bode-Museum verschwunden. Die Täter hatten ebenfalls den Weg über das Viadukt gewählt.

Im Gegensatz zu den Münzdieben hatten sie nun den großen Vorteil, dass sie nicht in die Ausstellungsräume gelangen mussten. Die Werkstätten lagen an der Spreeseite und waren vom Viadukt nicht nur leicht zugänglich, sondern auch deutlich weniger durch Sicherungen oder Alarmanlagen geschützt. Und weniger schwer war ihre Beute auch.

Gegen drei Uhr in der Nacht hatten sie die Burgstraße erreicht. Sie mussten den Wagen, wenn er möglichst leicht erreichbar sein sollte, nicht ganz vorschriftsmäßig abstellen. Doch die Gefahr, ein Protokoll zu bekommen, lag um diese Tageszeit nahezu bei null und beeinträchtigte den Plan etwa in der gleichen Größenordnung.

Sie waren schwarz gekleidet und hatten sich Sturmhauben über den Kopf gezogen. Im letzten Moment hatten sie sich dazu entschieden – als ihnen klar wurde, dass die Nacht durch einen strahlenden Vollmond erhellt wurde. Falls ein später Nachtschwärmer noch unterwegs sein sollte, würde er kein Gesicht erkennen.

Sie schlossen den Wagen nicht ab, als sie ihn verließen. Die Bäume im James-Simon-Park vermittelten ein Gefühl von Schutz. Als sie am Ende des Parks an der Spreebrücke angekommen waren, nahmen sie die Seile von ihren Schultern und warfen sie nach oben. Die Anker hakten sich ohne Schwierigkeiten fest. Wenig später standen sie auf dem Viadukt. Noch siebzig Meter bis zum Museum. Sie legten die Strecke geduckt und im Laufschritt zurück. Endlich erreichten sie das große graue Gebäude, das von der Bahnlinie buchstäblich durchschnitten wurde. Sie kletterten über das Geländer und ertasteten sich den Weg, nun auf der schmalen Brüstung stehend, bis zum ersten Fenster. Es war, wie vorgesehen nur angelehnt. Die beiden stiegen ein. Ihre Taschenlampen flammten auf.

Da stand sie, noch immer das gleiche ironische Lächeln, der gleiche grotesk lange Hals. Das fahle Mondlicht ließ sie in einem milden Blau leuchten. Sie lächelte auch, als die behandschuhten Hände nach ihr griffen und es schien so, als habe sie nur auf diesen Moment gewartet, diesen Moment, da für sie eine weite Reise beginnen sollte.

Die Diebe warfen eine graue, grobe Wolldecke über sie und schnallten sie auf ein Traggestell, das sich einer von ihnen beiden auf den Rücken hob. Lautlos verließen die die Werkstadt. Heikel war der Rückweg mit der zerbrechlichen Büste auf dem Rücken. Zwanzig Meter unter ihnen floss träge und schwarz die Spree. Ein Sturz hätte unabsehbare Folgen gehabt. Mit dem Traggestell auf dem Rücken könnte er sogar tödlich enden. Und ihre Beute wäre verloren.

Doch alles ging gut. Nachdem sie sich wieder in den James-Simon-Park abgeseilt hatten, fühlten sie sich sehr erleichtert. Endlich erreichten sie den Wagen. Im Kofferraum stand eine große Sperrholzkiste, die Raum genug für die Büste bot. Sorgfältig verstauten sie die Flora. Als sie im Wagen saßen und der Motor ansprang, atmeten sie tief durch. Sie hatten eine lange Reise vor sich.

Sie war weg, einfach weg! Peter konnte es nicht fassen. Was für ein Spiel spielte sie mit ihm? Er hatte das Gefühl gehabt, er bedeute Martha etwas. Hatte sie nicht sogar versucht – sehr offensiv versucht – mit ihm zu flirten? Ausgecheckt, unmittelbar, nachdem er weg war, um sich mit Paul Dix Lucas zu treffen. Da fiel es im plötzlich wie Schuppen von den Augen. Lucas hatte keinen Hehl daraus gemacht, dass er ein Treffen zwischen Martha und Laura arrangiert hatte. Lucas musste ihm helfen. Peter fand seine Telefonnummer und die Adresse des Ateliers im Internet – genau so, wie es Martha tags zuvor gemacht hatte. Doch unter der angegebenen Nummer meldete sich niemand. Als Maler würde er an seinem aktuellen Werk weiterarbeiten, überlegte Peter. Also machte er sich noch einmal auf zur *Victory*. Doch vor dem Linienschiff saß kein Maler, der den Stolz der britischen Marine porträtieren wollte.

Peter nahm sich ein Taxi und ließ sich zu der Adresse fahren, wo das Atelier von Paul Dix Lucas sein sollte. Der Fahrer brachte ihn zu einem dieser typischen englischen Backstein-Reihenhäuser. Er klingelte an der Haustür, doch selbst nach mehrfachem Klingeln öffnete niemand.

Schließlich trat eine Frau mittleren Alters mit Lockenwicklern im Haar aus der Nachbartür heraus und erkundigte sich mit piepsiger Stimme:

»Suchen Sie Mr. Lucas?«

»Wissen Sie, wo er ist?«, wollte Peter wissen.

»Er bat mich, seine Katze in den nächsten Tagen zu füttern.«

»Er ist also nicht da. Wo ist er denn hingefahren.«

»Nach London … glaube ich.«

»Und wann kommt er zurück?

»In einer Woche … vielleicht auch in zwei. Weiß man bei ihm nie.«

Frustriert machte sich Peter auf den Rückweg.

Niedergeschlagen erreichte er das Ahab's. Wie sollte es nun weitergehen? Keine Martha, keine Laura, kein Paul Dix Lucas. Und der vermeintliche Leonardo war auch keiner. Am liebsten hätte sich Peter in den nächsten Flieger nach New York gesetzt. Doch wie konnte er Giovanna wieder unter die Augen treten, nachdem er so kläglich versagt hatte? Vielleicht sollte er erst einmal wieder nach Berlin reisen. Es konnte ja sein, dass Laura wieder im Museum aufgetaucht war. So recht glaubte er allerdings auch nicht daran.

»Ich bin zerstört, ich bin vernichtet«, jammerte Professor Mondschai. Sein Blick irrlichterte über die leere Platte seines Schreibtisches. Davor schritt ein junger Mann von kaum dreißig Jahren auf und ab. Mit Daumen und Zeigefinger der rechten Hand klammerte er sich an sein Kinn, als wolle er damit nachdenklich wirken.

»Jetzt fassen Sie sich endlich, Mondschai. Gleich ist die Polizei da.«

»Aber verstehen Sie denn nicht, Herr von Grumkow? Vor ein paar Jahren wurde aus dem Museum die sagenhafte Big Maple Leaf-Goldmünze gestohlen. Nun die Flora …«

»Ihre Goldmünze interessiert mich nicht. Ich bin gekommen, um sie wegen der Flora zu unterstützen. Und … ja, mein Unternehmen macht sich Sorgen.«

Mondschai sah ihn über die Gläser seiner Nickelbrille an.

»Sie wollen die Million zurück? Von mir?«, flüsterte er heiser. Grumkow lachte und schüttelte den Kopf.

»Bei Ihnen ist doch nichts zu holen«, er schüttelte den Kopf und nestelte an seinem blassrosa Einstecktuch. Er gab dabei die moderne Version eines preußischen Junkers, dachte Mondschai verächtlich. Doch er sollte sich seine Verachtung besser nicht anmerken lassen. Der arrogante Spross einer uralten Adelsfamilie hatte das Geld. Falls Montarpes das Museum in Regress nehmen sollte, dürften Mondschais Tage hier gezählt sein. Das war ihm bewusst. Besser, er spielte den verzweifelten Unterwürfigen. Erst recht würde er diese Rolle übernehmen, wenn jetzt gleich die Polizei kommen würde.

In diesem Moment klopfte es an der Türe, die sich fast unmittelbar danach öffnete. Der Kriminaloberkommissar hatte es noch nicht einmal für nötig befunden, auf ein »Herein« zu warten.

Aufmerksam ließ er den Blick durch den Raum schweifen.

»Mein Name ist Wiedmer, Kriminaloberkommissar Wiedmer. Sie müssen Professor Mondschai sein.«

Mondschai erhob sich kurz und ließ sich dann wieder in seinen modernen Chefsessel fallen.

»Und Sie sind?«, fragte Wiedmer mit hochgezogenen Augenbrauen, als er sich an Grumkow wendete.

»Von Grumkow, Karl-Theodor von Grumkow, Herr Kriminaloberkommissar,« erwiderte der junge Mann mit einer leichten Verbeugung.

»Ach, ich verstehe, Sie sind wohl Anwalt. Das finde ich jetzt ein wenig verfrüht …«

»Ich bitte Sie, Herr Kriminaloberkommissar. Ich bezweifle stark, dass Professor Mondschai eines Anwalts bedarf. Ich bin Senior Consultant für Public Relations im Social Gouvernance Department der Montarpes Incorporated.«

»Sie sind was?«, fragte Wiedmer verblüfft.

»Ich bin der Mann, der wissen will, was hier passiert ist, weil seine Firma kürzlich eine Million Euro in jene Figur investiert hat, die nun offenbar entwendet wurde.«

Wiedmer sah ihn überrascht an. Eigentlich hatte er vorgehabt, Grumkow sofort rauszuwerfen. Er hatte ihn auf den ersten Blick als kleinen arroganten Schnösel identifiziert. Doch das schien ihm jetzt nicht mehr ratsam. Die Erklärung des jungen Mannes könnte ein ganz neues Licht auf den Fall werfen. Er wandte sich wieder dem Kurator zu.

»Nun, die Spurensicherung ist noch bei der Arbeit. Ein paar erste Informationen kann ich Ihnen allerdings schon geben. Der oder die Täter kamen von außen über das S-Bahn-Viadukt ins Gebäude. Das Fenster zur Werkstatt war nicht verriegelt. Die Täter hatten also leichtes Spiel. Kommt Ihnen das bekannt vor?«

»Genau so haben sie es bei der Big Maple Leaf-Münze gemacht.«

»Ja, es war praktisch eine Kopie der Vorgehensweise. Natürlich stellt sich daher die berechtigte Frage: Wer öffnete das Fenster? Auch die Räuber der Münze hatten einen Komplizen.«

»Aber Herr Kommissar«, rief Mondschai, als sei er gerade angeschossen worden. »Sie wollen doch nicht sagen, dass hier schon wieder …«

»Beruhigen Sie sich. Ich will gar nichts sagen. Hier enden nämlich auch schon die Parallelen. Wir gehen davon aus, dass die Münze damals von einem arabischen Clan geklaut wurde, der diese eingeschmolzen und dann in kleinen Stücken weiterverkauft hat. Ich glaube nicht, dass es sehr viel Sinn machen würde, eine Wachsbüste einzuschmelzen und dann stückchenweise zu verkaufen.«

Wiedmer glaubte, er habe einen guten Witz gemacht. Keiner lachte, und auf Mondschais Gesicht spiegelte sich das Grauen.

»Die Briten, ganz klar, es waren Briten. Geschichte wiederholt sich eben doch!«, rief Grumkow mit unangenehmen Pathos in der Stimme.

»So, so, die Briten?«, fragte Wiedmer spöttisch zurück.

»Wenn Sie mir nicht glauben, fragen Sie Professor Mondschai.«

Mondschai winkte müde ab.

»Ich weiß, was Sie meinen. Aber jetzt nach über hundert Jahren? Nein.«

Der junge Mann brauste auf.

»Warum nicht? Denken Sie an den Brexit. Jetzt, gerade jetzt in dieser Zeit kriechen sie doch wieder aus ihren Löchern, die Extremisten, die Fanatiker. Vor einiger Zeit war doch einer von ihnen hier, oder nicht?«

»Sie meinen Paul Dix Lucas?«

»Ja, den meine ich.«

Der Kommissar intervenierte.

»Können Sie mir bitte auf die Sprünge helfen?«

»Das kann ich«, rief Grumkow aufgeregt. »Sie müssen wissen, Albert Dürer Lucas war der Urgroßvater von Paul Dix Lucas. Und der wiederum war der Sohn von Richard Cockle Lucas.«

»Und was haben diese Herren Lucas mit unserem Fall zu tun?«, fragte der Kommissar.

»Alles«, Grumkows Stimme überschlug sich, »Sie müssen wissen, Herr Kriminaloberkommissar, dass Wilhelm von Bode das Werk von einem Londoner Kunsthändler als ein Werk von Leonardo da

Vinci gekauft hatte. Nach der Vorstellung der Büste in Berlin war es Albert Dürer Lucas, der behauptete, die Wachsbüste der Flora sei in Wahrheit ein Werk seines Vaters. Er versuchte Bode mit allen Mitteln zu diskreditieren und mit ihm das Deutsche Reich. Es war ja der Vorabend des Ersten Weltkrieges.«

Der Kommissar nickte bedächtig.

»Was war nun mit diesem, wie sagten Sie, Paul Dix Lucas? Ich meine, die anderen Herren Lucas sind für uns ja wohl schlecht greifbar.«

Professor Mondschai setzte sich in seinem Bürosessel etwas aufrechter hin.

»Ich möchte da ein Missverständnis aufklären. Es ist richtig. Herr Lucas hat mich vor einigen Wochen hier besucht. Aber er machte auf mich nicht gerade den Eindruck eines Fanatikers. Im Gegenteil. Er schien sehr interessiert an der Untersuchung, von der er aus der Fachpresse erfahren hatte. Gleichzeitig versicherte er mir, dass seitens der Familie Lucas das wissenschaftliche Ergebnis der Untersuchung akzeptiert werde, egal, wie es ausfalle. Er selbst hat übrigens gar nichts mit Kunst zu tun, er ist Meeresbiologe.« Mondschai zuckte mit den Schultern und sah zu Grumkow. Der wirkte immer noch aufgebracht.

»Also«, meinte der Kommissar nachdenklich, »jetzt warten wir erst einmal ab, was die Spurensicherung sagt. Aber eines scheint bereits festzustehen. Es wurde keine Gewaltanwendung bei dem Fenster festgestellt, durch das die Täter eingedrungen sind.«

»Sie meinen also, dass die Täter einen Komplizen im Haus hatten?«

»Denken Sie doch mal nach. Wer klaut so etwas?«

»Was meinen Sie?«, fragte Mondschai zurück.

»Ach, stellen Sie sich nicht dümmer, als Sie sind. Wenn hier eine Hundert-Kilo-Goldmünze geklaut wird, dann ist mir klar, warum das jemand tut. Eingeschmolzen und in vielen kleinen Barren vertickt, bringt das enorm viel Geld ein. Aber was ist mit Ihrer Wachsbüste? Wenn sie tatsächlich ein Leonardo ist, ist sie unbezahlbar. Falls nicht, dann bekommen Sie dafür, wenn es hochkommt, ein paar Hundert Euro bei *Bares für Rares.* Dafür steigt doch kein Mensch in ein Museum ein. – Wir hören voneinander.«

Der Kommissar ging aus dem Raum und ließ dort zwei Männer in höchst unterschiedlichen Stimmungslagen zurück. Während Mondschai nur noch ein Nervenbündel war, schwankte Grumkow zwischen Ärger und Euphorie.

»Reißen Sie sich zusammen, Mondschai. Ich weiß gar nicht, warum Sie sich so aufregen.«

»Haben Sie nicht gemerkt, er verdächtigt mich. Ganz eindeutig. Ich bin sein Hauptverdächtiger. Er hat die Katze nur noch nicht aus dem Sack gelassen.«

»Und? Waren Sie's?«

»Herr von Grumkow, wie können Sie so etwas sagen?«, rief Mondschai empört aus.

»Ach, spielen Sie doch nicht die Unschuld vom Lande, Mondschai. Wir kennen das Geschäft doch beide. Sie wissen genau so gut wie ich, dass erst ihr Raub die Mona Lisa damals unbezahlbar gemacht hatte. Zuvor war sie eines von vielen Gemälden Leonardos.«

»Aber sie war eines aus seiner Hand!«

»Na und?«, Grumkow zuckte herablassend mit den Schultern. »Wenn die Flora jetzt verschwindet, wird ihr Wert ins Unermessliche steigen, ganz gleich ob sie von einem italienischen Renaissance-Maler oder einem englischen Künstler hergestellt wurde. Und wir wissen beide, dass die Untersuchungen in Paris bislang nicht gerade die Ergebnisse erbrachten, die wir uns gewünscht haben.«

»Und deswegen soll ich mein eigenes Museum beraubt haben?«, fragte Mondschai entgeistert.

»Also, wenn Sie es getan hätten, dann Chapeau! Für einen Moment, das muss ich gestehen, habe ich tatsächlich gedacht … Aber, ganz ehrlich, einen solchen Geniestreich traue ich Ihnen dann doch nicht zu.«

Der Patriot

Peter hatte ausgecheckt und war zurück nach London gefahren. Was sollte er nun tun? War seine Mission gescheitert? Überhaupt, was genau war eigentlich seine Mission? Sollte er Laura wiederfinden oder sollte er die Herkunft der Florra klären? Er überlegte, ob er noch einen Tag in London bleiben sollte, nur um nachzudenken. Aber als er sah, dass er noch den heutigen Zug schaffen würde, machte er sich direkt auf den Weg. Mit dem Zug vermied er die unangenehme Fliegerei und hatte genau neun Stunden und vier Minuten Zeit, um darüber nachzudenken, wie es jetzt weitergehen sollte.

Als der Zug in Brüssel einlief, war Peter der Lösung seines Problems keinen Schritt nähergekommen. Umsteigen. Auch auf der Fahrt nach Köln fiel ihm nichts ein. Wieder wechselte er den Zug. Er bestellte ein Bier. Deutsches Bier, sehr lecker. Noch eins. Der Zug raste durch flache Landschaften. Er zermarterte sich das Gehirn. Eine Brasilianerin, ein Engländer und eine Italienerin. Eine Imkerin, ein Meeresbiologe und eine Physikerin. Je mehr Peter nachdachte, desto stärker wuchs in ihm der Verdacht, dass die drei unter einer Decke steckten. Offensichtlich verfolgten sie einen gemeinsamen Plan. Doch welchen? Vielleicht sollte er sich die Flora noch einmal genauer ansehen und Mondschai bitten, ihn mit der Figur alleine zu lassen. Vielleicht würde sie dann mit ihm sprechen. Vielleicht, vielleicht, vielleicht … Es waren einfach entschieden zu viele Vielleichts.

Nach ein paar Bier verdöste Peter die letzten zweihundert Kilometer nach Berlin, ohne sich noch einmal mit diesen quälenden

Fragen auseinanderzusetzen. Es war kurz nach 21 Uhr Ortszeit, als der Zug den Berliner Hauptbahnhof erreichte. Peter checkte wieder im Westin Grand ein, und ließ sich erschöpft aufs Bett fallen. Es war nicht die Erschöpfung einer anstrengenden Reise, sondern vielmehr eine Erschöpfung, die aus der Frustration geboren war. Jeden kleinen Fetzen der Erinnerung, jedes Detail hatte er während der Zugfahrt noch einmal heraufbeschworen, hatte es gedreht und gewendet in der Hoffnung, dass er in irgendeinem Wort, einer Geste etwas entdeckten konnte, was ihm weiterhalf.

Er stand wieder auf, ging ein paar Schritte ziellos durchs Zimmer, hockte sich schließlich auf die Bettkante und starrte vor sich hin. Zu den vielen Vielleichts gesellte sich ein weiteres hinzu. Was, wenn er seine Gabe verliert, wenn sie sich einfach auflöste? Im Louvre hatte nicht Leonardo mit ihm gesprochen. Stattdessen hatte er Picassos Prozess aus dessen Augen erlebt. Und die Flora war stumm geblieben. Peter kam auf einmal alles so sinnlos vor. Ohne seine Visionen war er für Giovanna kaum noch von Nutzen. Er spürte einen Stich in seinem Herzen. Oft hatte er diese merkwürdige, so schwer zu definierende Gabe verflucht und doch hatte sie ihm immer wieder atemberaubende Einblicke in die Kunst gewährt. Sollte das jetzt alles vorbei sein?

Er war es Giovanna schuldig, sie zu informieren – schweren Herzens. Peter schaute auf die Uhr. In New York war es jetzt vier Uhr nachmittags. Er nahm sein Handy und wählte ihre Nummer. Es klingelte nicht. Stattdessen hörte er eine Stimme: »The person you have called is temporarily not available.« Seltsam, dachte Peter, Giovanna war eigentlich immer erreichbar, musste in dem überhitzten Kunstmarkt immer erreichbar sein. Dass sie nicht ans Telefon ging, war sehr ungewöhnlich. Doch während er noch darüber nachdachte, wechselte die Stimme ins Italienische: »La persona che hai chiamato è temporaneamente non disponibile«.

Peter nahm den Hörer vom Ohr und glotzte sein Telefon verständnislos an. Wieder hörte er die englische Ansage, der die italienische folgte. Schließlich drückte er die Stimmen weg. Was bedeutete denn das? War Giovanna in Italien? Peter schüttelte den Kopf, als wollte er den Gedankenwust aus seinem Hirn schleudern. Er schubste sein Telefon auf den Nachttisch, legte sich hin und schlief endlich ein.

Am nächsten Morgen ging er wieder hinüber zum Bode-Museum. Hinter dem Panzerglas saß die gleiche strenge Frau an der Kasse, die so tat, als erinnere sie sich nicht an ihn.

»Entschuldigen Sie bitte, ich müsste noch einmal zu Professor Mondschai«, sagte er höflich und ein wenig eingeschüchtert.

»Der Herr Professor ist nicht im Hause.«

»Wann kommt er denn wieder zurück?«, wollte Peter wissen und fügte ein ungeduldiges: »Es ist nämlich wichtig« hinzu. Die Frau hinter der Scheibe schien wenig beeindruckt.

»Der Herr Professor ist in den nächsten Tag nicht in Berlin.«

»Wo ist er denn? Wie ich sagte, es ist wichtig.«

»Mein Herr, es ist immer wichtig, wenn jemand mit dem Herrn Professor sprechen will. Niemand würde es wagen, ihn wegen etwas Unwichtigem zu behelligen.«

Peter überlegte kurz, dann beugte er sich hinunter und flüsterte hinter vorgehaltener Hand durch die Scheibe.

»Es geht um die Flora. Leonardo da Vinci, verstehen Sie? Denken Sie nicht, Sie könnten mir freundlicherweise sagen, wo ich den Herrn Professor erreichen kann?«

Die Frau schien beeindruckt.

»Bedaure, mein Herr. Ich weiß nur, dass er aus beruflichen Gründen nach Florenz gefahren ist.«

»Ah, Florenz, ich verstehe. Ich war unterwegs, um Erkundigungen über die Flora einzuholen. Der Professor hatte mich gebeten, nach meiner Rückkehr noch einmal einen Blick auf sie zu werfen.«

Nun zeigte sich die Frau zunehmend irritiert.

»Wie? Sie wissen es nicht? Man hat Sie nicht informiert?« Sie schien überrascht. »Wenn es so ist, wie Sie sagen, ist das aber sehr merkwürdig.«

»Wenn ich was sage?«, fragte Peter verdutzt.

»Na, dass Sie angeblich Erkundigungen über die Flora eingeholt haben und das noch dazu im Auftrag des Professors. Nein, dann hätte er Sie doch sicher informiert.«

»Worüber?«

»Die Flora wurde vorgestern aus dem Museum gestohlen – nachts.«

Peter trat einen Schritt zurück und schwankte ein wenig. Die Frau fragte ihn durch die Panzerglasscheibe: »Ist Ihnen nicht gut?«

Peter winkte nur ab. Ein mitfühlender Wachmann kam von hinten und packte ihn am linken Arm. Der Frau an der Kasse rief er zu.

»Ick kümmere mich. Mann, Sie sind ja weiß wie'n Laken.«

Er zerrte Peter aus dem Museum und lehnte ihn behutsam an die steinerne Balustrade der Spreebrücke. Dann nahm er sich erst mal eine Zigarette aus der Tasche, zündete sie an und inhalierte genüsslich den Rauch. Peter war in diesem Moment klar, dass er nur als billige Entschuldigung für die lange ersehnte Zigarettenpause des Mannes diente. Das Gleiche war dem offenbar auch aufgefallen und nun begann er wie ein Wasserfall zu reden:

»Echt, ick gloob dit nich … Erst die Münze und dann de' Flora. Und wissen Se, wat det Schärfste is? Da hat wieder eener von uns die Hände im Spiel gehabt.«

»Bitte was?«, fragte Peter, der mit dem breiten Berliner Idiom so seine Schwierigkeiten hatten.

»Amerikaner, wat? Da will ick mir mal verständlijer ausdrücken! Ich glaube, da hat einer von uns die Hand im Spiel, so wie damals mit der Münze. Diese kanadische Goldmünze. Echt, das war ein Brummer, so groß wie ein Autoreifen und aus purem Gold. Und dann, nachts rein, über die S-Bahn und – peng, war se wech. Und wer hat denen wohl die Tür geöffnet? Einer meiner Kollegen. Eine Schande ist das, eine echte Schande. Und so war's diesmal wieder.«

»Woher wissen Sie das?«, fragte Peter verblüfft.

»Alle im Museum wissen, dass in der Werkstatt ein Fenster offenstand. Dit hat der Kommissar ja jeden schon gefragt.«

»Aber wer sollte die Flora stehlen? Ausgerechnet jetzt?«

»Vielleicht ist sie ja gar nicht gestohlen worden«, meinte der Museumswärter geheimnisvoll.

»Aber sie ist doch weg«, rief Peter erregt.

»Vielleicht ist sie ja auch einfach entführt worden«, erklärte der Mann.

»Entführt?«

»Denken Sie doch mal nach, junger Mann.«

Peter war irritiert. Der Museumswärter war doch sicher fünf Jahre jünger als er. Was nahm der sich heraus, ihn ›Junger Mann‹ zu nennen. Unbeirrt fuhr der andere fort.

»Diese Goldmünze wird man nie wiederfinden. Die ist sicher eingeschmolzen und dann in kleinen Stückchen verkauft worden. Bei einer Wachsfigur ist dit total sinnlos. Man weiß ja nicht mal, ob dieses Ding einen Wert hat. Also, könnte man doch höchstens ein Lösegeld erpressen!? Sie ist entführt worden. Ich glaube, aus patriotischen Gründen.«

»Wie damals die Mona Lisa«, flüsterte Peter, dem plötzlich ein Licht aufging. »Stimmt, Sie haben recht, die Mona Lisa blieb Jahre verschwunden, ehe sie in Florenz wiederentdeckt wurde.«

»Sehen Sie, jetzt verstehen Sie es auch«, meinte der Wärter und nahm noch einen tiefen genüsslichen Zug aus seiner Zigarette. »Und haben Sie schon gehört, wohin unser Oller jestern abjereist is?«

»Wer? Was?«

»Ob Sie schon gehört haben, wohin unser Herr Professor Mondschai abgereist ist?«

»Nach Florenz!«

Peter dachte nach.

»Nach Florenz« wiederholte er flüsternd. Ihm wurde schlagartig klar, dass er seine Gabe nicht verloren hatte. Leonardo hatte zu ihm gesprochen, aber so wie es Leonardo zu tun pflegte – in Rätseln. Der italienische Glaser hatte damals behauptet, die Mona Lisa aus patriotischen Gründen gestohlen zu haben. Albert Dürer Lucas hatte aus den gleichen Gründen den Streit um die Flora vom Zaun gebrochen. Aus patriotischen, besser gesagt aus chauvinistischen Gründen hatte er Bode diskreditieren wollen.

»Mann, Sie sind ein Genie!«, rief Peter dem Wachmann zu. Der schaute ihn verblüfft an. Peter kniff ein Auge zu und fixierte den Mann. Konnte es sein, dass auch er eine Vision …? Nein, der Mann, der gerade verblüfft seine Schirmmütze in den Nacken schob und »Wenn Se dit sagen« murmelte, war zweifellos real.

»Danke, vielen Dank, Sie haben mir sehr geholfen«, rief Peter, ließ den ratlosen Mann zurück und stürmte durch das Portal. Er stürzte zum Kassenhäuschen und trommelte an die Panzerglasscheibe. Die Frau zuckte zusammen.

»Ihnen scheint es ja wieder besser zu gehen«, sagte sie indigniert.

»Das Hotel! Wissen Sie, in welchem Hotel der Professor abgestiegen ist? Es ist wirklich wichtig, bitte!«

Peters Aufregung hatte die penible Beamtenseele hinter der Glasscheibe nun doch verunsichert. Sie kramte in einigen Papieren, kritzelte etwas auf ein Papier und schob es durch die Durchreiche des Schalters.

»Vielen Dank, Sie sind ein Schatz.«

Die Frau errötete leicht.

Der Rosengarten

Das Flugzeug surrte. Peter war versucht zu sagen, es schnurrte. Man hatte ihm ein anständiges Essen serviert und Peter hatte ihm mit einem Glas Chablis die Weihe gegeben. Er lehnte sich mit der Stirn ans Flugzeugfenster und schaute in die schneebedeckte Berge.

»Kennst du das Land, wo die Zitronen blühn,
Im dunklen Laub die Goldorangen glühn,
Ein sanfter Wind vom blauen Himmel weht,
Die Myrte still und hoch der Lorbeer steht,
Kennst du es wohl?
Dahin! Dahin
Möcht ich mit dir, o mein Geliebter, ziehn!«

Peter träumte. Wie viele Italienreisende vor ihm. Goethe tat es, Heine tat es, und auch Peter träumte von seinem Arkadien. Endlich würde er die Heimat Giovannas kennenlernen! Ja, er würde ihr eine Postkarte schicken. So eine mit Dolce Vita bei Sonnenuntergang. Und einen edlen Tropfen würde er ihr mitbringen. Bei einem Chianti würde er ihr dann von seiner Italienreise erzählen!

»Ich bin den ganzen Tag in Florenz herumgeschlendert, mit offenen Augen und träumendem Herzen. Sie wissen, das ist meine größte Wonne in dieser Stadt, die mit Recht den Namen la Bella *verdient. Wenn Italien, wie die Dichter singen, mit einer schönen Frau vergleichbar, so ist Florenz der Blumenstrauß an ihrem Herzen.«*

Peter schmunzelte. Kaum zu glauben, dachte er, wie viele psychologische und philosophische Fehler einer machen kann, der dabei ist, nach Florenz zu fahren. Wenn einer dabei ist, nach Florenz zu fahren, meint er plötzlich, er sei ein Genie, dachte Peter. Nur große Genies lebten dort, oder? Nein, Florenz war vielleicht auch nur der große Verführer: *»Wenn du zu mir kommst, dann bist du ein Genie, du bist mein Geliebter seit eh und je!«*

Der Leonardo, das war der Größte! Hoffentlich lerne ich ihn kennen!, dachte Peter.

Peter kauerte sich auf seinem Sitz zusammen, das Flugzeug senkte sich langsam und mit Grazie. »We are approaching Amerigo Vespucci International Airport Florence«. Sie hatten den Flughafen nach Amerigo Vespucci benannt! Jenem Seefahrer des 15. Jahrhunderts, der Teile der Küste Amerikas entdeckte und der Peters Kontinent seinen Namen gab! Das fängt ja gut an, dachte er. Seine Ohren sausten, er ballte seine Hände zusammen und im Sonnenlicht gewahrte er die ersten Hügel von Florenz.

»Ronaldo! Ronaldo!! Uli viene sul lato sinistro, fianco e … passato«, dröhnte es aus dem Radio. Peter döste noch immer im Taxi ein wenig vor sich hin. Er versuchte es zumindest. Der Fahrer lauschte offenbar einem Fußballspiel und ging engagiert mit. Er jubelte, fluchte und litt lautstark.

»Wer spielt denn da?«, wollte Peter wissen.

»Wer da spielt? Madonna! Unser AC natürlich. Unsere Fiorentina. Oder glauben Sie, Sie sind in Neapel gelandet?«

»Und gegen wen spielt Ihr AC?«

»Gegen Juve, gegen die alte Dame aus Turin«, rief der Fahrer aufgeregt. »Juventus mit Cristiano Ronaldo.«

»Mit wem?«

»Na, Ronaldo, CR7, der beste Fußballer der Welt, ein großer Künstler! Na, sagen wir mal der zweitbeste nach dem Floh!«

»Nach wem??«

»Na, Messi, der ist doch so klein, dass man ihn den Floh nennt. So klein und doch ein Genie!« – Nach einer kurzen Pause:

»Amerikaner?«

»Merkt man das?«

»Wer nicht weiß, wer Cristiano Ronaldo ist, kann nicht aus Europa kommen und sicher auch nicht aus Südamerika. Und da Sie sich gar nicht bei unserem wunderbaren Calcio auskennen, müssen Sie einfach Amerikaner sein.«

»Calcio?«

»Fußball, Soccer, wie ihr drüben sagt. Football, wie der Engländer sagt.«

»Nun, Football ist aber etwas grundsätzlich anderes.«

»Ach, ob Football oder Soccer, Signore, es ist egal, nennen Sie es, wie es Ihnen beliebt. Wichtig ist nur, dass Sie da sind, dass wieder Touristen zu uns kommen. Schauen Sie, schauen Sie hinaus, wie leer unsere wundervolle Stadt, die einzigartige Signoria, ist. Stellen Sie sich vor, niemand besucht mehr Florenz! Unser Florenz, die Wiege der Renaissance.«

Peter kurbelte das Fenster nach unten. Die frische Frühlingsluft blies ihm ins Gesicht und im Gegenlicht funkelten die ersten Häuser der Stadt. Die Wiege der Renaissance. Peter dachte nach. Plötzlich kam ihm ein Gedanke.

Der schwarze Tod. Die Renaissance entstand während der Pest. Der Mensch wollte sich befreien, er wollte sich nicht länger irrglaubend und ehrfürchtig seinem Schicksal hingeben. Er suchte wissenschaftliche Erkenntnisse, die oft im Verborgenem zu suchen waren. Die alten Griechen und Römer.

Der Verkehr geriet ins Stocken. Schließlich kam das Taxi vor einer Kreuzung zum Stehen. Peter glaubte, ein Déjà-vu zu erleben. Wieder ein Demonstrationszug, der die Weiterfahrt behinderte. Doch die Demonstration schien irgendwie seltsam, der Zug war nicht etwa dicht gedrängt, sondern sehr aufgelockert. Die Demonstranten schienen ihren Protest auch eher stumm zum Ausdruck zu bringen. Die Szenerie wirkte fast unheimlich. Gerade waren Peter noch Gedanken an die Große Pest im 14. Jahrhundert durch den Kopf gegangen und als er diese Demonstration nun sah, fühlte er sich unwillkürlich an einen mittelalterlichen Geißlerzug erinnert.

»Wogegen demonstrieren die?«, fragte Peter den Fahrer.

»Gegen das vermaledeite Gift. Haben Sie schon von Glyphosat gehört?«

»Oh, ja. Vor ein paar Tagen kam ich mit dem Taxi in Berlin auch nicht weiter. Da demonstrierten Brandenburger Bauern.«

»Recht haben sie! Was soll nur aus unserer schönen Toskana werden? Aus unserem Wein, unseren Oliven? Und jetzt hat die EU das Teufelszeug noch einmal für fünf Jahre zugelassen. Wo soll das alles noch hinführen.«

»Ist der Weg noch weit?«, fragte Peter.

»Ach was«, winkte der Fahrer ab. »Wir müssen nur noch über den Arno und dann sind wir auch schon in drei Minuten da.«

Peter seufzte. Einen Moment lang überlegte er, ob er den Rest zu Fuß gehen sollte. Doch das wollte er dem Fahrer nicht antun. Der versuchte, das Gespräch nicht abreißen zu lassen.

»Was führt Sie nach Florenz?«

»Ich bin geschäftlich hier.«

Der Fahrer schien enttäuscht.

»Aber unsere Museen, unsere Sehenswürdigkeiten?«, fragte er unsicher.

»Die würde ich mir doch um nichts in der Welt entgehen lassen.«

Schließlich erreichte das Taxi nach einer Fahrt durch enge Gassen das Hotel *Pitti Palace* direkt an der Ponte Vecchio. Als ihm Peter den Fahrpreis bezahlte, nahm er eine Visitenkarte aus der Ablage und gab sie ihm mit den Worten:

»Wenn Sie während Ihres Aufenthaltes noch einen Fahrer brauchen, ich wäre geehrt, wenn ich Ihnen noch etwas von unserer schönen Stadt zeigen könnte.«

Peter checkte ein und erkundigte sich, ob Professor Friedemann Mondschai schon angekommen sei. Er erfuhr, dass der Professor das Hotel vor einer halben Stunde verlassen habe. Der Portier fragte, ob Peter dem Professor eine Nachricht hinterlassen wolle. Doch Peter schüttelte den Kopf. Er ließ sich sein Zimmer im vierten Stock zeigen und war erfreut, dass das Fenster direkt zum Aufgang der Ponte Vecchio ausgerichtet war. Peter drückte dem Roomboy zwei Euro in die Hand, schloss hinter ihm die Tür, reckte sich und seufzte: »Ach, Florenz«.

Es zog ihn magisch ans Fenster, um dem Treiben auf der Brücke zuzusehen. Die Sonne warf jetzt harte Schatten, fast wie in einem neorealistischen Schwarz-Weiß-Film. Rossellini. Richtig, fiel es Peter ein. Roberto Rossellinis »Paisà«. Mann, der spielte doch hier! Jene Episode, in der eine amerikanische Krankenschwester erfährt, dass ihr Geliebter Lupo, ein Partisanenführer, am anderen Ufer des Flusses schwer verwundet wurde. Fest entschlossen, ihn zu finden, unternimmt sie eine riskante Reise in den umkämpften Teil der Stadt. Sie musste über den Fluss.

Er erinnerte sich ergriffen an das tragische Ende der Geschichte. Wie eine Filmkamera verfolgte Peter den vermeintlichen Weg der Frau von der einen Seite des Flusses bis zum Ende der Brücke.

Dort, fast unterhalb seines Fensters, direkt vor der Brücke, saß eine Frau auf einem Klappstuhl. Sie hatte rund um sich herum zahlreiche bunte Zeichnungen der berühmten Brücke aufgestellt. Eine andere Frau trat zu ihr und begutachtete die Bilder. Peter stutzte. Irgendwie filmreif.

Die zweite Frau schien ihm bekannt. Sophia Loren? Claudia Cardinale? Es durchfuhr ihn wie ein elektrischer Schlag. Nein, das war Giovanna! Er trommelte gegen die Fensterscheibe und rief ihren Namen. Das war natürlich völlig unsinnig. Er machte er sich am Fenstergriff zu schaffen, konnte das Fenster aber nur kippen.

»Giovanna«, rief er durch den engen Schlitz. Sie drehte sich nach links, drehte sich nach rechts, misstrauisch äugend. Dann setzte sie sich einen breitkrempigen weißen Strohhut auf und schien sich hastig von der Verkäuferin zu verabschieden. Sie ging zügig auf die Ponte Vecchio. Peter klappte fahrig das Fenster zu, stürzte aus dem Zimmer. Der Aufzug? Nein, zu langsam. Er fand das Treppenhaus und rannte, zwei Stufen auf einmal nehmend, hinab. Im Laufschritt durchquerte er die Lobby, stieß die Tür auf und stürmte auf die Brücke. Ganz am Ende sah er den weißen Hut. Er rannte an den kleinen Juwelierläden vorbei, hatte die Brücke noch nicht zur Hälfte überquert, da verlor er den weißen Hut aus den Augen. Keuchend blieb er am Ende der Brücke stehen. Er schaute nach links, schaute nach rechts in die Gasse, die zu den Uffizien führte. Da sah er den weißen Hut wieder, der gerade in der Piazzale degli Uffizi verschwand. Wieder rannte er los. Doch als er den berühmten Galeriegang erreicht hatte, war der Hut verschwunden. Das konnte nicht sein! Wo war sie? Wo war Giovanna?

Sein Laufschritt wurde langsamer. Schließlich blieb er stehen. Er drehte sich einmal hilflos um seine Achse, stützte die Hände auf seine Oberschenkel und atmete heftig durch. Sein Blick ging wieder in Richtung Arno, von wo er gekommen war. Statt eines weißen Hutes fiel ihm plötzlich eine Glatze auf. Dies Glatze gehörte zu Mondschai! Eindeutig. Sollte er sich zu erkennen geben? Zögernd machte er einige Schritte auf Mondschai zu, der ihn offenbar nicht entdeckt hatte. Der Professor klopfte an eine Seitentür des Museums. Ihm wurde geöffnet und er verschwand.

Was war da los? War Giovanna durch die gleiche Türe verschwunden? Anders konnte es nicht sein, es sei denn, sie wäre durch den Galeriegang gesprintet – und das tat eine Giovanna Ferrara nicht. Gleichwohl hatte sie sich, nachdem ihr Name gerufen wurde, sehr schnell entfernt, als wolle sie nicht erkannt werden – als sei sie auf der Flucht. Hatte sie seine Stimme erkannt? Unwahrscheinlich. Waren jetzt Mondschai und Giovanna gemeinsam in den Uffizien? Sollte er einfach an der Türe klopfen? Er begann gegen die Tür zu pochen. Keine Reaktion. Er rüttelte am Türknauf. Sie war fest verschlossen. Er trat einige Meter zurück in die Gasse. Verzweifelt wanderte sein Blick die Fassade hinauf. Das alte Gebäude breitete sich vor ihm aus, groß, breit, mächtig und unbezwingbar, wie eine gewaltige Festung.

Er wusste, er musste da rein. Konnte es Zufall sein, dass Giovanna und Mondschai gemeinsam in Florenz waren? Dass sie sich dort trafen? Kurz nachdem in Berlin die Flora gestohlen wurde? Ärger stieg in ihm auf. Giovanna hatte ihn engagiert. Er sollte herausfinden, was mit Laura Petreus passiert war, die an der Flora gearbeitet hatte. Wie sollte er seinen Auftrag erledigen, wenn ihm Dinge verschwiegen wurden? Wenn die beiden in den Uffizien sein sollten, dann würde er auch nur dort die Antwort finden.

Gut, dass auch die uneinnehmbarsten Festungen heutzutage meistens ein Kassenhäuschen haben. Vielleicht kann er Giovanna ja doch noch irgendwie erwischen. Mit einem Mal überkam ihn aber auch das vage Gefühl, dass er in den Uffizien vielleicht noch ganz andere Antworten finden würde.

Wo sich in früheren Jahren Menschenmassen vor den Eingängen drängten, war kaum etwas los. Peter löste ein Ticket und betrat die heiligen Hallen der Renaissance. Fast scheu setzte er einen Fuß vor den anderen. Es hätte nicht viel gefehlt, da wäre er auf Zehenspitzen gegangen. Er hielt Ausschau nach einem Schild, das ihm den Weg zur Verwaltung, zur Direktion oder zu sonst einem Ort weisen konnte, der nicht für die Öffentlichkeit bestimmt war. Gleichzeitig jedoch konnte er nicht einfach so an diesen unermesslichen Kunstschätzen vorbeilaufen.

Der dritte Stock beherbergte die Gemäldesammlung. Immer wieder schoss ihm der Satz durch den Kopf, mit dem er sich von dem Taxifahrer verabschiedet hatte. Er suche den Frühling in Florenz. Peter wusste, dass er außer Giovanna und Mondschai noch irgendetwas anderes suchte. Je tiefer er in die Räume des alten Gemäuers vordrang, desto stärker wurde das Gefühl. Nur, wonach er suchte, wusste er nicht. Es war ihm allerdings klar, dass er es erkennen würde, sobald er es sehen sollte. Seine Schritte wurden immer schneller. Die ersten Säle durchschritt er fast im Laufschritt. Weder den antiken Exponaten in den ersten Räumen schenkte er Beachtung noch den ersten Gemälden aus dem 12., 13. und 14. Jahrhundert. Wie von einem Magneten gezogen strebte er weiter, bis zum Saal Nummer Zehn. Dieser und die nächsten vier Säle waren einem Maler gewidmet: Sandro Botticelli!

Nun verlangsamten sich seine Schritte und er begann, sich Zeit zu nehmen. Er betrachtete die verschiedenen Madonnen-Porträts, stand atemlos vor der »Anbetung der Heiligen drei Könige« und war berührt von der »Geburt der Venus.« Und dann stand er vor dem Bild, das ihn so magisch angezogen hatte.

»Primavera«, der Frühling. Peter sah die Venus in einem Orangenhain, sah Amor, der über ihrem Haupte schwebte, ganz außen stand Merkur, der Götterbote, eine Frucht pflückend. Während sich das alles zur Rechten der Venus abspielte, zeigte sich zu ihrer Linken eine weitaus gewalttätigere Szene: Der Windgott Zephyr versuchte, sich der Frühlingsgöttin Chloris zu bemächtigen. Direkt neben ihr stand jedoch eine weitere Inkarnation der Frühlingsgöttin: Flora. Sie trug ein blütenübersätes Kleid und streute Rosen vor Venus aus. Das Kleid! Peter kannte das Kleid. Sein Herz schlug immer schneller. Ein Kleid mit exakt diesem Muster hatte Martha getragen. Eine leise Stimme begann unmittelbar hinter seinem rechten Ohr zu sprechen:

»Während sie sprach, haucht sie Frühlingsrosen aus ihrem Munde: Chloris war ich, die ich jetzt Flora genannt werde. Und es war Frühling, ich irrte umher; Zephyrus erblickte mich, ich ging weg. Er folgte, ich floh, jener war stärker. Die Gewalttat dennoch machte er wieder gut dadurch, dass er mir den Namen der Gattin gab, und in meiner Ehe gibt es keinen Grund zur Klage. Stets genieße ich den Frühling, stets ist üppig blühend die Jahreszeit, die Bäume haben Laub und Nahrung stets der Erdboden.«

Peter drehte sich verblüfft um. Hinter ihm stand ein älterer, nein eigentlich ein sehr alter Mann. Groß gewachsen, mit streng frisiertem grauen Haar. Er hielt sich kerzengerade und er wirkte, als sei das Wort Gentleman genau für ihn erfunden worden. Seine Rechte ruhte auf dem silbernen Knauf eines eleganten Spazierstocks aus Edelholz.

»Ovid, verzeihen Sie, ich habe nur Ovid zitiert. Botticelli muss sich von diesem Gedicht inspiriert haben lassen. Eigentlich klingt es so, als gäbe Ovid eine Beschreibung von Botticellis Gemälde. Aber zwischen den beiden liegen tausendfünfhundert Jahre. Es ist erstaunlich, oder?«

»Ja, das ist schon erstaunlich«, erwiderte Peter etwas verwirrt. Er wusste nicht genau, ob ihn der unvermutet aufgetauchte alte Mann oder die noch unvermutetere Entdeckung auf dem Gemälde so aus der Fassung brachte. »Ich war nur gerade so … also das Kleid, das Kleid der Flora … Es kommt mir so bekannt vor.«

Der Alte lachte.

»Ja, das Motiv wird noch heute gerne im Textildruck benutzt. Da sehen Sie, wie zeitlos Botticelli, wie zeitlos die ganze Renaissance ist. Ich dachte, Sie hätten die Frau wiedererkannt.«

»Die Frau?«

»Mit ihr verhält es sich im Grunde wie mit dem Muster des Kleides. Jeder hat sie schon einmal gesehen, kann sich aber nicht mehr erinnern. Vermutlich handelt es sich um Simonetta Vespucci.«

»Müsste ich den Namen kennen?«, fragte Peter unsicher.

»Oh, nein, oder, das heißt … sie hatte einen berühmten Schwager: Amerigo Vespucci.«

»Ah, der mit Amerika.«

»Ja, der, ein deutscher Kartograf hat ja Ihren Kontinent, die Neue Welt, nach ihm benannt. Aber das wäre noch einmal eine ganz andere Geschichte.«

Peter war sich sicher, dass sich der Alte ganz der alten Welt verschrieben hatte. Er räusperte sich.

»Simonetta galt zu ihrer Zeit als die schönste Frau auf Erden – und sie ist die einzige Frau, deren Name je in Verbindung mit Sandro Botticelli genannt wurde. Sicher hat sie ihm Modell gestanden, für viele seiner Gemälde. Die Venus da drüben trägt mit großer Sicherheit ebenfalls die Züge von Simonetta. Sie war angeblich die große Liebe von Giuliano di Piero de' Medici, dem Bruder des Prächtigen. Viel Glück war dieser Liebe nicht beschieden. Simonetta starb bereits mit dreiundzwanzig an Tuberkulose und Giuliano wurde drei Jahre später erstochen. Auch das gehörte zur Renaissance: Krankheiten, Seuchen und Gewalt. Das sollten Sie nicht vergessen.«

»Äh … nein … warum sollte ich?«, gab Peter verwirrt zurück.

Wieder lachte der Alte leise.

»Sie suchen etwas, junger Freund, das spüre ich. Sie haben sich auf die Straße der Renaissance begeben, das ist ein Weg, auf dem man sich leicht verirren kann.«

»Verirren?«

»Es sind die Allegorien. Alles hat eine Bedeutung, jede Szene, jede Geste. Man muss sie nur zu deuten wissen. Und missdeutet man diese Zeichen, wird man unweigerlich fehlgehen.«

»Das klingt jetzt aber sehr philosophisch«, meinte Peter mit einem sehr milden Anflug von Spott. Der Alte ließ sich nicht aus der Ruhe bringen.

»Ich bitte Sie, früher habe ich darüber Bücher verfasst. Heute bin ich nur als Privatier hier. Darf ich mich vorstellen: mein Name ist Moritz Warburg.

Aber nennen Sie mich ruhig Sokrates, nennen Sie mich Platon, nennen Sie mich Aristoteles. Einer wird Ihnen sicher behagen. Ohne sie gäbe es nämlich keine Renaissance. So einfach ist das. Die Renaissance ist die Wiedergeburt, die Rückbesinnung auf eine Zeit, als der Mensch noch selbst dachte, sich selbst vertraute und sich von keinen Religionen das Denken verbieten ließ. Mit der Renaissance befreit sich der Geist von seinen Fesseln. Vielleicht mag ja genau das die Antwort auf Ihre Fragen sein. Die Fragen, die Sie heute hier in die Hallen getrieben haben.«

Peter seufzte. »Vielleicht sollte ich …«, er stockte, denn er bemerkte, dass er im Begriff war, sich dem alten Mann anzuvertrauen. Dann gab er sich einen Ruck. »Vielleicht sollte ich meine Aufgabe, meinen Auftrag eher von der allegorischen Seite betrachten. Ich bin nämlich tatsächlich auf der Suche nach der Flora – im gewissen Sinne.«

»Die Menschen suchen immer nach einer Formel der Kunst, ja, um deren Rätsel zu entschlüsseln. Dazu benutzen sie heutzutage sogar Computer! Aber es geht nicht um die Formel, ja eines Lächelns. Was bringt uns das? Es geht um unsere Erkenntnis darin, das ist entscheidend, verstehen Sie. Die Kunst als Spiegel unserer Existenz. Pathosformel habe ich das genannt. Man versteht darunter die Darstellung formelhafter Gestik und Mimik des Gefühlsausdrucks, denen eine universale Gültigkeit unterstellt wird. Historische Bilder kann man daraufhin untersuchen, ob in magischer Weise wirkende, wiederkehrende Formen und Gebärden tradiert wurden.«

Peter verstand, auf einmal. Die Weltverbesserungsmaschine. Peter wurde klar, dass die Entschlüsselung ein Irrweg war. Nicht, ob die Flora von Leonardo war oder nicht, gab ihr ihren Wert, sondern die Erkenntnis, die wir durch sie erlangen. Es ging also um eine Botschaft.

Peter hatte erwartet, dass der Alte wieder in sein leises gutturales Lachen verfallen würde. Doch dieses Mal schwieg er und kratzte sich am Kinn.

»Sie wissen natürlich, wofür die Flora steht?«

»Ja, klar, es geht um die Natur, die Fruchtbarkeit …«

»Nicht nur, nehmen Sie Ceres.«

»Ceres?«

»Auch eine Göttin der Fruchtbarkeit. Auch sie wurde von den Römern verehrt. Für beide wurden mehrtägige Feste gefeiert, im April und im Mai. Es gab aber interessante Unterschiede: Während bei den Ludi Cereris die Festgäste weiß gekleidet erschienen, erwartete man bei den Floralien, dass sich die Menschen in möglichst bunte Kleider hüllten. Ceres wurde geehrt, in dem man Füchse jagte, Flora dagegen wurden Hasen und Ziegen geopfert.«

»Wo ist der Unterschied?«, wollte Peter wissen.

»Nun ja«, meinte der Alte schmunzelnd, »Hasen und Ziegen sind ein Symbol, verzeihen Sie, für die Geilheit. Anlässlich der Floralien wurden auch anzügliche Theaterstücke gespielt. Verstehen Sie jetzt?«

»Die Floralien waren eine Art Karneval?«

»Nein, nicht direkt, aber in einem Punkt lassen sie sich schon mit Karneval vergleichen: Es sind im Grunde anarchische Veranstaltungen, in denen es um eine gewisse Befreiung geht. Sie sollten nach Vinci fahren, junger Mann. Dort werden die Floralien noch gefeiert. Nicht mehr so wie bei den Römern, aber immerhin.«

Peter wandte sich wieder dem Bild zu und wollte wissen:

»Wenn Flora die Rosenblüten streut, heißt das ...«, er drehte sich zu dem alten Mann um. Doch der war verschwunden.

Von Giganten und anderen Zwergen

Die Stimmung war fast ein wenig gespenstisch, als er in der Dämmerung nachdenklich die Uffizien verließ und über die Piazza della Signoria ging. Sie war unwirklich leer. Noch immer waren die großen Touristenströme nach der Pandemie nicht nach Italien zurückgekehrt. Peter blickte an der mächtigen Statue hinauf. Über fünf Meter groß war Michelangelos David geraten, den der Meister damals aus einem Block Marmor geschlagen hatte. Zwei seiner Bildhauerkollegen waren an der gewaltigen Aufgabe schon gescheitert, ehe Michelangelo Buonarroti den Auftrag 1501 übernahm. Allerdings war das, was da vor dem Palazzo Vecchio stand, eine Kopie. Der echte David, der einst an dieser Stelle gestanden hatte, hatte längst seinen Platz in der Accademia di Belle Arti gefunden.

Peter empfand Michelangelos Meisterwerk als ein Paradoxon, aber eines, das vielleicht wirklich nur die Renaissance hervorbringen konnte. Dem David hatten die Florentiner nicht etwa den Goliath entgegengestellt, was logisch gewesen wäre. Nein, der zweite Torwächter war Herkules mit Cacus, dem feuerspeienden Riesen. Nun meinen Goliath und Herkules im Umgangssprachlichen meist dasselbe: einen großen starken Mann. Aber hier ging es nicht um Umgangssprache. Alles hatte eine Bedeutung. Das hatte der alte Mann vorhin gesagt.

Fünf Meter, das war schon verdammt groß für einen kleinen Hirtenjungen. Wie groß wäre dann erst Goliath gewesen? Peter hatte noch im Kopf, dass Goliath zwischen vier und sechs Ellen gemessen habe. Eine Elle, das wusste Peter noch, lag etwa bei einem halben

Meter. Hochgerechnet wäre Goliath dann zwischen zwei und drei Meter groß gewesen. Eine »maßstabsgerechte« Goliath-Statue hätte also deutlich über zehn Meter messen müssen. Stattdessen ein Herkules als Stellvertreter, der gerade Cacus den Kopf abschneidet. Eine merkwürdige Wahl, dachte Peter. In der Sage von David und Goliath ist es nämlich am Ende an David, seinen besiegten Gegner um einen Kopf kürzer zu mache.

David gegen Goliath – war das nicht auch eine Analogie, die sein eigenes Leben gut umschrieb?, dachte Peter. Er sah plötzlich seinen kleinen Laden in Manhattan, voller Comics und Schallplatten, echten Schallplatten aus Vinyl. Waren diese Scheiben nicht so etwas wie seine Steinschleuder, mit der er gegen die großen Musikkonzerne angekämpft hatte, die jeden Ton in ein digitales Gefängnis sperrten, in eine sterile kalte Welt, in der kein Platz mehr für ein Knacken, ein Knistern oder ein Rauschen war?

Er erinnerte sich noch, als die CDs aufkamen, wie sie langsam die schwarzen Scheiben vom Markt verdrängten und wie er sich dagegen gewehrt hatte – völlig erfolglos. Jahrelang interessierte sich kein Mensch mehr für seine Alben. Einst begehrte Schätze waren darunter wie das rote, das blaue und das weiße Album der Beatles, Raritäten wie eben auch jene Platte von João Gilberto, die Giovanna bei ihm erstand. In seinen Regalen lagen sie meist unbeachtet herum. Nur Peter selbst zog ab und an wehmütig eine Platte heraus und legte sie auf, oft das legendäre Konzert von Simon and Garfunkel im Central Park und er wünschte sich dann nichts sehnlicher, als dabei gewesen zu sein, nur ein paar Blocks weiter nördlich.

Er schloss die Augen und summte vor sich hin, den 59th Street Bridge Song »Feelin' groovy«. Doch auf diesen heiteren Song folgte »Sounds of Silence«. Und die Textzeilen flammten vor seinem inneren Auge auf:

People talking without speaking
People hearing without listening
People writing songs that voices never share

And no one dared
Disturb the sound of silence

Menschen sprechen, ohne zu sprechen
Menschen hören, ohne zuzuhören
Menschen schreiben Lieder, die keine Stimme teilt
Und niemand wagt sich
Den Klang der Stille zu stören.

Für wen, fragte sich Peter nun, tat er das eigentlich alles? Nachdem sich Jahre niemand für seine Platten interessiert hatte, kamen plötzlich Menschen in seinen Laden auf der Suche nach Vinylplatten. Und es wurden mehr. Vinyl feierte eine Renaissance. Da war es wieder, das Wort von der Wiedergeburt. War es wirklich eine Wiedergeburt, oder nur eine kurzlebige Mode? Dann kam ein neuer Sheriff in die Stadt: Stream. Und mit ihm war alles out: Vinyl und CD. Komisch, Peter war nie auf die Idee gekommen, alte CDs zu verkaufen. Dafür interessierte sich auch kein Mensch und Peter selbst verschwendete keinen Tropfen Herzblut dafür. CD war aus der Stadt verschwunden, doch Vinyl, die alte, abgetakelte Bardame saß noch immer in der Ecke des heruntergekommenen Salons und sang für 'nen Dime »Oh Susanna« mit brüchiger Stimme.

War es das, was am Ende übrigblieb, wenn man versuchte, den Großen eine lange Nase zu drehen? Oder hatte er es sich einfach nur bequem gemacht, indem er die Welt in gute und böse Musik unterteilt hatte? Ja, das war natürlich auch schön einfach, da unten in seinem Kellerkabuff über die »böse Industrie« zu schimpfen. Doch ändert man damit den Lauf der Dinge? Müsste er nicht vielmehr anfangen, einen aktiven Kampf zu führen? In was für einer Sache war er überhaupt jetzt unterwegs?

Peter legte den Kopf in den Nacken und schaute hinauf zu dem riesigen David, der trotz seiner schieren Größe etwas Anmutiges, ja Verletzliches besaß.

»Sag es mir, David, sag es mir«, flüsterte Peter.

War der Kleine am Ende gar nicht so klein und musste sich der Große nicht vielmehr vor dem Kleinen fürchten? Er ließ die vergangenen Tage noch einmal in seinem Kopf Revue passieren. Da gab es einen übermächtigen Konzern, sozusagen einen Goliath, und dann war da die Kleine, die Bienenzüchterin, der der Konzern alles zerstört hatte. Allerdings deutete nichts darauf hin, dass Frau David gegen die Goliath AG auch nur den Hauch einer Chance hatte. Immerhin, die von ihr erzeugten Bilder – der auf den Stufen ausgeschüttete Honig – waren wirkmächtig gewesen: Sie waren in allen großen deutschen Tageszeitungen zu sehen. Doch was hatte das jetzt alles mit der Flora zu tun? Seit er das Kleid der Flora auf Botticellis Gemälde entdeckt hatte, war er überzeugt, hier auf der richtigen Spur zu sein. Martha hatte etwas mit der Büste der Flora zu tun. Nur was? Hatte sie mit dem Verschwinden der Flora zu tun? Oder versuchte sie, die Büste zurück zu bekommen? Er wusste gar nicht wohin mit seiner Aufregung.

Peter beschloss, wenigstens einmal den Palazzo Vecchio zu umrunden. Das sollte seine innere Unruhe vielleicht etwas eindämmen. Doch gerade als er in die Via della Ninna einbiegen wollte, hörte er Stimmen. Sie kamen aus der Piazzale degli Uffizi, der berühmten Galerie, jener Gasse, die hinunter zum Arno zwischen den beiden Flügeln der Uffizien führte. Peter blieb stehen. Er drückte sich an die Wand und mogelte sich vorsichtig an den Säulen der Galerie entlang, in die Richtung, aus der die Stimmen kamen. Eine kam ihm bekannt vor. Die Galerie war an der linken Seite gesäumt von Statuen der großen Florentiner aus der Renaissance. Dahinter zog sich ein Säulengang bis zum Arno hinunter. Zunächst schlüpfte Peter hinter Lorenzo dem Prächtigen unter, jenem Medici, unter dem die Renaissance in Florenz zur größten Blüte reifte. Peter sah zwei Männer, die in einem geöffneten Tor standen, unmittelbar hinter dem Denkmal Donatellos. Den einen erkannte er sofort. Es war Professor Mondschai.

»Giovanna wird nicht mehr kommen, Paolo«, sagte er ernst.

»Aber warum denn?«, fragte der andere bestürzt.

»Als ich kam, wartete sie schon auf mich. Sie war völlig durcheinander und sagte, sie werde verfolgt. Sie wollte sofort wieder gehen.«

»So kenne ich sie gar nicht.«

»Seit die Flora weg ist, ist sie wirklich durch den Wind«, erklärte Mondschai.

»Wieso denn, das ergibt doch gar keinen Sinn! Die Flora gehört euch, dem Bode-Museum, oder der Stiftung oder was weiß ich wem. Aber sie gehört sicher nicht Chroseby. Oder hattet ihr etwa vor, sie nach der erfolgreichen Expertise auf den Markt zu werfen?«

»Gott bewahre, nein. Sie meint, sie habe Druck von Mortapes bekommen.«

»Warum soll Mortapes Druck auf sie ausüben – und vor allem, wie?«, fragte Paolo verwundert.

»Mortapes hat eine Million Euro in die Untersuchung der Flora gesteckt. Und jetzt ist sie weg. Das heißt, sie ist ein Versicherungsfall. Mortapes hätte dann gerne sein Geld zurück, wenn die Büste weg ist. Die Frage echt oder unecht, Leonardo oder Cockle Lucas, ist im Grunde zweitrangig. Die Frage ist, was ist die Flora wert? Und da kommt eben Giovanna wieder ins Spiel, die, sozusagen als Gutachterin für Mortapes, einen Wert gegenüber der Versicherung in Spiel bringt.«

»Aber setzt sie nicht ihren Ruf aufs Spiel, wenn sie sich auf so einen Deal einlässt?«, wollte Paolo wissen.

»Deswegen war sie ja inkognito hier. Niemand sollte von ihrem Aufenthalt erfahren.«

»Und? Wird sie morgen Abend zu dem Treffen in die Villa Schifanoia kommen?«

Mondschai zuckte mit den Schultern.

»Ich weiß es nicht und ich weiß auch nicht, was die Gegenseite tut, wenn sie nicht kommt.«

Paolo klopfte Mondschai auf die Schulter.

»Ruhig Blut, Friedemann. Das sind Erpresser, die wollen nur Geld.«

»Genau. Aber warum treffen wir uns dann hier in Florenz? Berlin oder London wäre doch viel logischer. Bin gespannt, ob die Büste hier ist, und ob sie sie sogar mitbringen! Ich glaube, sie werden zu dir kommen, wenn die Verhandlungen mit uns platzen.«

»Zu mir?«, fragte Paolo entgeistert.

»Ich sag ja nicht, dass es so kommt, Paolo«, sagte er beschwörend, »aber wenn, dann weißt du, was du zu tun hast.«

»Friedemann, mein lieber Freund, du weißt, du kannst dich auf mich verlassen. Aber ich glaube nicht, dass es so läuft wie bei der Mona Lisa. Wer sollte mir die Büste schon zum Kauf anbieten?«

»Ein Glaser vielleicht«, entgegnete Mondschai ironisch und spielt damit auf den Dieb der Mona Lisa an, der einst im Louvre als Glaser gearbeitet hatte.

»Es ist wirklich ein großes Mysterium. In Rom steht eine Wachsbüste, fast die gleiche wie deine Mona Lisa, aber viel besser erhalten. Für die wollte vor ein paar Jahren bei einer Auktion niemand zweitausend Euro bezahlen!«

»Dann handelte es sich auch nicht um einen Leonardo.«

»Und bei deiner Flora? Bis du dir so sicher?«

Peter sah, wie Mondschai unschlüssig mit den Schultern zuckte. Sie schlenderten die Gasse zwischen den Wandelgängen hinunter in Richtung Arno.

»Ich weiß es nicht, aber deshalb untersuchen wir sie ja«, räumte Mondschai ein.

Peter huschte von Lorenzo dem Prächtigen bis zu Donatello. Er kam sich vor wie beim Baseball. Die Statuen waren die Bases, die er erreichen musste, ehe er erwischt wurde.

Der Italiener legte den Kopf schräg und fragte:

»Warum stiehlt jemand die Flora, ehe die endgültige Expertise da ist? Wenn sie doch von Cockle Lucas stammt, dann wird sie nicht mehr wert sein als ihre römische Schwester – weniger sogar, weil sie schlechter erhalten ist. Wer geht so ein Risiko ein?«

»Vielleicht jemand, der gar kein Ergebnis haben will?«, fragte Mondschai zurück.

»Wer könnte daran ein Interesse haben?«

»Da fallen mir einige ein. Ich bin mir auch nicht so sicher, was diesen seltsamen Herrn von Grumkow bei Mortapes betrifft.«

»Warum sollte Mortapes erst eine Million in das Projekt stecken und dann die Büste stehlen lassen?«

»Weil das Ergebnis nicht den Erwartungen entspricht?«

»Und wer könnte noch ein Interesse an der Flora haben?«

»Der Engländer, Paul Dix Lucas. Er will die Flora heim ins englische Königreich bringen.«

»Dann wird er kaum zu mir kommen. Bisher hast du noch keinen Kandidaten genannt, der sich bei mir melden könnte.«

Peter hatte es von Donatello unter Umgehung von Leon Battista Alberti schon fast bis zur Statue von Leonardo da Vinci geschafft, da wäre er beinahe vor Schreck gestrauchelt.

»Einen gibt es. Es handelt sich um einen gewissen Peter Falcon. Amerikaner.«

»Kenn ich nicht.«

»Unsere gemeinsame Freundin Giovanna hat ihn mir geschickt. Er hat wohl angeblich ein ganz besonderes Gespür für Kunstwerke. Ich weiß nicht. Er kommt mir komisch vor.«

»Ich bitte dich – wenn ihn Giovanna geschickt hat!«

»Trotzdem. Ich habe mich über ihn erkundigt. Im Grunde ist er ein Hungerleider. Er betreibt einen kleinen Comicshop in New York. Er ist chronisch pleite.«

»Giovanna bezahlt ihn doch sicher gut.«

»Ich denke schon. Aber da war vor ein paar Jahren so eine merkwürdige Geschichte in Frankreich. Es ging um Fälschungen von van Goghs. Da war irgendwie auch ein Mitarbeiter von Chroseby involviert. Und in dem Zusammenhang taucht auch zum ersten

Mal der Name Peter Falcon auf. Ich erinnere mich nicht mehr richtig daran. Die ganze Geschichte war sehr dubios.«

»Du hast recht, ich erinnere mich noch. Da war was, aber den Namen Falcon habe ich nie gehört.«

»Ich kann mir schon vorstellen, dass er sich die Flora unter den Nagel gerissen hat. Der Einzige, bei dem er sie anbieten könnte, wärst du.«

Peter hatte es gerade von Dante bis zu Boccaccio geschafft. Die beiden hatten inzwischen Machiavelli erreicht. Peter begann in seinem Versteck vor Wut zu beben. Das also hielt dieser scheinheilige Mondschai von ihm!

»Und wenn ich ablehnen würde?«

Mondschai lachte.

»Dann findet sich die Flora irgendwo wieder ein. Er wird derjenige sein, der auf Grund seiner angeblich magischen Kräfte den Dieb finden wird und die Flora, gegen einen entsprechenden Finderlohn natürlich, zurück in den Schoß meines Museums führt.«

Der Italiener lachte: »Das ist eine ziemliche Räuberpistole, die du mir da auftischst.«

»Denke an Jonathan Wilds, den Großen.«

»Und wer ist das schon wieder? Hat der auch etwas mit dem Diebstahl der Flora zu tun?«

Mondschai lachte kurz auf.

»Zu seiner Zeit sicher. Zumindest in London. Er galt als einer der größten Verbrecher Londons. Ende des 17., Anfang des 18. Jahrhunderts hatte er alle Diebe Londons unter sich organisiert. Sie mussten ihm ihr gesamtes Diebesgut abliefern. Wilds betrieb eine Art Fundbüro, in dem man gestohlene Dinge wiederbekommen konnte – gegen einen Finderlohn, versteht sich.«

»Und das haben die Menschen mitgemacht?

»Nicht nur mitgemacht. Sie waren begeistert. Wilds verkehrte in den höchsten Kreisen und war sehr angesehen. Na ja, eine Zeit lang wenigstens. Er galt als großer Diebesfänger. Dadurch, dass er die ganze Unterwelt kontrollierte, war es auch ein Leichtes für ihn, jeden an den Galgen zu bringen, der nicht mit ihm kooperierte. Irgendwann flogen seine schmutzigen Geschäfte allerdings doch auf, und er landete selbst am Galgen.«

»Hört sich gruselig an.«

»Ist aber wahr – und sogar sehr populär geworden.«

»Mir sagt die Geschichte gar nichts.«

»Sicher? Kommt dir da nichts bekannt vor?«

Der Italiener grübelte offensichtlich und zuckte schließlich unbeholfen mit den Schultern. Mondschai begann leise zu pfeifen und Peter konnte die Melodie von »Mack the Knife«, von »Mackie Messer« erkennen.

»Ach? Die Dreigroschenoper? Dann ist Jonathan Wilds die Vorlage …«

»… für Peachum.«

»Nun dann, wenn dein Peter Falcon alias Peachum bei mir auftaucht, um die Flora anzubieten, dann weiß ich jetzt Bescheid. Wenn er sich meldet, hörst du natürlich von mir. Sag mir noch zum Schluss, wie macht sich Martha?«

»Sie ist verschwunden.«

»Wie bitte?«, fragte der Italiener fassungslos.

»Verschwunden. Wie Laura auch. Die zwei sind weg. Wie vom Erdboden verschluckt.«

»Das musst du mir jetzt aber genau erzählen!«, rief der Italiener aufgeregt. Mondschai schaute auf die Uhr.

»Ach, Paolo, es ist spät, ich sollte so langsam in mein Hotel.«

»Hab dich nicht so. Nur fünf Minuten …«

Die beiden drehten sich um. Peter konnte sich gerade noch um Boccaccio herumdrücken. Was die beiden nun sprachen, konnte Peter nicht gut verstehen.

»So also sieht es aus, mein lieber Paolo«, meinte Mondschai. »Und morgen kommt mein lieber Freiherr Karl-Theodor von Grumkow nach Florenz, um mir die Hölle heiß zu machen. Und ich habe keine Ahnung, wo ich jetzt weitermachen soll.«

»Nein, nein«, der Italiener schüttelte den Kopf, »Geschichte wiederholt sich nicht. Ein wirrer Patriot, der deine Flora stiehlt, um sie nach Hause zu bringen, das wird nicht passieren. Zumal ich nicht glaube, dass Vincenzo Peruggia wirklich ein Patriot war. Ich bitte dich. Er hatte die Mona Lisa zwei Jahre lang versteckt. Und als er sie schließlich rausrücken wollte, sollten die Uffizien die Kleinigkeit von umgerechnet 1,3 Millionen Euro bezahlen. So etwas macht kein Patriot.«

»Vielleicht bin ich auch völlig auf dem Holzweg, vielleicht ist die Flora schon längst in Großbritannien und vielleicht plant Paul Dix Lucas schon den großen öffentlichen Showdown.«

»Und wenn ja? Und wenn er wirklich beweisen könnte, dass sein Ururgroßvater die Flora geschaffen hat? Was würdet ihr dann tun? Sie zurückfordern – als Zeugnis der Schande von Wilhelm von Bode? Oder würdet ihr sie ihm einfach überlassen und jeden ermuntern, in ein Museum einzubrechen und das rauszuholen, was seiner Meinung nach nicht hineingehört?«

Mondschai schüttelte müde den Kopf.

»Wir müssen sie wiederfinden. Möglichst hier und möglichst bald.«

Endlich trennten sich die beiden voneinander. Peter wartete noch ein paar Minuten, dann schlich er im Schutze der Galerie zurück zur Piazza de Vecchio. Nun war es höchste Zeit, in das Hotel zu kommen.

Stadt der Engel

Florenz schien wie ausgestorben. Peter ging mit pochendem Herzen ziellos durch die engen Gassen. Plötzlich fand er sich in der Nähe der Galleria dell'Accademia di Firenze, dort, wo Michelangelos Original des David stand. Morgen, so beschloss er, wollte er dem echten David einen Besuch abstatten. Er versuchte sich darauf zu konzentrieren, statt sich weiter darüber zu ärgern, von Mondschai verdächtigt zu werden. Auf der Piazza San Marco blieb er stehen und betrachtete nachdenklich das flache, zweistöckige Gebäude. Es war merkwürdig. Die Accademia wurde erst 1563 gegründet, ein Jahr, bevor Michelangelo starb. Sie war die erste Akademie für Malerei überhaupt und natürlich ein Produkt der Renaissance. Doch fast alle bedeutenden Köpfe der Renaissance waren damals schon tot und ihre Gründer wurden – aus heutiger Sicht – schon dem Manierismus zugerechnet. Kein einziger Schüler der Accademia hatte jemals auch nur annähernd die Bedeutung eines Leonardos, eines Michelangelos, eines Raffaels oder eines Botticellis erreicht.

Peter wandte sich ab, wollte weitergehen, als ein alter, nicht sehr großer, recht gebeugter Mann über den Platz kam und zielstrebig auf ihn zuzugehen schien. Beim Näherkommen erkannte Peter einen langen Bart, der fast bis auf die Brust reichte. Die Haare waren kurz und lockig, die Wangen sauber ausrasiert. Aus dem Gesicht ragte eine markante, gerade Nase. Peter kam der Alte auf seltsame Weise bekannt vor.

»Sie sind auf der Suche, mein Herr? Kann ich Ihnen vielleicht weiterhelfen?«, fragte der Alte.

»Vielen Dank, aber mein Hotel ist auf der anderen Seite des Arno, gleich an der Ponte Vecchio.«

»Ha, ja, da müssen Sie aber in die andere Richtung, mein Herr.«

»Ja, ich weiß, dankeschön.«

Der Alte kicherte leise.

»Aber eigentlich fragte ich nicht, ob ich Ihnen den Weg zum Hotel weisen kann. Ich fragte Sie, ob Sie auf der Suche sind.«

»Wie kommen Sie darauf?«

»So, wie Sie auf die Accademia gestarrt haben, bewegt Sie etwas. Sie suchen danach. Mich interessiert, wonach Sie suchen.«

»Offengestanden habe ich mir gerade Gedanken über die Accademia gemacht.«

»Oh, und zu welchem Ergebnis sind Sie gekommen?«

»Dass die Accademia eigentlich ein Kind der Renaissance war, aber mit der Renaissance nicht mehr viel zu tun hatte.«

»Bravo. Manche nennen den Manierismus auch Spätrenaissance. Aber was soll ich dazu sagen? Selbstverliebt waren sie. Kennen Sie einen Schüler der Akademie, der es in der Kunst wirklich zu etwas gebracht hat?«

»Ich muss passen. Ich habe zwar Kunstgeschichte studiert, aber …«

»Modigliani, Amedeo Modigliani. Über dreihundert Jahre musste die Accademia warten, bis sie wirklich etwas von Wert hervorgebracht hat.«

»Jetzt urteilen Sie aber hart!«

»Ich habe nie ein Blatt vor den Mund genommen, war dafür berühmt, ja gefürchtet. Modigliani war ein Suchender. Das macht den Renaissancemenschen aus. Er hätte gut in unsere Zeit gepasst.«

»Unsere Zeit?«

»Botticelli, Leonardo, und, na ja gut, Raffaello.«

Jetzt wusste Peter, warum ihm der Alte so bekannt vorkam.

»Sie sind Michelangelo Buonarroti!«, flüsterte er.

Der Alte zuckte mit den Schultern.

»Wenn Sie das sagen. Ich weiß um Ihre Begegnungen.«

»Und warum Sie? Warum nicht Leonardo, Botticelli, Raffaello?«

»Weil ich ein kratzbürstiger Misanthrop bin, wenn Sie es genau wissen wollen. Was hätte Ihnen Leonardo schon erzählen können? Geschwafelt hat er, kam nie auf den Punkt, sprang von einem Thema zum anderen – und er war ein Paranoiker. Schrieb alles mit der Linken rückwärts, oder in Spiegelschrift … so genau weiß ich das nicht mehr. Nur weil er Angst hatte, dass ihm jemand seine kostbaren Ideen klauen würde. Dabei hat er selbst gestohlen wie ein Rabe. Seine tollen Maschinen – hat er alles abgekupfert, von den Griechen, den Römern, den Arabern, ja sogar von den Chinesen.«

»Den Chinesen?«

»Was glauben Sie, was Marco Polo alles mitgebracht hatte? Und Leonardo hat sich nicht nur bei Polo bedient. Guido da Vigevano, Konrad Keyser und etliche andere. Ich weiß, was für ein Kult heute um ihn gemacht wird. Aber Sie sollten nicht alles glauben, was heute im Internet steht. Wahrscheinlich wird bald aufgedeckt, dass Leonardo auch das erfunden hat.«

»Nun, ich weiß, dass Sie nicht das beste Verhältnis zu ihm hatten.«

»So? Wissen Sie das?«

»Zumindest steht es so geschrieben.«

»War es ein Wunder? Nein. Es war der Konkurrenzkampf, der uns gegenseitig angestachelt hat.«

»Ja, Sie und Raffaello in Rom.«

»Oh ja, Raffaello und ich – und Bramante natürlich nicht zu vergessen, diese Schlange. Mit dieser vermaledeiten Kapelle haben sie mich abgespeist, als der große Petersdom gebaut wurde. Meinen Rücken habe ich mir dabei ruiniert! Wie habe ich Raffaello gehasst.«

»Die Sixtinische Kapelle ist heute eines der großen Wunder der Menschheit.«

»Mit Wundern hatte das gar nichts zu tun. Es war eine verfluchte Knochenarbeit. Ich musste eine völlig neue Technik erfinden. Das ist es doch, worum es geht. Nicht einfach Farbe irgendwo hinzuklecksen. Neue Wege, neue Formen. Das hat uns doch alle geeint, ob wir uns gehasst haben oder nicht. Nehmen wir den Schwätzer Leonardo. Wissen Sie, wofür ich ihn wirklich bewundert habe, unendlich bewundert und womit er meinen ewigen Neid, ja eine grenzenlose Eifersucht geweckt hat?«

»Mit der Mona Lisa?«

Der Alte machte eine wegwerfende Handbewegung.

»Wegen dieser Grinsekatze? Nicht doch. Nein, es ist eine Zeichnung. Der Vitruvianische Mensch. Das, mein lieber junger Freund, das war wirklich Kunst. Nein, es ist mehr, es bedeutet die Vereinigung von Wissenschaft und Kunst.«

Der Alte schwieg und schnaubte noch ein wenig wütend in seiner Erinnerung.

»Aber ich glaube, Sie sollten so langsam in Ihr Hotel, junger Freund. Ich bringe Sie hin.«

Schließlich brach Peter das Schweigen.

»Sie sagten, Sie wüssten um meine Begegnungen. Für mich sind sie noch immer ein großes Rätsel und sie ängstigen mich oft. Die Begegnung mit Ihnen, verehrter Meister«, druckste Peter hervor. Er wagte nicht Michelangelo zu sagen und Signor Buonarroti erschien ihm albern. »Also die Begegnung mit Ihnen ist viel, viel, wie soll ich sagen, realistischer.«

Der Alte winkte ab.

»Das erscheint Ihnen möglicherweise nur so. Ich bin, wie ich bin und hab mich nie verbogen. Wahrscheinlich haben Sie nie mit jemand bei solchen, hm, Begegnungen zu tun gehabt, der so brummig ist wie ich.«

»Aber wie real ist das denn alles?«

»Das hängt ganz von Ihnen ab, junger Freund.«

»Aber Sie sind seit fast fünfhundert Jahren tot.«

Wieder kicherte er listig und begann dann mit einem seltsamen Zitat:

»Ich bin nicht tot,
ich tausche nur die Räume,
ich leb' in Euch und geh'
durch Eure Träume.«

Sie schwiegen. Als die Ponte Vecchio in Sichtweite kam, meinte der Alte: »Ich muss jetzt weiter. Und vergessen Sie nicht, Sie haben morgen Abend eine Verabredung in der Villa Schifanoia.«

Peter blieb verblüfft stehen.

»Woher wissen Sie das?«, fragte er.

»Die Frage ist nun reichlich albern. Sie sind auf der Suche nach Antworten. Dort werden Sie vielleicht die ein oder andere finden.«

»Aber wenn es dort zur Übergabe der Flora kommt … Mondschai hat mich ja schon im Verdacht, dass ich mit ihrem Verschwinden zu tun habe.«

»Umso wichtiger, dass Sie dieses Missverständnis aufklären. Denken Sie daran, es ist von wesentlich größerer Bedeutung, Fragen zu haben, als sich im Besitz aller Antworten zu wähnen. Das sollte Ihnen zu Ihrem Vorteil gereichen.«

Er nickte Peter zu und verschwand in der nächsten Gasse.

Peter trat auf die Brücke und überlegte, ob es wirklich so eine gute Idee war, jetzt in das Hotel zurückzukehren – das Hotel, in dem auch Mondschai abgestiegen war. Er blickte auf die Uhr. Kurz vor Mitternacht. Er könnte jetzt noch einen Drink vertragen, um die nötige Bettschwere zu erreichen. Mondschai war nicht der Typ, der sich die Nächte in Hotelbars um die Ohren schlug. Ja, er konnte es riskieren.

Die Bar im sechsten und obersten Stock des Hotels bot eine wunderbare Aussicht auf das nächtliche Florenz, für die Peter allerdings jetzt kein Auge mehr hatte. Er suchte nach einem Cocktail, der seiner Gemütsverfassung entsprach. Seine Augen fielen auf einen »Floralia Gimlet« – nie gehört! Die Karte verriet ihm, dass er aus Wodka und überraschenderweise Honigwein bestand. Damit war die Wahl für seinen Schlummertrunk gefallen.

»Ist es gestattet?«, hörte Peter eine Stimme neben sich sagen. Sie gehörte einem Mann mittleren Alters mit markanten Gesichtszügen. Peter erkannte in ihm sofort einen Geschäftsmann, der offenbar nicht wegen der schönen Künste nach Florenz gekommen war. Ohne Peters Antwort abzuwarten, ließ er sich auf dem Barhocker neben ihm nieder.

»Was trinken Sie da?«

»Einen Floralia Gimlet«, brummte Peter.

Der Mann lachte.

»Dann sind Sie unterwegs nach Vinci?«

»Wie kommen Sie darauf?«

»Wegen der Floralien. Der Drink passt ausgezeichnet dazu.«

Peter hätte es vorgezogen, weiter seinen Gedanken nachzuhängen.

»Floralien? Das sagt mir nichts. Und Sie?«

»Ich bin ein Geschäftsmann.«

»Auf Reisen?«

»Oh nein, ich komme von hier, aus Florenz. Florenz war mir immer alles. Die Kunst, Sie wissen schon.«

»So kann man sich täuschen«, meinte Peter und bestellte sich einen zweiten Cocktail. »Ich dachte, Sie machen sich nichts aus Kunst.«

»Weil ich Geschäftsmann bin?«

Peter zuckte mit den Schultern. Der andere lachte. Peter dachte plötzlich, dass ihm die Züge des anderen seltsam bekannt vorkamen. Bloß nicht noch eine Vision, dachte er. Doch wahrscheinlich war es nur der Alkohol. Der andere holte tief Luft und meinte:

»Keine Kunst ohne Geschäftsleute, das ist Ihnen schon klar.«

»Sorry, bin im Moment ein wenig empfindlich, wenn es um Kunst und Kommerz geht.«

»Ich weiß«, meinte der andere unbefangen.

»Woher wissen Sie was?«, fragte Peter scharf. Doch der Mann ließ sich nicht beirren.

»Wer, glauben Sie, hatte denn all die Arbeiten von Botticelli, Michelangelo, Donatello, Leonardo und wie sie alle heißen, finanziert? Wer hat sie in Auftrag gegeben? Wie kam Buonarroti zu dem gigantischen Marmorblock, aus dem er den David befreit hat?«

»Ja, ja, die Medici, ich weiß.«

»Ja, die Medici – und ich weiß, was jetzt kommt. Tyrannisch seien sie gewesen, korrupt, eine Mörderbande und so weiter und so weiter. Doch was passierte denn, nachdem sie uns verjagt hatten? Dann kam Savonarola. Und was passierte? Das Ende der Kunst war gekommen. Dort drüben«, er deutete erregt über die Terrasse, »dort drüben auf der Piazza della Signoria hat der falsche Mönch seinen Scheiterhaufen aufgebaut, das Fegefeuer der Eitelkeiten. Wussten Sie, dass Sandro Botticelli, vor Angst schlotternd, einige seiner Gemälde höchstselbst in das Feuer geworfen hatte? Und jetzt sagen Sie mir, was ist Ihnen lieber: ein rasender, verblendeter Mönch, der die Kunst zerstört, oder ein reicher Geschäftsmann, der sie fördert?«

»Aber ein Geschäftsmann tut das ja auch nicht aus purer Menschenliebe. Da ist doch immer Eigennutz dabei.«

»Vielleicht ja. Aber was ist, wenn sich der Eigennutz mit dem Nutzen für die Gemeinschaft deckt? All die Kunstwerke, die von den Medici finanziert wurden, haben die Florentiner stolz gemacht. Sie haben ihre Lebensqualität, so würde man heute, glaube ich, sagen, verbessert. Und«, fügte er listig hinzu, »stolze und glückliche Bürger machen den Regierenden das Regieren entschieden leichter.«

»Das könnte Niccolò Machiavelli gesagt haben«, sagte Peter.

Der andere brach in helles Lachen aus. Er leerte den Rest seines Cocktails mit einem Zug.

»Sie sagen es. Vielleicht schauen Sie bei Gelegenheit mal nach, wem Machiavelli sein bekanntestes Buch ›Der Fürst‹ gewidmet hat. Ich lade Sie ein.«

Er erhob sich, warf einen Hundert-Euro-Schein auf den Tresen, winkte dem Barkeeper und meinte trocken: »Stimmt so.«

Dann zwinkerte er Peter mit einem Auge zu und verließ die Bar.

Peter musste nicht lange nachdenken, wem Machiavelli einst sein Hauptwerk gewidmet hatte. Es war Lorenzo di Medici, genannt der Prächtige. Peter schaute dem Mann nach und wusste nun, warum ihm dessen Gesicht so bekannt vorgekommen war.

Die Pest

Es schien Peter nun keine gute Idee mehr, im gleichen Hotel zu wohnen wie Professor Mondschai. Nach dem belauschten Gespräch von gestern musste Peter fürchten, dass ihn Mondschai direkt bei der Polizei als den mutmaßlichen Dieb der Flora anzeigen würde. Das hatte er nun davon. Schon seine Mutter hatte ihm als Kind immer gesagt: »Der Lauscher an der Wand hört seine eigene Schand«.

Zunächst brachte er sich an seinem Fenster in Stellung, um zu beobachten, ob Mondschai nicht irgendwann das Hotel verlassen und die Ponte Vecchio überqueren würde. Nach einer Stunde gab er das Warten auf. Entweder war Mondschai bereits gegangen oder er war ein Langschläfer. Im ersten Fall würde er seine Zeit völlig nutzlos am Fenster verbringen und im zweiten Fall könnte es weitere Stunden dauern. Wenn er noch etwas von Florenz sehen wollte, dann musste er sich eben unbemerkt aus dem Hotel schleichen.

Es war in Florenz wie in den meisten Städten. Der Höhepunkt der großen Seuche war zwar vorbei, doch das Leben folgte noch immer den Regeln, die sich während der Pandemie eingespielt hatten. In New York war das auch nicht anders gewesen. Am Anfang hatte man mit Schaudern auf die Bilder und vor allem auf die Zahlen aus Italien geschaut. Überfüllte Krankenhäuser, hilflose Ärzte und hohe Opferzahlen, wie man sie nur aus einem Krieg kannte – aus einem großen Krieg. Anfangs konnte man sich nicht vorstellen, dass sich die Bilder aus Italien in New York wiederholen sollten und die Zahlen der Toten bald die des Vietnamkrieges sogar noch in den Schatten stellten. Und dann ging die Kurve langsam, quälend langsam, wieder hinunter. Ladenbesitzer klagten, Wirte beschwerten sich. Während der Krise hatten sie nichts verdient und jetzt, da sie wieder öffnen durften, schrieben sie immer noch rote Zahlen, weil nicht soviel Kundschaft kam wie es früher der Fall gewesen war.

Städte wie Florenz traf es besonders hart. Das Zentrum der Renaissance in Italien lebte so stark vom Tourismus wie vielleicht nur noch Venedig. Und der Tourismus aus dem Ausland war zwischenzeitlich fast völlig zum Erliegen gekommen. Dabei hatten die Italiener nur Pech gehabt, dachte Peter. Es hätte doch in jedem anderen Land genauso passieren können.

Wieder schoss ihm der Gedanke an den Neuanfang durch den Kopf. Die Pest war 1348 nach Florenz gekommen – danach hatte die Renaissance begonnen. Etliche Historiker glauben, dass das eine die Initialzündung für das andere war. Peter mochte dem nicht so recht zustimmen. Die Pest von 1348 hatte immerhin achtzig Prozent der florentinischen Bevölkerung ausgerottet. Für ihn war es nur schwer vorstellbar, dass aus den hungernden, frierenden, restlos verzweifelten Überlebenden tatsächlich der Impuls gekommen sein sollte, ein völlig neues Zeitalter einzuläuten, den geistigen und künstlerischen Ballast des Mittelalters einfach so über Bord zu werfen.

Doch vielleicht war es gerade das gewesen: achtzig Prozent der Bevölkerung tot! Da blieb vermutlich nur noch der völlige Neuanfang. Wenn das der Fall war, dann konnte Peter allerdings mit seiner schönen These einpacken, dass nämlich auch diese Pandemie, die er gerade überstanden hatte, die Idee einer neuen Welt gebären würde. So schlimm die Seuche auch gewesen war, achtzig Prozent der Bevölkerung hatte sie glücklicherweise nirgendwo dahingerafft, nicht einmal in seinem geliebten New York, der Stadt, die weltweit am schlimmsten betroffen war.

In Gedanken versunken ging er über die Ponte Vecchio, vorbei an den Uffizien, über die Piazza della Signoria und vorbei an der Kathedrale Santa Maria, bis er schließlich wieder an der Galleria dell'Accademia kam, um endlich dem Original des David einen Besuch abzustatten.

Er stand vor der gewaltigen Statue, legte den Kopf in den Nacken. Die Figur war groß, wirkte aber nicht bombastisch. Sie war nicht überhöht wie ein Kriegerdenkmal.

Langsam umkreiste Peter die Statue. Die Statue war weder ein in Erstarrung gefrorenes Zwangsgebilde, noch eine arrangierte Gliederpuppe oder gar ein Roboter. Nein, sie war das lebensvolle Bild eines Menschen! Die Figur Michelangelos war so geformt, dass David etwas von sich selbst ausstrahlte. Das war keine überzogene, heldenhafte Pose, es bezeugte vielmehr eine innere, bedachte Haltung. Etwas Individuelles.

Diese Figur machte keine Angst, dachte Peter. Vielmehr war die Figur eine Aufforderung nach innerer Haltung. Peter empfand nun ganz deutlich in der Figurendarstellung des Davids die Neuerung der Renaissance: der Ausdruck der Freiheit des Ichs.

»Und nun, David? Wie geht's nun weiter mit der Freiheit?«

Haltung bewahren, das Richtige erkennen. Heute Abend würden sie sich also alle treffen, in dieser ominösen Villa Schifanoia. Vielleicht war es wirklich eine gute Idee, der ganzen Bande einen unverbindlichen Besuch abzustatten. Sie hatten lange genug mit ihm Katz und Maus gespielt. Er wollte Antworten und vor allem wollte er klar machen, dass er nichts, aber auch gar nichts mit dem Raub der Büste zu tun hatte.

Beherzten Schrittes marschierte er zurück in Richtung Hotel. Er fühlte sich befreit, weil er sich nun endlich zu dem Entschluss durchgerungen hatte, reinen Tisch zu machen. Beschwing, wie er war, lief er zur Rezeption und fragte nach dem Zimmer von Mondschai. 537. Doch schon als Peter aus dem Fahrstuhl stieg, wurde ihm mulmig. Was wollte er eigentlich von Mondschai? Der lange Flur war mit dicken Teppichen ausgelegt, und seine Schritte wurden lautlos abgefedert. Am Ende des Ganges hörte er Mondschai, der offensichtlich hinter seiner Zimmertür in ein Telefon schrie. Peter fühlte sich jetzt wie ein Dieb, der sich anschlich. Oder war er jetzt doch so etwas wie ein Detektiv?

»Was heißt, du kommst nicht? Giovanna, das kannst Du nicht machen, du musst kommen« … »So? Für dich steht viel auf dem Spiel? Was soll ich dann erst sagen!« … »Nein, ich will mich nicht beruhigen.« … »Ja, okay, überleg es dir noch mal.« … »Danke. Es ist wirklich wichtig, dass du dabei bist.«

Mondschai legte auf. Peters Herz pochte heftig. Peter wich von der Zimmertür zurück. Was war, wenn er ihn jetzt vor seiner Tür antraf? Peter lief im Laufschritt zum Fahrstuhl. Nein, nicht da. Er rannte schnell durch das Treppenhaus und verschwand in seinem Zimmer. Dort überlegte er fieberhaft. Was ging da vor? Was war das für ein konspiratives Treffen, das Giovanna absagen wollte? Offenbar ging dort etwas vor, was ihrem Ruf oder besser dem Ruf von Chroseby nachhaltig schaden könnte. Umso wichtiger war es, dass er dort auftauchte. Hatte es mit Mortapes zu tun? Hatte das »Greenwashing« einen Umfang erreicht, an dem sie sich nicht mehr beteiligen wollte?

Plötzlich wurde ihm klar, dass er aus dem Hotel raus musste. Einerseits war da die Gefahr, dass er immer noch Mondschai über den Weg laufen konnte, andererseits ließ sich die Begegnung mit ihm ja spätestens in der Villa nicht mehr vermeiden. Er versuchte sich die Situation vorzustellen, wie sie nach dem ominösen Treffen gemeinsam in einem Taxi ins gleiche Hotel zurückfahren würden. In seinem Kopf formte sich ein Plan.

Es war dunkel geworden. Solche Treffen begannen in der Regel um acht Uhr abends, vermutete Peter. Wenn er für halb neun ein Taxi bestellen würde, dann sollte er gegen neun dort eintreffen, wenn bereits alle da waren. Das würde ein Spaß. Ihm fiel Agatha Christies »Hercule Poirot« ein, der am Ende eines Falles stets alle Verdächtigen in einem Raum versammelte, um den Fall dann brillant zu lösen. Allerdings hatte Peter keinen blassen Schimmer, wie er diesen

Fall nun lösen sollte. Von den einschlägigen Verdächtigen würde sich wohl kaum jemand in der Villa zeigen. Oder doch? Für alle Fälle hatte er einen Fluchtplan ausgeheckt. Er würde ein Taxi bestellen, auschecken und sich vom Taxifahrer ein sicheres Hotel empfehlen lassen. Und am besten sollte der Taxifahrer vor der Villa auf ihn warten, falls er überstürzt abhauen musste.

Der einzige Taxifahrer, den Peter in Florenz kannte, war der, der ihn vom Flughafen ins Hotel gebracht hatte. Ihm konnte er vertrauen, dachte Peter. Warum, das vermochte er allerdings selbst nicht so genau zu sagen. Wahrscheinlich, weil er seine Visitenkarte besaß. Er rief ihn um kurz nach acht an und der Fahrer freute sich, dass sich Peter noch an ihn erinnerte. Pünktlich um halb neun stand er vor dem Hotel.

Er stieg aus, riss Peter den Rollkoffer aus der Hand und warf ihn in den Kofferraum. Peter ließ sich auf dem Beifahrersitz nieder und reichte dem Fahrer den Zettel. Der nahm den Zettel, studierte ihn und legte die Stirn in Falten:

»Und da wollen Sie hin? Was war denn mit Ihrem Hotel nicht in Ordnung?«

»Überbucht«, sagte Peter instinktiv und weil ihm auf die Schnelle keine andere Ausrede eingefallen war. Der Fahrer glotzte ihn mit großen Augen an.

»Sie machen Scherze?«

»Ja.«

»Und was war nun mit dem Hotel?«

»Nichts, ich habe heute Abend einen Termin in dieser Villa. Vielleicht kennen Sie ein nettes Hotel dort in der Gegend.«

»Warum?«

»Ich möchte etwas Ruhigeres.«

»Ja eben, die Villa Schifanoia ist auch ruhig. Warum übernachten Sie nicht gleich dort?«

»Die Villa ist ein Hotel?«

»Ja, wussten Sie das nicht? Na ja, eher ein Gästehaus, sehr geschmackvoll.«

»Aha«, meinte Peter ratlos. Es schien ihm abwegig, solch krumme Touren in einem offenbar luxuriösen Ambiente zu verhandeln.

»Wenn es Ihnen da zu exklusiv ist, kann ich Ihnen gerne auch etwas anderes empfehlen, meine Tante Arabella hat in Fiesole eine entzückende Pension.«

»Ach nein, das wird nicht nötig sein. Falls doch, kann ich Sie ja anrufen.«

»Was ist das für eine Konferenz? Abends um acht … Und dann ausgerechnet in dieser Villa?«

So langsam wurde Peter ein wenig nervös. Warum fragte ihn der Taxifahrer jetzt plötzlich Löcher in den Bauch? Er konnte ihm ja schlecht sagen, dass in der Villa ein konspiratives Treffen stattfand, um eine entführte Wachsbüste zurückzukaufen. Und wenn er es ihm gesagt hätte, hätte er sicherlich wieder »Warum?« gefragt. Und diese Frage wusste Peter ja beim besten Willen selbst nicht zu beantworten. So beschloss Peter zum Gegenangriff überzugehen.

»Warum nicht? Stimmt etwas nicht mit der Villa?«

»Nein, nein, sie ist sehr schön, liegt am Hang, wunderbare Aussicht …«, erklärte der Fahrer und startete den Motor. »In einer Viertelstunde sind wir da. Ist ein wenig außerhalb, aber nicht so außerhalb. Nein, die Villa ist wirklich schön.«

»Ah, das beruhigt mich. Trotzdem. Etwas scheint Sie an der Villa zu irritieren?«

»Warum sollte sie mich irritieren? Nein, nein … ich bin so froh, wenn wieder Gäste kommen, da können sie übernachten, wo immer sie wollen, Hauptsache, es ist in unserem schönen Florenz.«

»Und Fiesole gehört nicht mehr zu Florenz?«

»Doch, sicher, natürlich. Es ist sogar einer seiner schönsten Stadtteile.«

»Aber irgendetwas hat Sie doch an der Adresse verunsichert. Ich habe es gemerkt.«

Der Fahrer kniff die Lippen zusammen, als wolle er nun seinen Mund endgültig verschließen. Doch dann brach es aus ihm heraus.

»Decamerone!«

»Decama … was?«, fragte Peter verblüfft.

»Decamerone. Da, wo Sie hinwollen, spielt ›Decamerone‹. Die Geschichten aus dem 14. Jahrhundert, von Giovanni Boccaccio!«

Peter, der sich in der bildenden Kunst auskannte, hatte in der Literatur, zumal in der Renaissance-Literatur, die eine oder andere Wissenslücke. Den Namen hatte er aber doch schon mal gehört. »Decameron«, das war eine erotische Verfilmung des Buches von Pier Paolo Pasolini aus den siebziger Jahren. Im Film wurde viel über das Leben und den Sex gelacht. Beim Lachen passierte es manchmal, dass man dem Tod begegnete. Peter war nun äußerst gespannt.

Signor Rossi sucht das Glück

»Es ist schwül geworden«, sagte der Fahrer, als er Gas gab, um in Richtung Fiesole zu starten. »Aber dort oben ist es vielleicht erträglicher als hier unten im Arno-Tal.«

»Ich bin schwüles Wetter gewohnt. Wenn man in New York lebt … die Sommer dort haben es in sich.«

»Sicher, ja.«

»Hat Ihre Fiorentina gewonnen?«

»Hm … nein«, antwortete der Fahrer verdrossen. »Wir haben lange das Eins-zu-Eins gehalten. In der neunundachtzigsten Minute ein unberechtigter Freistoß für Juve. Und wer stellt sich wieder auf, wie ein Cowboy beim Duell?«

»Na, wer denn?«

»Wer wohl? Cristiano Ronaldo natürlich, der eitle Gockel.«

»Das haben Sie in ihrem Autoradio gesehen?«, fragte Peter verblüfft.

»Nein, das weiß man, weil er es immer ist. Und dann kam es, wie es kommen musste. Peng! Zwei-zu-Eins für Juve. Fußball ist manchmal schon sehr ungerecht.«

»Wenn Sie das sagen …«

»Sie wussten nichts von ›Decamerone‹?«, fragte der Fahrer ungläubig. Peter war verblüfft über den plötzlichen Themenwechsel.

»Na, ich kenne da diesen Film von Pasolini, den ich mal vor langer Zeit …«

»Ha, Schweinkram!«, unterbrach der Fahrer ihn. »Was bevorzugen Sie?«

»Comics.«

Der Fahrer schwieg verdrossen.

»Haben Sie etwas gegen Comics?«, fragte Peter.

Der Fahrer räusperte sich.

»Ich rede hier über Boccaccio und Sie über Pasolini und Comics. Sagten Sie nicht, dass Sie sich auf die Straße der Renaissance begeben wollten?«

»Schon ... aber ...«

»Nichts aber!«, polterte der Fahrer. »Die Renaissance ist weit mehr als Leonardo und Michelangelo. Sie ist auch Architektur, Philosophie, Wissenschaft und ja, auch Literatur. Zur Renaissance gehören genauso Machiavelli und Columbus und natürlich auch Boccaccio. Oder nehmen Sie Bramante. Ein Architekt. Jeder kennt ihn als Architekten und keiner kennt seine Bilder – und Sie sprechen von ...«, erklärte der Fahrer empört.

Nun fühlte sich Peter herausgefordert.

»Nichts läge mir ferner, als die Renaissance zu schmälern. Aber kennen Sie die Lebensgeschichte von Walt Disney? Er war der erste, der einen abendfüllenden Zeichentrickfilm produzierte. Sie kennen ihn vermutlich: ›Schneewittchen‹. Er hatte den Film immer und immer wieder von Neuem begonnen, insgesamt, so heißt es, siebzig Mal. Einmal war er schon zur Hälfte fertig und er hat ihn dann wieder weggeworfen. Seine Suche nach der Perfektion erinnert ein wenig daran, wie Michelangelo die Sixtinische Kapelle ausmalte.«

»Sie wollen die Sixtina mit ›Schneewittchen‹ vergleichen?«

Die ersten dicken Regentropfen klatschten auf die Windschutzscheibe. Ein Blitz flammte von Ferne auf, nach längerer Zeit folgte ihm ein dumpfes Grollen.

»Nein, ich will nur die Suche zweier Perfektionisten nach der Perfektion vergleichen. Im Grunde hatten beide etwas geschaffen, was die Welt bis dahin noch nicht gesehen hatte.«

Der Fahrer schien nachdenklich geworden zu sein.

»Vielleicht haben Sie damit recht. Aber Comics?«

»Denken Sie nicht an ›Micky Maus‹ oder ›Superman‹. Obwohl das beides wichtig ist. Aber mit dem Comic hat sich eine völlig neue Kunstform entwickelt. Sagt Ihnen Art Spiegelman etwas?«

»Wer?«

»Er ist ein amerikanischer Cartoonist. Sein Vater hat den Holocaust überlebt und Spiegelman erzählt seine Geschichte in einer Graphic Novel, die Protagonisten sind alles Mäuse. Der Comic heißt ›Maus – Die Geschichte eines Überlebenden‹ und Spiegelman hat dafür den Pulitzer-Preis gewonnen. Ich bin sicher, dass eines Tages auch ein Cartoonist mit dem Nobelpreis ausgezeichnet wird. Spiegelman wäre ein Kandidat.«

Der Fahrer schüttelte den Kopf.

»Was für eine verrückte Welt. Ein Nobelpreis für einen Comic-Zeichner! Aber sagen Sie mir mal eines, Signore. Warum sollte er einen bekommen? Für den Text? Aber er ist doch Zeichner! Und warum gibt es keinen Nobelpreis für Kunst? Hätte Leonardo da Vinci einen Nobelpreis bekommen? Für die Mona Lisa? Nein. Natürlich hätte Leonardo zu seiner Zeit einen Nobelpreis bekommen, für seine anatomischen Studien den Medizin-Preis, für seine Flugmaschinen den Physik-Preis – aber nie für sein größtes Werk.«

»Sie überschätzen den Nobelpreis, mein Freund«, brummte Peter. »Nehmen wir Albert Einstein …«

»Der hat einen bekommen, das weiß ich«, unterbrach ihn der Fahrer.

»Und wofür?«, wollte Peter wissen.

»Für die Relativitätstheorie natürlich«, trumpfte der Fahrer auf. Peter schüttelte den Kopf.

»Nein, dafür nicht. Die war nämlich viel zu kompliziert, als dass sie das Nobelpreiskomitee verstanden hätte. Nein, Einstein hat den Nobelpreis für die Erklärung des Photoelektrischen Effekts bekommen.«

»Wofür?«

»Ohne den gäbe es keine Solarzellen, sozusagen.«

»Die würden uns jetzt auch nichts nutzen. Zum einen ist es Nacht und zum anderen ein Sauwetter. Wir sind gleich da. Nun, da wo Sie hinwollen, da trafen sich laut Boccaccio im Jahr 1348 zehn junge Menschen, sieben Frauen und drei Männer. Sie waren auf der Flucht vor der Pest.«

Sie hatten die Villa erreicht. Der Fahrer bat Peter sitzen zu bleiben, riss die Tür auf, sprang in den strömenden Regen, holte Peters Gepäck sowie einen Schirm aus dem Kofferraum und geleitete Peter wohlbeschirmt bis zum Eingang. Dieser war nur vom fahlen Schein einer Glühbirne beleuchtet. Die Tür öffnete sich und ein kleiner rundlicher Mann mit buschigem Schnauzer und einem schwarzen Haarkranz um den kahlen Schädel stand im Eingang.

»Buona sera, Signore, buona sera, kommen Sie herein. Was für ein scheußliches Wetter. Mein Name ist Rossi, Ottavio Rossi. Ich bin der Majordomus der Villa Schifanoia und heiße Sie herzlich willkommen. Ich werde gleich ein Zimmer für Sie herrichten lassen. Verzeihen Sie, wir hatten nicht mehr damit gerechnet, um diese Zeit noch einen Gast zu begrüßen zu dürfen.«

Er führte Peter in eine Art Atrium oder Veranda, so genau konnte das Peter in der Dunkelheit nicht erkennen. Jedenfalls schien direkt hinter der großen Glasfront ein ausgedehnter Garten zu beginnen. Zentrum des Raumes war ein mächtiger rustikaler Tisch. Darauf stand eine große bauchige Flasche mit Bastmantel.

»Wir nennen es Fiasco«, erklärte Signor Rossi.

»Fiasko?«, fragte Peter ungläubig und dachte, der Major Domus meine seine ungebührliche unangekündigte Ankunft. »Es tut mir leid, wenn ich Ihnen Schwierigkeiten bereite.«

Rossi lachte laut auf und hielt sich dabei seinen runden Bauch.

»Nein, nein, ich meine nicht Sie. Ich meine die Flasche, die Sie gerade so interessiert betrachtet haben. Diese kugeligen Flaschen, in denen traditionell unser Chianti abgefüllt wird, die nennen wir hier in der Toskana *Fiasco.* Durch ihre Form waren sie sehr zerbrechlich.

Daher wurden sie früher durch Bastmäntel geschützt. Heute ist das Glas stabiler. Aber die Fiasco ist noch immer eine Art Wahrzeichen für unsere Region. Und sehr beliebt bei Touristen.«

»Ah, ich verstehe«, murmelte Peter.

»Darf ich fragen, woher Sie kommen?«

»Aus den USA, New York, Manhattan.«

»Ah, New York, die drittgrößte italienische Stadt, nach São Paulo und Rom.«

»Aus dieser Sicht habe ich es noch gar nicht betrachtet.«

»Setzen Sie sich, setzen Sie sich. Darf ich Ihnen von unserem wunderbaren Chianti anbieten?«

Ohne die Antwort von Peter abzuwarten, hatte Signor Rossi ein Glas hervorgezaubert und goss ihm ein.

»Und nun erzählen Sie, was führt Sie in die Villa Schifanoia?«

Peter stutzte einen Moment. Er nahm das Glas, betrachtete die dunkle rote Farbe des Weines und sagte dann: »Ich weiß es nicht.«

»Oh, no, no, no, Signore. Sie sind hier in der Villa Schifanoia. Da haben Sie sozusagen die Verpflichtung, etwas zu erzählen.«

Peter dachte fieberhaft nach, räusperte sich und wollte gerade zu einem Schwank aus seinem Leben ansetzten, da hörte er eine überraschte Stimme.

»Falcon? Mister Peter Falcon, Sie hier?«

Aus dem Halbdunkel trat Mondschai hervor. Der Professor war absolut verblüfft, ja geradezu entsetzt. Peter hingegen hatte mit der Begegnung gerechnet und antwortete sowohl kühl als auch ausweichend: »Wie Sie wissen, hat mich Giovanna Ferrara engagiert.«

»Und? Wo ist die jetzt?«

Peter schwieg und überlegte fieberhaft. Dann meinte er leichthin: »Ich weiß es nicht. Sie hat mich nur kurzfristig gebeten, für sie diesen Termin wahrzunehmen.«

Auf Mondschais Stirn bildeten sich kleine Schweißperlen.

»Aber, aber … warum hat sie mir nichts gesagt?«

Peter zuckte mit den Schultern. Ein weiterer Mann trat aus dem Halbdunkel ans Licht.

»Haben Sie überhaupt die Vollmacht, hier zu verhandeln?«, fragte er mit blasiertem Unterton.

»Mit wem habe ich das Vergnügen?«, fragte Peter ebenso hochnäsig zurück.

»Von Grumkow, Karl-Theodor von Grumkow.«

»Freiherr von Grumkow ist der Repräsentant von Mortapes«, beeilte sich Mondschai zu erklären.

»So, so. Und was hat Mortapes mit dem Verschwinden der Flora zu tun?«, wollte Peter wissen.

»Stellen Sie sich nicht dümmer, als Sie sind, Falcon«, zischte Grumkow. »Wir haben eine Million in das Projekt gesteckt und jetzt ist die Büste weg. Da haben wir ja wohl beim Rückerwerb eine Menge mitzureden.«

»Dann wissen Sie also, wer die Flora gestohlen hat?«, fragte Peter sehr sachlich.

Mondschai und Grumkow sahen einander an.

Wie aus einem Mund sagten sie: »Natürlich nicht!«

»Warum sind wir dann hier?«

»Jetzt stellen Sie sich doch nicht so dumm«, schnaubte Mondschai. »Weil wir die Flora zurückhaben wollen. Es ist mir völlig schleierhaft, warum Giovanna Sie geschickt hat, und das angeblich ohne jegliche Instruktionen.«

Nun war es an Peter nervös zu werden. Doch ehe er antworten konnte, mischte sich Grumkow wieder ein.

»Das liegt doch auf der Hand. Die Dame hat kalte Füße bekommen.«

»So? Glauben Sie? Giovanna Ferrara ist keine Frau, die einfach kalte Füße bekommt. Aber sie muss natürlich ihre Reputation schützen. Was glauben Sie denn, was passieren würde, wenn dieses geheime Treffen hier an die Öffentlichkeit gelangen würde. Chroseby könnte den Laden dicht machen.«

»Sie wusste ganz genau, auf was sie sich einlässt«, entgegnete Grumkow.

»Aber da wusste sie offenbar noch nicht, dass sie beschattet wird«, konterte Peter. Das war gewagt und nahezu ein Schuss ins Blaue. Peter hatte sich das aus den belauschten Gesprächen eher zusammengereimt. »Da muss ich Mister Falcon recht geben«, räumte Mondschai ein. Peter nutzte das aus: »Meine Herren, es ergibt doch keinen Sinn, wenn wir hier uns hier gegenseitig belauern. Ich schlage vor, wie setzen uns und legen die Karten auf den Tisch. Ich bin bereit dazu und fange schon mal an. Tatsächlich hat mich Giovanna selbst sehr im Unklaren gelassen. Ich erhielt nur eine WhatsApp-Nachricht, mit der Bitte, mich heute Abend hier einzufinden, die Augen offen zu halten und ihr zu berichten.«

»Das ist aber verdammt wenig«, knurrte Grumkow, zog einen Stuhl heran und setzte sich ebenfalls. »Aber dann will ich Sie mal ins Bild setzen. Wir haben vereinbart, dass Chroseby einen möglichen Rückkauf abwickelt und unser Unternehmen sich im Hintergrund hält. Dafür wird Mortapes in den nächsten Jahren ein Kunstmuseum einrichten und die Ankäufe ausschließlich über Chroseby abwickeln.«

Peter war völlig verblüfft.

»Dann geht es ja um wesentlich mehr als um eine Million Euro.«

Grumkow winkte ab.

»Das Museum ist schon wesentlich länger geplant und Teil unserer Unternehmensstrategie. Ich muss Ihnen ja nicht sagen, dass der Name Mortapes derzeit bei breiten Schichten der Bevölkerung nicht gerade den besten Ruf genießt. Mit unserem großzügigen finanziellen Engagement zur genauen Datierung der berühmten Flora-Büste wollen wir als Unternehmen einen kunsthistorischen Beitrag leisten – und wir versprechen uns natürlich eine Verbesserung unseres Images. Wenn wir aber für die geraubte Flora nun Lösegeld bezahlen würden, dann wären wir erpressbar. Daher der Umweg über Chroseby.«

Peter nickte nachdenklich.

»Ich verstehe. Und wie kam es zu diesem Treffen hier?«

Mondschai zog eine Karte aus der Jackentasche und reichte sie wortlos an Peter. Es sah aus wie eine gedruckte Einladungskarte, den blassen Hintergrund bildete ein Gemälde von Botticelli – die »Primavera«! Peter stieß einen leisen Pfiff aus. Dann las er halblaut:

Hiermit beehren wir uns, Sie in die Villa Schifanoia einzuladen:
Es folgten Name, Datum und Uhrzeit.
Bei dieser Gelegenheit möchten wir Ihnen die Möglichkeit bieten,
sich über den Verlust der Büste »Die Flora« auszutauschen
und über die Zukunft der Flora zu diskutieren und zu reflektieren.
Gehen Sie von einem zwei- bis dreitägigen Aufenthalt aus.
Zimmer sind für Sie bereits gebucht.
Wir freuen uns, Sie kennenzulernen.
Die Floralistas

Der Name brannte sich bei Peter ein. Floralistas! Peter ließ die Karte langsam sinken.

»Und daraus schließen Sie nun, dass hier Verhandlungen über die Rückgabe der Flora stattfinden?«, fragte Peter.

»Was denn sonst?«, gab Grumkow gereizt zurück. »Mir erscheint das doch sehr eindeutig.«

»Wenn Sie da mal keine Überraschung erleben«, brummt Peter.

»Was sagten Sie?«, bellte Grumkow.

»Ich finde, Sie machen es sich sehr einfach. Das alles ist doch minutiös geplant. Schon der Ort. Ist Ihnen da nichts aufgefallen? Hat Sie der Majordomus nach Ihrer Ankunft nicht auch aufgefordert, eine Geschichte zu erzählen?«

Grumkow macht eine abwertende Handbewegung.

»Sie wissen also gar nicht, wo Sie hier sind?«

»Villa Schifanoia!«, rief Mondschai. »Der Name Schifanoia ist abgeleitet von *schivar la noia*, was buchstäblich bedeutet *die Lange-*

weile verabscheuen, oder besser *vor der Langeweile fliehen*, was genauer den Sinn dieses Palastes beschreibt. Oder dieser seltsamen Veranstaltung, an der wir gerade …«

»Sehen Sie, meine Herren«, unterbrach ihn Rossi, »angeblich trafen sich an diesem Ort, während der Pest von 1348 zehn junge Menschen, die sich vor der Seuche hierher geflüchtet hatten. In einer Zeit des völligen zivilisatorischen Zusammenbruchs setzten sie hier ein Zeichen der Kultur und der Sinnesfreude. Jeden Tag sollte einer von ihnen eine Geschichte erzählen. Natürlich, es ist ein Roman von Giovanni Boccaccio. Doch er gilt als der Ursprung der italienischen Prosa. Shakespeare, Goethe, Rabelais, Lessing, Cervantes, Balzac und noch viele Größen der Weltliteratur ließen sich von ›Decamerone‹ inspirieren. Denken Sie nur an die ›Ringparabel‹ in ›Nathan der Weise‹. Die Vorlage dazu fand er in ›Decamerone‹.«

Peter nahm einen Schluck Chianti und nickte. »Ich verstehe – wer immer hier ankommt, hat nun sozusagen die Verpflichtung, eine Geschichte zu erzählen.«

Rossi nickte.

Ein gewaltiger Donnerschlag ließ das Haus erzittern und gleichzeitig tauchte ein Blitz den Raum in grelles Licht. Die anschließende Stille wurde durch heftiges Pochen an der Tür unterbrochen.

»Huch, noch ein Gast?«, rief Rossi belustigt aus. »Ich glaube, heute ist mein Glückstag.«

Ein aufgeregtes und offensichtlich sehr erfreutes italienisches Gezwitscher klang von der Halle herüber. Signor Rossi kam mit einer jungen, völlig durchnässten Frau herein. Strahlend erklärte er:

»Darf ich Ihnen vorstellen, meine Nichte.«

Peter klappte der Unterkiefer herunter. Sie reichte Peter die Hand und schien nicht im Mindesten überrascht.

Auch Mondschai riss den Mund auf.

»Martha«, krächzte er, »Sie?«

»Wer ist diese Frau?«, wollte Grumkow wissen.

»Eine Mitarbei…«, begann Mondschai, unterbrach sich und herrschte Martha an: »Haben Sie die Flora gestohlen? Los, sagen Sie schon!«

Auch Grumkow wurde nun aufgeregt.

»Sie waren das…«

Was geht hier bloß vor?, dachte Peter alarmiert. Er hatte plötzlich das Gefühl, in eine Falle getappt zu sein. Mondschai und Grumkow schrien durcheinander. Nun schritt Rossi ein.

»Meine Herren, ich bitte Sie, wo bleibt Ihre gute Erziehung! Sehen Sie nicht: Das arme Mädchen ist patschnass. Lassen Sie sich erst einmal umziehen, ich bin sicher, es wird sich alles aufklären und sie wird Ihnen alles erklären.«

Nur mit Mühe ließen sich die beiden wieder beruhigen.

Martha zog sich währenddessen den Mantel aus. Sie schien guter Dinge und blickte in die Runde. Etwas schien sie jedoch zu irritieren.

Was ging hier vor? War Martha tatsächlich im Besitz der Flora? Die Szene in Berlin fiel ihm wieder ein, als Martha den ganzen Honig auf den Stufen des Ministeriums gekippt hatte. Mumm hatte die junge Frau, und offenbar auch einen Hang zu krassen Aktionen. Doch Martha würde sicher niemals ein Kunstwerk stehlen, um dafür Lösegeld zu verlangen. Da steckte mehr dahinter. Er war gespannt, ob die beiden Herrren auch noch darauf kommen würden, dass es hier nicht um Geld ging. Peter war sich ganz sicher, dass heute Abend nicht mehr über ein Lösegeld verhandelt würde.

Widerstrebend hatten die beiden nachgegeben. Martha war nach oben gegangen, um sich die Haare zu trocknen.

Im zweiten Stock, am Ende des Ganges lag ihr Zimmer, das ihr Onkel Ottavio stets für sie bereithielt. Es wurde normalerweise nicht vermietet und war eine Art Zufluchtsort für Martha geworden. Draußen tobte noch das Gewitter, und der dunkle Gang wurde immer wieder von grellen Blitzen in weißes blendendes Licht getaucht. Martha erreichte die Tür ihres Zimmers, drehte den Knauf um und betrat den dunklen Raum. Sie spürte sofort, dass sie nicht alleine war. Sie hörte hinter sich eine tiefe weiche Stimme: »Und? Sind sie alle da?«

Martha drehte sich um und fiel der dunklen Gestalt um den Hals, doch diese schob sie sanft von sich.

»Nicht jetzt, mein Schatz. Dafür haben wir nun keine Zeit. Sind alle da?«

Martha senkte den Kopf und die nassen Haare fielen ihr übers Gesicht.

»Ja, nein«, flüsterte sie. »Mondschai und Grumkow sind da … und …«

»Was und? Was ist mit der Ferrara?«

Martha schüttelte leicht den Kopf.

»Nein … sie nicht, aber …«

»Was, sie ist nicht da? Und? Lass dir doch nicht alles aus der Nase ziehen.«

»Peter …«

»Peter Falcon … Ferraras Schoßhund?«

»Rede nicht so über Peter … er ist … er ist kein schlechter …«

Die Stimme lachte auf. »Aber mein Bienchen, du wirst dich doch nicht in ihn verliebt haben.«

»Nein, natürlich nicht. Du weißt, es gibt nur dich«, antwortete Martha.

»Hast du das Kleid dabei?«

»Ja, schon … aber meinst du, wirklich, dass …«

»Ja, das meine ich. Das gehört zu unserem Plan und es ist extrem wichtig.«

»Wie du meinst«, seufzte Martha.

Zwei Stockwerke tiefer hatten sich die Wogen nur ein wenig geglättet. Rossi schenkte seinen Gästen nach und begann schließlich mit sich selbst zu schimpfen.

»Was bin ich nur für ein schlechter Gastgeber! Da biete ich Ihnen Wein an und nichts dazu. Warten Sie einen Moment.«

Er huschte davon.

»Der Alte steckt doch da mit drin«, knurrte Grumkow. »Ich will nur wissen, was dieses Schauspiel soll.«

Peter schüttelte den Kopf.

»Es hat gar keinen Sinn, sich jetzt aufzuregen. Mit dem Gezeter werden Sie keinen Schritt weiterkommen. Sie wollen doch die Flora zurückhaben. Ich denke, der beste Weg ist, dieses Stück erst einmal mitzuspielen. Umso schneller werden wir erfahren, was die wollen.«

Mondschai schnappte nach Luft.

»Soweit kommt es noch, dass wir dieses alberne Spiel mitmachen.«

Peter schaute ihn fast ein wenig mitleidig an.

»Wenn Sie eine bessere Idee haben, nur raus damit«, schlug er vor.

»Und wenn Sie mit ihr unter einer Decke stecken?«

Peter lachte. »Was würde das jetzt ändern?«

»Falcon hat recht«, brummte Grumkow, dem der Gedanke offenbar wenig behagte. »Aber was Sie betrifft, Falcon, Ihnen traue ich auch nicht.«

»Ist mir doch egal. Glauben Sie, mein Seelenheil hängt davon ab, ob Sie mir trauen? Betrachten Sie mich lediglich als Beobachter. Mein Interesse gilt einzig und alleine den Interessen von Giovanna Ferrara. Und, offen gestanden, die Interessen von Ihnen oder Mortapes sind mir so wichtig, wie sagt man bei Ihnen? Wie, wenn in China ein Sack Reis umfällt?«

Rossi kam wenig später mit einer großen Schale Oliven, frischem Brot und Käse zurück.

»Nun ist alles bestens bereitet. Jetzt fehlt nur noch Martha. Sie ist im Grunde eine Wissenschaftlerin, sie ist Biologin, Chemikerin und eine große Kunstsachverständige. Eigentlich kann sie fast alles. Fast ein weiblicher Leonardo.«

»Übertreib nicht, Onkel Ottavio. Eigentlich bin ich nichts anderes als eine einfache Imkerin.«

Mit diesen Worten war Martha wieder in den Raum getreten. Wie eine Präsentatorin einer Fernsehgala war sie von der Treppe aus förmlich auf ihre Bühne geschwebt. Alle Augen richteten sich auf sie. Sofort begannen Mondschai und Grumkow wieder durcheinander zu reden. Peter dagegen fiel das Kleid auf, das Kleid, das er damals zwischen den Obstbäumen in der Märkischen Heide gesehen hatte und das Motive von Botticellis Primavera trug. Nun war er absolut sicher, dass es um viel mehr gehen würde als nur um Geld.

»Meine Herren, ich weiß, Sie sind alle sehr aufgeregt. Doch das ist überhaupt nicht nötig. Nun ja, es ist richtig, dass ich den Ort für diese Zusammenkunft ausgewählt und Ihnen die Einladungen geschickt habe. Aber ziehen Sie daraus bitte keine falschen Schlüsse. Ich bin eine, sagen wir, eher unwichtige Person in der zweiten Reihe. Eigentlich bin ich nur Ihre Gastgeberin, die dafür sorgen soll, dass Sie sich wohlfühlen.«

»Wie sollen wir uns wohlfühlen?«, kreischte Mondschai. »Sie haben die Flora entführt.«

»Der Flora geht es gut«, meinte Martha leichthin.

Grumkow schlug einen groben, aber geschäftsmäßigen Ton an.

»Machen wir es doch nicht so kompliziert. Nennen Sie uns eine Summe, wir verhandeln darüber, Sie bekommen das Geld und wir die Flora.«

Martha hob überrascht die Augenbrauen.

»Wie kommen Sie darauf, dass wir Geld wollen?«

Grumkow stutzte kurz, dann stieß er ein unvermitteltes hässliches Lachen aus.

»Oh no, Lady. Jetzt wird mir klar, worum es hier geht. Ihr Umweltfuzzis wollt, dass Mortapes die Produktion von Clean B einstellt. Das können Sie mal gleich vergessen.«

»Herr von Grumkow«, meinte Martha nachsichtig, »halten Sie uns wirklich für so naiv? Natürlich ist Clean B für Ihr Unternehmen tausend Mal wertvoller, als es die Flora je sein könnte. Und selbst wenn morgen herauskäme, dass sie ein Gemeinschaftswerk von Leonardo, Michelangelo und Botticelli wäre, würde das daran nichts ändern. Nein, alles, was wir von Ihnen wollen, ist ein wenig Ihrer Zeit. Lesen Sie die Einladung genauer. Wir wollen über die Zukunft der Flora diskutieren und reflektieren.«

»Haben Sie uns etwa zu einem umweltpolitischen Seminar eingeladen?«, fragte Grumkow höhnisch.

Martha schüttelte ernst den Kopf.

»Nein, im Grunde geht es nicht um die Flora, es geht um Sie.«

»Um uns?«, fragte Mondschai irritiert.

»Ist Ihnen je der Gedanke gekommen, dass es bei der Flora um mehr geht als nur um die Frage Leonardo oder Lucas? Haben Sie die Flora je als etwas anderes betrachtet denn als eine Wachsbüste? In ihr steckt soviel mehr als Bienenwachs, Stearin oder Walrat. Sie ist ein Symbol des Lebens, unser aller Leben. Wir wollen Sie nur ermuntern, darüber nachzudenken. Es hat einen Grund, warum wir uns gerade hier versammelt haben. Während der großen Pest im 14. Jahrhundert haben sich hier zehn junge Menschen versammelt und über das Leben reflektiert, in dem sie sich Geschichten erzählten. Ich will Sie ermuntern, das hier und heute zu wiederholen.«

»Und dann geben Sie uns die Flora wieder zurück?«

Martha lächelte.

»Machen Sie erst einmal Ihren Geist frei.«

Peter zuckte mit den Schultern.

»Meine sehr geehrten Herren …«, fuhr Martha fort. »Vergessen Sie mal für einen Moment die Flora. Im Grunde sind wir doch alle Getriebene. Unser Leben wird diktiert von Terminen, von Handys, von Zeitdruck. Uns bietet sich hier an diesem historischen Ort …«, Martha ließ ihren Blick durch die Räumlichkeit wandern, »… eine ziemlich einmalige Chance. Wir wollen es Boccaccio gleichtun und uns in dieser Nacht Geschichten erzählen!«

Martha blickte in die ungläubige Runde.

»Herr von Grumkow, Sie sind doch ein Vertreter eines großen Unternehmens. Wenn ich richtig informiert bin, zahlen solche Unternehmen wie das Ihre bisweilen viel Geld für Selbstfindungsseminare für erschöpfte Manager. Heute bekommen Sie das gratis!«

Peter gewahrte ein leichtes Zucken um die Mundwinkel des Freiherrn.

»Meine Herren, ich weiß ja nicht, wie es Ihnen geht. Aber wenn es der Sache dient, lassen wir uns doch einfach darauf ein. Ich für meinen Teil bin dabei. Es könnte noch eine spannende Nacht werden, an die wir lange denken werden«, sagte Peter.

Auch Mondschai gab sich schließlich geschlagen und die Atmosphäre entspannte sich zusehends.

Grumkow leerte sein Glas mit einem großen Zug. Rossi beeilte sich, ihm nachzuschenken. »Sehen Sie«, erklärte er dabei, »das ist doch das wahre Glück. Ein kleiner Kreis, ein guter Wein, gutes Essen und geistreiche Gespräche. So soll es sein.«

Grumkow seufzte.

»Ja, Sie haben ja recht. Aber wann hat man in unserer schnelllebigen Zeit für solche Dinge noch die Muße!«

»Zeit, Zeit ist etwas, das man sich nehmen muss«, meinte Peter. »Mir ist einmal ein Kinderbuch in die Hände gefallen. Es war von einem deutschen Autor und handelt von einem Mädchen, deren Freunde alle ihre Zeit an graue Männer verkauft hatten.«

»Momo«, antwortete Grumkow und ein kurzes, trauriges Lächeln huschte über sein Gesicht, eher ein Zucken, das an ein Lächeln aus längst vergangenen Tagen erinnerte.

Peter schien, dass sein Gegenüber in seinem Stuhl fast ein wenig geschrumpft war. Martha schien Gefallen daran zu finden, dass ihr Plan ganz offensichtlich aufging.

»Oh, ja, ›Momo‹, ich erinnere mich. Spielt es nicht in Italien?«

»Ja, Michael Ende hat es, wenn ich mich nicht irre, sogar in Italien geschrieben«, erklärte Grumkow. »Seltsam, ich habe als Kind, als Jugendlicher alles von ihm verschlungen, ›Lukas der Lokomotivführer‹, ›Momo‹, den ›Wunschpunsch‹ und natürlich ›Die Unendliche Geschichte‹.«

»›Die Unendliche Geschichte‹? Ein merkwürdiger Titel«, warf Peter ein.

»In der Tat. Es geht darum, was Fantasie erreichen kann, und wie man sie und damit sich selbst verliert.«

»Und dass jede Geschichte zu einer neuen Geschichte führt und eine Geschichte eigentlich nie ganz erzählt werden kann«, ergänzte Martha.

Es donnerte wieder. Das Gespräch kam zum Erliegen.

Peter raffte sich schließlich auf.

»Nun gut, eine Geschichte, eine wahre Geschichte. So wie wir hier sitzen, erinnert mich das an eine andere Villa in einem anderen Land, an die Villa Diodati. Sie liegt in der Nähe des Genfer Sees. Im Sommer 1816 lud der Dichter Lord Byron dorthin einige Freunde ein. Es handelte sich um den jungen Autor Percy Shelly, seine achtzehnjährige Verlobte Mary, deren Halbschwester Claire und John Polidori, den Hausarzt von Lord Byron. Der Sommer war so grauenhaft, dass das Jahr 1816 als das Jahr ohne Sommer in die Geschichte eingehen sollte. Statt ausgedehnter Spaziergänge, heiterer Landpartien oder Fahrten auf dem See blieb die Gruppe in der Villa eingesperrt, denn es war so kalt und nass, dass sich niemand ins Freie wagte. So schlug Lord Byron vor, sich die Zeit mit dem Schreiben von Gruselgeschichten zu vertreiben. Der große Dichter Lord Byron schaffte es nicht, etwas Vernünftiges zu Papier zu bringen. Auch ist nicht überliefert, dass der junge Autor Percy Shelley etwas geschrieben hätte, das der Nachwelt erhalten geblieben wäre. Immerhin, John Polidori, der Arzt, verfasste eine Geschichte mit dem Titel ›Der Vampyr‹, die später von Bram Stoker aufgegriffen wurde und gemeinhin als die Geschichte von Graf Dracula bekannt wurde. Mary aber schrieb einen Roman, der in die Weltliteratur eingehen sollte: ›Frankenstein‹.«

Martha klatschte begeistert in die Hände.

»Ja, Mary Shelley, aber natürlich. Nun will ich euch eine Geschichte erzählen. Sie handelt von einer Blume, einer jungen Frau und einem alten Imker. – Einst kam eine große Seuche über das Land und die Menschen starben wie die Fliegen. Doch ein findiger Apotheker fand ein Mittel, das nur aus einer ganz besonderen, wunderschönen Blume hergestellt werden konnte. So befahl der König alle diese Blumen, wo immer sie auch wuchsen, abzuschneiden und daraus das Medikament herzustellen, das die Menschen retten sollte. Am Ende konnten viele Menschen gerettet werden, doch alle diese wunderschönen Blumen waren verschwunden. Die Krankheit aber hatte nicht nur die Menschen, sondern auch alle Bienen getroffen. Niemand hatte daran gedacht, die Bienen zu retten. Und nun erkrankte, als letzter in seinem Königreich, der König selbst. Die Medikamente waren aufgebraucht und alle Blumen verschwunden. So sandte der König seine Boten aus, sie sollten noch irgendwo wenigstens eine Blume finden, die sein Leben retten könnte.

Nach vielen Tagen der Suche fanden sie im letzten Winkel des Reiches eine kleine armselige Kate, in der ein junges Mädchen alleine lebte. Die Eltern waren beide an der Seuche gestorben. Hinter der Kate lag ein kleiner Garten. In diesem Garten blühte die letzte Blume, die dem König die Rettung bringen könnte. Das Mädchen hatte sie gehegt und gepflegt. Die Soldaten wollten die Blume nun herausreißen.

Das Mädchen weinte bitterlich und flehte die Soldaten an, ihr die Blume zu lassen. Sie sei die letzte Freude, die sie habe. Der Hauptmann der Soldaten, ein alter knorriger Mann, hatte Mitleid mit ihr, aber er sprach: ›Wenn du uns die Blume nicht gibst, muss der König sterben.‹ Sie entgegnete: ›Wenn ihr die Blume tötet, tötet ihr auch mich. Ich werde an gebrochenem Herzen sterben.‹ Da meinte der Hauptmann: ›Ich muss meinem König die Blume bringen. Aber ich habe auch ein Herz. Gib mir und meinen Männern ein wenig Wasser und Brot und zeige uns einen Schlafplatz. Dann gebe ich dir eine letzte Nacht mit deiner Blume. Doch morgen früh müssen wir sie herausreißen und unserem König bringen.‹ Tränenüberströmt willigte sie ein.

Statt Wasser gab sie den Soldaten die letzte Flasche Wein, die noch von ihrem verstorbenen Vater stammte. Bald schliefen die Soldaten ein. Doch als sie schliefen, grub das Mädchen die Blume aus, steckte sie in einen Topf und verschwand mit ihrer Blume. Sie wanderte viele Tage, bis sie in die Berge kam. Weitab von jedem Dorf fand sie eine Hütte, in der ein alter Mann wohnte. Er nahm das völlig entkräftete Mädchen auf und gab ihr zu essen. Es war frisches Brot mit köstlichem Honig. Sie erzählte dem alten Mann ihre Geschichte. Da lächelte er sie an und führte sie hinter die Hütte. Dort stand allein im Gras noch eine Blume. ›Wir werden deine Blume neben ihr einpflanzen‹, sagte er zu ihr.

Inzwischen ging es dem König immer schlechter. Der alte Soldat traute sich nicht zurück an den Hof, aus Angst für sein Versagen hingerichtet zu werden. Auch dem Volk ging es immer schlechter. Es war zwar von der Krankheit geheilt, doch nun litten die Menschen entsetzlichen Hunger. Auf den Feldern wuchs nichts mehr. Es gab ja keine Bienen mehr, die das Getreide, das Gemüse oder das Obst bestäubt hätten. Selbst die Tiere auf den Weiden fanden bald kein Futter mehr. Doch der alte Mann und das junge Mädchen, die auf der Bergwiese lebten, litten keine Not. Sie hatten jeden Tag satt zu essen.

Es begab sich, dass der alte Mann eines Tages eine seiner seltenen Besorgungen im nächsten Dorf machen musste. In aller Herrgottsfrühe brach er auf und erreichte das Dorf bei den letzten Strahlen der Abendsonne. Dort erfuhr er, dass nicht nur der König im Sterben lag, sondern auch das Land darbte. Eilig kehrte er zurück in seine Hütte auf der Bergwiese und erzählte dem Mädchen von der Katastrophe.

Er führte sie zum Waldrand. Dort standen seine Bienenstöcke mit den letzten Bienen im Land. Die Bienen hatte inzwischen dafür gesorgt, dass aus den beiden Blumen eine kleine Blumenwiese entstanden war. Der alte Mann entnahm seinen Stöcken eine Königin und zehn Bienen, die er in einem Kästchen verwahrte, das er wohlweislich mit ein wenig Zuckerwasser ausgestattet hatte. Im Schuppen holte er ein kleines Säckchen voller Korn aus einer Kiste, schließlich schnitt er drei Blumen ab. Er sprach: ›Gehe nun mit den Blumen, dem Korn und den Bienen zum König. Sag ihm, die Blumen werden ihn gesundmachen, das Korn wird das Volk nähren und die Bienen dafür sorgen, dass weder er noch sein Volk jemals wieder leiden müssten‹.

So brach das Mädchen auf und wanderte viele Tage. Doch es konnte den Weg in die Hauptstadt nicht finden. Da lauerten ihr die Soldaten auf, die einst in ihre Kate gekommen waren. Sie waren halb verhungert. Der Hauptmann rief: ›Gib uns das Korn, sonst müssen wir sterben.‹ Das Mädchen aber sagte: ›Lasst mir das Korn und ihr werdet nicht nur leben. Bringt mich zum König und er wird euch reich entlohnen.‹

Der alte Hauptmann blieb misstrauisch. ›Du hast mich schon einmal hintergangen‹, grollte er. ›Dann legt mich in Ketten, aber bringt mich um Gottes Willen zum König!‹, rief das Mädchen verzweifelt. So geschah es. Als sie schließlich in Ketten vor dem König stand, rief er mit letzter Kraft aus: ›Warum liegt das arme Kind in Ketten?‹ Der Hauptmann erklärte betreten: ›Wir mussten doch deine Blume schützen und wenn das Mädchen mit den Blumen davongelaufen wäre, müsstest du sterben.‹ Dem Mädchen wurden die Ketten abgenommen. Sie übereichte dem König die Blumen, das Getreidesäckchen und die Bienen. Dann wiederholte sie die Worte des alten Mannes. Der König rief den Apotheker herbei, der das Medikament herstellte und bald kam der König wieder zu Kräften. Er belohnte den Hauptmann und seine Männer fürstlich, das Mädchen aber fragte er: ›Wie kann ich Dich belohnen?‹

›Ach‹, sagte sie da, ›achte auf die Bienen und auf die Blumen. Wenn es dem Land und seinen Menschen wieder gut geht, soll das

Lohn genug sein.‹ Doch das wollte der König nicht gelten lassen. Sie wurde in ein prächtiges Gemach geführt. Sieben Dienerinnen warteten ihr auf. Als es Nacht geworden war, stahl sie sich jedoch aus dem Palast und machte sich auf den Weg zurück auf die Bergwiese. Der König indes tat, wie ihm geheißen. Das Land blühte wieder auf und den Menschen ging es besser als je zuvor. Das Mädchen und der alte Mann aber lebten noch viele Jahre glücklich auf die Bergwiese.«

Marthas Wangen glühten, Rossi klatschte wild. Auch Peter fiel in den Applaus ein. Mondschai, inzwischen durch den Wein in gelöster Stimmung, klatschte ebenfalls. Nur Grumkow saß da und schien noch kleiner geworden zu sein. Sein Blick war finster geworden.

»Hat Ihnen die Geschichte nicht gefallen, Herr von Grumkow?«, fragte Martha herausfordernd.

»Ein schönes Märchen haben Sie da erzählt«, entgegnete er. Seine Stimme war nicht mehr ganz fest, was dem Wein geschuldet war. »Aber eines möchte ich doch wissen«, meinte er und in seiner Stimme lag eine Spur von Schärfe: »Was hätte der König denn ohne seinen Apotheker gemacht? Ich weiß, was Sie uns mit dem Märchen sagen wollten. Die böse, böse Pharmaindustrie. Das haben Sie doch gemeint? Sie zerstört die Bienen, sie zerstört das Land und am Ende die Menschen.«

»Friede, Friede«, rief Martha und hob beide Hände. »Ich wollte niemanden verletzen.«

Der Freiherr starrte sie an. Irgendetwas ging in seinem Kopf vor. Auch Martha schien das nicht entgangen zu sein.

»Ich mache Ihnen einen Vorschlag. Ein Friedensangebot sozusagen«, meinte Martha. »Ich treffe mich morgen mit einer Freundin in Vinci. Da gibt es ein großartiges Fest, das Sie nicht verpassen dürfen. Es würde mich freuen, wenn Sie und Professor Mondschai sich mir anschließen würden. Und Du, Peter. Und Du, Onkel Ottavio, natürlich auch. Na, irgendjemand muss uns ja fahren.«

Peter rechnete fest damit, dass Grumkow absagen würde. Zu offensichtlich war seine feindselige Haltung gerade gewesen. Doch zu seiner Überraschung meinte er: »Nun gut, warum nicht. Und vielleicht ist das Wetter morgen ja besser. Entschuldigen Sie bitte, aber zu viel Wein macht mich rührselig.«

»Rührselig?«, platze Peter heraus.

»Früher hätte so eine Geschichte ein Lächeln auf meine Lippen gezeichnet.« Grumkow war nun wirklich gerührt. »Übrigens: ich heiße Jo. Nennt mich doch bitte so, das ist mein Spitzname.«

Er stützte sich mühsam von seinem Stuhl auf, straffte sich und verabschiedete sich fast preußisch korrekt mit einem steifen, angedeuteten Diener.

»Gute Nacht.« Jo torkelte ein wenig und murmelte noch: »Diese Nacht werde ich wirklich nicht vergessen.«

Auch Mondschai verabschiedete sich mit glasigen Augen. Mit schweren Schritten wankte er zu dem dunklen Gang.

Signor Rossi gähnte herzhaft. Das Gewitter hatte nachgelassen.

»Ich muss Ihnen ja noch Ihr Zimmer zeigen«, meinte er zu Peter gewandt.

»Lass nur, Onkel Ottavio. Ich mach das. Schließlich kenne ich mich aus. Vielleicht möchte mir Peter noch bei einem letzten Glas Gesellschaft leisten.«

»Du bist ein gutes Kind. Schlaft wohl, Ihr beiden.«

Rossis schalkhaftes Lächeln ließ Peter ahnen, dass Rossi der Meinung war, es würde wohl nicht nur bei dem Glas Wein bleiben. Als er verschwunden war, runzelte Peter die Stirn.

»Warum hat Ihr Onkel denn so gegrinst?«

Martha lachte.

»Ihnen ist sicher nicht entgangen, wie glühend mein Onkel Boccaccio und vor allem sein Werk ›Decamerone‹ verehrt. Offensichtlich sind Sie mit ›Decamerone‹ nicht so vertraut. Einiges daran ist, wie würde man auf Deutsch sagen, ein wenig schlüpfrig. In der Tat finden sich unzählige erotische Anspielungen darin. Es ist also ...«, sie hob hilflos die Arme.

Martha lachte.

Peter betrachtete sie. Er lehnte sich zurück nippte an seinem Glas und fragte schließlich:

»Haben Sie mir nichts zu sagen?«

»Nun ja, es war nicht fair, Sie einfach so, ohne ein Wort, in England sitzen zu lassen.«

»Na ja, sitzen lassen, wir sind ja kein ...«

»Na gut, dann zurückzulassen. Sie haben eine Erklärung verdient.«

»Da bin ich aber sehr gespannt.«

Martha seufzte.

»Glauben Sie mir, ich würde es Ihnen gerne erzählen, liebend gerne, aber ich kann es nicht. Zumindest jetzt noch nicht. Aber ich verspreche Ihnen, es wird sich alles aufklären.«

»Schön, schön ... aber ›es wird sich alles aufklären‹ klingt mir ein wenig zu unpersönlich. Finden Sie nicht, dass Sie mir und zwar mir persönlich eine Erklärung schuldig sind?«

»Auf jeden Fall und die sollen Sie auch bekommen. Aber nicht heute Nacht und nicht hier.«

»Hat das etwas mit unserer Reise nach Vinci zu tun?«

Wieder lachte sie. Sie schüttelte den Kopf so heftig, dass ihre Locken tanzten.

»Peter Falcon, Sie sind wohl immer ein Detektiv?«

»Kennen Sie ›Decameron‹, den Film, meine ich?«, wechselte Peter plötzlich das Thema. Peter stellte sich jetzt vielleicht etwas tölpelhaft an, obwohl er seine Anspielung auf die erotischen Geschichten gar nicht schlecht fand.

»Sie meinen den von Pasolini?«

»Ach, kennen Sie?«

»Jeder Linke in Italien kennt Pasolini ... und die Salon-Kommunisten verehren ihn!«

»Na, dann könnten wir doch in meinem Salon ...«

Nun fand sich auch Peter zu plump.

Doch Martha lachte auf und ihre weißen Zähne blitzen zwischen ihren Lippen auf.

»›Tolldreiste Geschichten‹!«

Peter schaute Martha verdutzt an.

»So heißt der zweite Teil der erotischen Episoden von Pasolini.«

Martha küsste Peter direkt auf seinen Mund. Es war, als würde man Peter eine Süßigkeit geben, die in kurzer Zeit explosionsartig ihren ganzen Zauber aus Geschmack und Geruch entfaltete. Und im nächsten Moment wurde die Süßigkeit wieder weggezogen. »Nein, mein lieber Freund, heute nicht. Aber morgen – ganz sicher.«

Peter stand da wie ein Schuljunge.

»Versprochen?«

»Das hat lange gedauert«, hörte Martha, als sie das Zimmer betrat. Martha fuhr herum, drückte sich an die schlanke Figur im Halbdunkel und umschlang sie mit den Armen. Sie küssten sich.

»Dieser Peter Falcon ... ich habe euch gehört. Er hat's dir wohl angetan, was?«, sagte die Person ein wenig eifersüchtig und streichelte Martha übers Haar. »Aber mach Dir nichts vor, der hat sicher nur Augen für seine Giovanna. Du gehörst zu mir.«

»Aber ja, das weißt Du doch.«

Die Figur machte einige Schritte durch den Raum, als denke sie nach.

»Er gefällt Dir also?«

»Na ja, nicht so wie du.«

Die Person kam auf Martha zu und umfasste mit der rechten Marthas Kinn.

»Ich will aber, dass er dir gefällt. Du weißt, das Fest der Floralien hat auch diesen Aspekt ... es gehört alles dazu. Es ist alles Teil des Festes und Teil des Planes. Es wird die vollkommenste Inszenierung aller Zeiten und durch sie wird klar werden, dass eine ganz neue Ära begonnen hat, eine weibliche Renaissance.«

Martha schwieg.

»Bienchen, es ist alles nicht so schlimm, im Gegenteil, es ist alles sehr, sehr aufregend. So, und nun zieh dein Kleid aus, hänge es hinaus zum Lüften, morgen musst du es wieder tragen.«

Martha schlüpfte aus dem Kleid und hängte es auf einen Bügel vor die halb geöffnete Balkontür.

»Giovanna ist nicht gekommen. Schade eigentlich. Ihr Gesicht hätte ich gerne gesehen. Doch das macht nichts. Die anderen müssen reichen.«

Die Person betrachtete Martha, die in ihrem Slip fröstelte. In Marthas Bauchnabel blitzte ein Piercing auf. Die Gewitterwolken hatte sich verzogen und das Licht eines bleichen Vollmonds fiel auf sie, die nun aussah, wie eine aus Marmor gemeißelte Göttin. Flora. Oder jetzt meine Venus, dachte die Person und liebkoste Marthas Brüste.

Später in der Nacht hörte Martha: »Nun ruh dich aus, mein Bienchen. Ich muss mich noch mit Paul treffen, um die letzten Vorbereitungen zu treffen. Die Fernsehteams sind schon da.«

Martha hörte die Türe aufgehen. Sie drehte sich um und rief:

»Laura, bleib noch.«

Doch Laura war gegangen.

Ein Blütennachttraum

Das Gewitter war vorüber und ein strahlend blauer Himmel erstreckte sich über die sanften Hügel der Toskana. Als Peter den Raum betrat, in dem sie diesen denkwürdigen Abend und die halbe Nacht verbracht hatten, waren auf dem schweren alten Eichentisch schon vier Gedecke für das Frühstück bereitet. Peter sah niemanden und hörte nur von fern Geräusche, die aus einer Küche stammen mussten. Vor dem Panoramafenster breitete sich ein traumhaft schöner Garten aus. Schmale Kieswege wurden begrenzt von hüfthohen grünen Hecken. Dazwischen bildeten Grünpflanzen labyrinthartige Ornamente. Weiße Statuen, kunstvoll geschnittene Hecken und Säulenzypressen vervollständigten die Szenerie. Peter konnte gar nicht anders: Er fand eine Tür, die ihn hinaus in den zauberhaften Garten führte. Er schlenderte über Kieswege, vorbei an filigranen Marmorstatuen und dachte, dass genau für so eine Situation das schöne Wort »Lustwandeln« erfunden worden war.

»Schön hier, nicht?«, hörte er Marthas Stimme hinter sich sagen. Ehe er es sich versah, hatte sie sich bei ihm untergehakt.

»So einen Garten habe ich noch nie gesehen«, gestand Peter.

»Er muss sehr anregend gewesen sein, für diese zehn Flüchtlinge. So eine surreal schöne Umgebung – und unten im Tal tobte der Schwarze Tod. Ein bisschen kann man sich das heute wieder vorstellen. Wie haben Sie die Pandemie überlebt? In New York muss es doch grauenhaft gewesen sein.«

»Das kann man wohl sagen«, meinte Peter, seufzte und schwieg. Seine Gedanken schweiften zurück zu jenem fürchterlichen Frühling. Zunächst war das alles weit weg gewesen, in China und dann in Italien. Keiner hatte ernsthaft geglaubt, dass es die USA und vor allem New York so schlimm treffen würde. Am St. Marks Place, am Rande von East Village, lebte es sich für New Yorker Verhältnisse fast idyllisch. Die Häuser, weit ab von den Wolkenkratzern, waren bescheidene sechs Stockwerke hoch. Ihr Central Park war der Tompkins Square Park, zwei Blocks von Peters Comicshop entfernt. Doch dann war das Virus eines Tages doch angekommen.

Als erstes hatte es Phyllis Johnson getroffen. Die lebenslustige Witwe, um die 70, mit lila Haaren und einem ähnlich gefärbten Pudel hatte sich bei einem Bingo-Nachmittag in der Baptistengemeinde angesteckt. Acht Tage später war sie tot. Barry Parker, der Milchmann, starb einen Tag später. Es war der Tag, an dem Bürgermeister Bill de Blasio den Lockdown verkündete. Für Peter bedeutete das, seinen Comicshop zu schließen – und die Ausgangssperre einzuhalten. Die Infektionszahlen kletterten in schwindelnde Höhen. Ende März starben in New York am Tag fast tausend Menschen.

Dann legte auf dem Hudson-River die USNS *Comfort* an, ein Lazarettschiff mit über tausend Betten. Peter erinnerte sich noch lebhaft daran, dass er dieses Schiff schon einmal vor Manhattan hatte liegen sehen: im September 2001. Nur wenige Tage vor dem Lockdown hatte Peter ernsthaft überlegt, ob er nicht hinaus in die Catskills zu seiner Freundin Melinda fahren sollte, um dort das Ende der Pandemie abzuwarten. Doch ihr Verhältnis war in den letzten Monaten schwierig gewesen. Die Vorstellung, dort draußen mit ihr festzusitzen, hatte ihn abgeschreckt. Nun bereute er es. So saß er fast den ganzen Tag in seinem Appartement fest. Zweimal in der Woche schaute er im Laden nach dem Rechten, doch es kam ihm wie eine sinnlose Übersprungshandlung vor. Wer sollte ernsthaft während der Pandemie auf die Idee kommen, ausgerechnet einen Comicshop zu plündern? Ihm fehlten die angeregten Gespräche mit Mo und Christian. Am Anfang hatte er fast täglich noch mit seinen Freunden telefoniert oder sie hatten sich, weil das so in Mode gekommen war, zu dritt zu Videochats getroffen. Doch nach wenigen Wochen ließ das nach. Er meldete sich immer weniger bei seinen Freunden und auch sie meldeten sich kaum noch. Jeder saß nun zu Hause, wartete und hoffte, dass der Albtraum bald zu Ende gehe. Ja, er hatte eine Ahnung davon, wie sich die Menschen 1348 gefühlt haben mussten – und er hatte die Chance auf sein persönliches »Decamerone« verstreichen lassen. Allerdings bezweifelte er, dass sich Melinda und er monatelang die Zeit mit dem Erzählen von Geschichten hätten vertreiben können. Vermutlich hätten sie sich nach fünf oder sechs Wochen gegenseitig umgebracht.

Als der Wahnsinn so langsam zu Ende ging, stellte Peter fest, dass er sich verändert hatte und nicht nur er. Zwar hätte man wieder Bars und Restaurants besuchen können, doch er mied sie. Er war zurückhaltender geworden, mehr auf sich selbst zurückgeworfen. Und vielen seiner Freunde und Bekannten erging es ähnlich.

»Was ist?«, fragte Martha. »Sie waren gerade ganz woanders.«

Peter nickte nachdenklich.

»Ja, ich war gerade in New York, im März und April 2020.«

»Ich kann es ahnen. Eine Schwester von mir hat die Seuche in Bergamo erlebt. Ich hatte Glück. In meiner kleinen Imkerei in der Märkischen Heide habe ich nicht viel davon mitbekommen. Der Mundschutz beim Einkaufen war im Grunde das Einzige, was sich in meinem Leben verändert hatte. Und dass ich meinen Honig nicht verkaufen konnte. Aber die staatliche Hilfe war halbwegs großzügig. Für mich kam die Katastrophe erst später.«

Schweigend gingen sie durch den Park und jeder für sich hing seinen Gedanken nach, aus denen sie schließlich durch das fröhliche Rufen von Onkel Ottavio gerissen wurden.

»Frühstück ist fertig.«

Martha rüttelte ein wenig an Peters Arm.

»Hey, genug gebrütet. Ich verspreche Ihnen, dass Sie heute einen Tag erleben, den Sie so schnell nicht vergessen werden.«

Von Grumkow saß bereits am Tisch, als sie wieder eintraten. Er begrüßte die beiden förmlich, ein wenig reserviert.

»Guten Morgen. Ich hoffe, Sie haben gut geschlafen.«

»So gut wie lange nicht mehr, Jo!«, erwiderte Peter.

Martha schwieg. Ihr Blick schweifte auf die neueste Ausgabe des *Corriere della Sera* und verfinsterte sich nach ein paar Sekunden. Sie fixierte von Grumkow mit eisigen Augen, der allerdings nichts davon bemerkte, weil er gerade damit beschäftigt war, ein Brötchen mit Marmelade zu beschmieren.

Verstohlen schaute Peter auf die Zeitung. Doch sein Italienisch reichte nicht aus, um sehr viel zu verstehen. Er konnte allerdings eine Schlagzeile erkennen, in der es um die EU und offensichtlich um Glyphosat ging. Jetzt konnte Peter sich den Stimmungsknick von Martha erklären.

Sie hatte sich schnell wieder gefangen und begann fröhlich zu plaudern.

»Unser Ausflug nach Vinci … ich will Sie nicht im Unklaren darüber lassen, was Sie dort erwartet. Es ist eine Art Frühlingsfest, das, wie soll ich sagen, also, es ist eine Art Allegorie … der Renaissance. Es orientiert sich an den altrömischen Floralien, eine Art Fruchtbarkeitsfest mit Tanz, Musik und anderen Darbietungen. Höhepunkt ist eine Performance, die an Botticellis Primavera angelehnt ist.«

»Das klingt ja spannend!«, rief Peter euphorisch.

»Ja, das klingt interessant«, gab von Grumkow weit nüchterner zu.

Ein ziemlich verkaterter Professor Mondschai gesellte sich an den Frühstückstisch.

»Was klingt interessant?«, wollte er gähnend wissen.

»Was uns heute bei unserem Ausflug nach Vinci erwartet«, sagte Martha zuckersüß.

»Ausflug? Vinci? Was? Ich weiß gar nichts«, rief Mondschai fast panisch.

»Aber an den Chianti von gestern können Sie sich noch erinnern?«, fragte Peter frech.

Mondschai schwieg pikiert.

»Könnte ich auch das Geburtshaus von Leonardo besuchen?«, wollte Peter wissen.

Martha wiegte mit dem Kopf.

»Die meisten Menschen glauben, weil Leonardo mit Nachnamen da Vinci heißt, würde er auch aus Vinci kommen. Das ist aber nicht ganz richtig«, erklärte Martha. »Eigentlich ist er in Anchiano geboren, das liegt etwa drei Kilometer von Vinci entfernt. Aber vielleicht lässt sich das trotzdem machen. Mal sehen. Ich schlage vor, wir verfahren heute nach dem Motto: nichts muss, alles kann. Einverstanden?«

Mondschai erwachte wieder zu Leben und giftete Peter an:

»Für Sie scheint das ja eher eine Art Urlaub zu sein.«

»Wann werden wir zurück sein?«, wollte von Grumkow wissen.

Martha lachte auf.

»Wer kann das an einem solchen Tag schon wissen, Jo?«

Onkel Ottavio erhob sich und kündigte an, den Wagen vorzufahren. Sie leerten langsam ihre Kaffeetassen und schließlich gab Martha den Startschuss:

»Meine Herren, los geht's.«

An der Auffahrt stand ein altes Mercedes-Benz Cabrio, ganz in Silber. Peter schätzte, dass es in den sechziger Jahren des letzten Jahrhunderts gebaut worden war und nun über fünfzig Jahre auf dem Buckel haben musste. Die Sitze waren mit weinrotem Leder bezogen.

Daneben stand ein feuerroter Alfa Romeo Spider 2000 Veloce aus den 1970er Jahren. Mit diesem heißen Gefährt war Martha am Vorabend angekommen. Sie nickte Peter auffordernd zu, auf dem Beifahrersitz Platz zu nehmen. Die Herren Mondschai und von Grumkow stiegen wenig begeistert in den Mercedes.

»Wir brauchen etwa eine Stunde nach Vinci. Genießen Sie die

Fahrt!«, rief Martha übermütig. Onkel Ottavio startete den Motor und gab Gas. Martha folgte mit quietschenden Reifen.

Peter schluckte ein wenig, denn er hatte das Gefühl, dass sowohl der fröhliche Signor Rossi als auch seine Nichte die Fahrt durch die engen steilen Straßen hinunter nach Florenz etwas zu optimistisch angingen. Als sie die Stadt verlassen hatten und der Weg einige Zeit an dem träge dahinfließenden Arno entlangführte, entspannte sich Peter ein wenig. Schließlich bog Onkel Ottavio nach rechts ab und die Straße führte wieder leicht bergan und durch eine für die Toskana fast archetypische Landschaft mit sanften Hügeln, vielen Zypressen und knorrigen alten Pinien. Gesprochen wurde wenig, denn im offenen Cabrio war die Unterhaltung nicht ganz einfach. Schließlich erreichten sie nach etwas mehr als einer Stunde das kleine Dorf Vinci. Es lag nicht, wie viele Ortschaften in der Toskana auf dem Gipfel eines Berges, sondern schmiegte sich sanft an einen Höhenzug, der am Ende des Ortes immer weiter anstieg. Handgemalte Schilder wiesen schon am Ortseingang auf die Floralia hin. Schließlich erreichten sie eine Wiese, auf der schon ein paar Dutzend Autos parkten. Sie stiegen aus und von Grumkow brummte: »Das wird jetzt aber nicht so ein Mittelalter-Ringelpiez mit Anfassen? Sie kennen das doch. Falsche Ritter, falscher Met und teure Öko-Apfelsäfte.«

Martha schien nicht verletzt, sondern lachte nur laut.

»Sie werden schon sehen, Jo!«

Als sie den Festplatz erreicht hatten, dachte Peter einen Moment, dass der Freiherr vielleicht nicht so ganz unrecht gehabt haben könnte. Zahlreiche grob gezimmerte Holzbänke und Holztische waren auf der Wiese aufgestellt, um sie herum standen im Kreis vielleicht zwei Dutzend Marktstände. Tische und Holzbänke standen unter einem gewaltigen weißen Sonnenschutz. An der Stirnseite war eine große Bühne aufgebaut. Allerdings war es nun nicht so, dass sich die Hälfte der Besucher in Gewänder der Renaissance gekleidet hätten. Eher erinnerte das Ganze an ein Hippie-Happening der frühen siebziger Jahre. Peter schnupperte ein wenig und konnte einen leichten Hauch von Cannabis wahrnehmen.

»Und was wird auf der Bühne geboten? Hair?«, fragte von Grumkow bissig.

Peter fixierte ihn. Der Freiherr gab sich schon seit der Abfahrt als Party-Crasher. Warum war er nur mitgekommen? Legte er es darauf an, die Verhandlungen platzen zu lassen?

Martha führte sie zu einem der Tische nicht weit von der Bühne entfernt. Die vier Männer setzten sich, und Martha verschwand. Wenige Minuten später kam sie wieder. Sie brachte eine riesige, mindestens fünf Liter fassende Fiasco-Flasche Chianti. Ein junger Mann, der ihr folgte, stellte einen großen Korb Brot, eine Schüssel voller Oliven, Öl und Salz auf den Tisch.

»Filippo wird uns nachher noch Würste bringen. Die müssen Sie unbedingt probieren.«

Von Grumkow machte ein finsteres Gesicht. Peter ging das inzwischen entsetzlich auf die Nerven. Er begann sehr vorsichtig.

»So richtig scheinen Sie noch nicht angekommen, Herr von Grumkow.«

»Ich weiß auch nicht, was ich bei diesem Firlefanz soll«, äußerte sich Mondschai verstimmt.

»Genau, Firlefanz ist das richtige Wort«, bestätigte Grumkow.

Peter legte den Kopf zur Seite und zog die Augenbrauen hoch.

»Firlefanz? Warum sind Sie eigentlich mitgekommen? Martha hat Sie doch nicht im Unklaren darüber gelassen, was Sie hier erwartet. Und trotzdem spielen Sie hier … wie sagt man auf Deutsch? Die beleidigte Wurst.«

»Leberwurst.«

»Leberwurst?«

»Ja, es heißt beleidigte Leberwurst, nicht einfach Wurst.«

»Oh, verzeihen Sie, ich wollte Sie nicht beleidigen.«

Plötzlich lachte der Freiherr auf, es war ein bitteres Lachen.

»Sie haben sich tatsächlich gerade dafür entschuldigt, dass Sie mich beleidigt haben, weil Sie zu mir Wurst statt Leberwurst gesagt haben? Das ist bizarr.«

»Entschuldigen Sie, mein Deutsch ist …«

»Ach, was, Ihr Deutsch ist ausgezeichnet, dass Sie nicht jedes Sprichwort kennen, ändert ja daran nichts. Ich finde nur die Situation so … so unwirklich. Es tut mir leid, wenn ich etwas abweisend wirke. Ich hatte ein paar schlimme Tage hinter mir und bin nun vielleicht ein wenig angespannt.«

Die Bänke hatten sich inzwischen gefüllt. Man hörte überall munteres Geplapper und Gelächter. Sanfte sphärische Musik lag über der Wiese. Beifall brandete auf, als ein junger Mann mit roten Locken die Bühne betrat. Er trug nichts als eine Art roter Toga, ein Tribon. In seiner Rechten hielt er einen Stab mit zwei Flügeln, um den sich zwei Schlangen ringelten.

Signor Rossi drehte sich zu Peter und den anderen um.

»Es geht los, da kommt Merkur. Sie erkennen ihn am Caduceus, dem Merkurstab.«

Peter kam die Erscheinung irgendwie bekannt vor.

Merkur hob seinen Stab und der Beifall verebbte. In drei Sprachen – Italienisch, Englisch und Deutsch – begrüßte er die Gäste: »Seid alle willkommen zur Feier der Floralia, zu Ehren der Flora, wie es sich seit Alters her im Frühling ziemt. Wir feiern heute die Wiedergeburt … die Wiedergeburt der Natur, aber auch die Wiedergeburt, die vor über sechshundert Jahren gefeiert wurde und die wir heute Renaissance nennen, wollen wir hier feiern.«

Im Folgenden beschränkte sich Merkur nun auf Italienisch. Martha und Onkel Ottavio wechselten sich als Dolmetscher ab. Der Götterbote kündigte nun als ersten Programmpunkt ein Konzert mit Theremin und Hang an.

»Was ist denn das?«, fragte Peter verdutzt, als die beiden Künstler die Bühne betraten. Der eine brachte ein Gerät mit, das einer fliegenden Untertasse ziemlich ähnlich sah. Peter hatte die Vermutung, dass da zwei chinesische Wok-Töpfe aneinandergeschweißt worden waren. Doch die Töne, die der Musiker dem seltsamen Instrument entlockte, klangen seltsam süß. Obwohl das Gerät eigentlich eine Trommel sein musste, gelang es dem Musiker darauf eine richtige Melodie zu spielen. Wie das gehen sollte, blieb Peter rätselhaft. Doch noch mehr setzte ihn der Theremin-Spieler in Erstaunen. Zunächst begriff Peter gar nicht so richtig, was das für ein Instrument war. Ein aufrechter Metallstab steckte in einem flachen Kästchen, an dessen anderem Ende eine Art Metallschlaufe austrat. Der Musiker setzte sich hinter das merkwürdige Ding und schien es beschwören zu wollen. Er berührte es nicht einmal, trotzdem gab es Töne von sich. Es waren seltsame, sphärische Klänge, die man eher aus Science-Fiction-Filmen kannte.

Das klang zwar alles sehr interessant, aber irgendwie hatte es Peter nicht so mit diesen experimentellen Tönen – bis ihm plötzlich etwas bekannt vorkam. Die beiden Musiker spielten auf ihren außergewöhnlichen Instrumenten plötzlich »'O sole mio«. Die Zuhörer jubelten. Es folgte eine Reihe bekannter Titel aus verschiedenen Filmen: »Once upon a time in the West«, »Somewhere over the Rainbow« aus »The Wizzard of Oz« und die Titelmelodie von »Star Trek«. Nun fiel auch Peter begeistert in den Applaus ein. Und selbst von Grumkow bedachte die Darbietung mit freundlichem Applaus.

Peter, noch immer klatschend, drehte sich zu Signor Rossi.

»Toll, wirklich ganz, ganz toll. Aber sagen Sie mir doch eines. Was hat diese futuristische Musik mit der Renaissance zu tun?«

Es schien fast, als habe Rossi auf diese Frage nur gewartet. Er warf die Arme in die Höhe, die Finger seiner Hände weit ausgespreizt und rief begeistert:

»Alles, lieber Freund, alles. Die Renaissance ist die Wiedergeburt. Die Stücke … die haben Sie doch alle wiedererkannt?«

»Ja, ›Spiel mir das Lied vom Tod‹, ›der Zauberer von Oz‹ und ›Enterprise‹ natürlich … aber was…«

»Sie kennen diese Titel alle, aber haben Sie aber heute zum ersten Mal so gehört?«

»Ja, schon ...«

»Sehen Sie, die Musik ist sozusagen durch die neuen Instrumente neu geboren worden. Das Theremin gibt es gerade mal hundert Jahre, das Hang indes ist noch viel, viel jünger. Das wurde erst um die Jahrtausendwende erfunden.«

»Diese beiden Blechtöpfe?«

»Sie haben ein nicht zu unterschätzendes Innenleben. Und das hat Ihnen heute ein völlig unvergessliches Klangerlebnis gebracht. Darum geht es doch: Neues zu wagen. Wir sind nicht nur hier, um Leonardo oder Michelangelo zu feiern, sondern auch, um selbst neue Wege zu erforschen. Damit feiern wir die Meister übrigens am besten.«

Er zwinkerte Peter zu.

Unterdessen hatte ein anderer junger Mann die Bühne betreten. Er war blass und ein wenig picklig, die Bühne betreten. Er trug kein Kostüm, sondern lediglich eine Jeans und ein weißes T-Shirt. In der Hand hielt er ein Büchlein. Er setzte sich auf einen Stuhl, mitten auf die Bühne, und begann aus Boccaccios »Decamerone« vorzulesen. Er tat das in einer Eindringlichkeit und Leidenschaft, dass er auf Anhieb die Herzen der Zuhörer erreichte.

Danach war erst einmal Pause. Der Wein floss in Strömen. Ab und an genehmigte man sich zwischendurch auch einen Grappa oder einen Ramazzotti. Die Stimmung stieg. In den Pausen zwischen den einzelnen Programmpunkten wurde auf der Bühne getanzt. Was wie ein gesittetes Volksfest auf dem Lande begonnen hatte, wandelte sich nun mit zunehmender Dauer in eine sehr lustbetonte Veranstaltung.

Von Grumkow war zwar ein wenig aufgetaut, doch er fühlte sich offensichtlich immer noch nicht richtig wohl in seiner Haut. Allerdings schien es Peter so, als habe ihn der ein oder andere Programmpunkt zumindest überrascht. Eigentlich hatte Peter fest damit gerechnet, dass der Freiherr irgendwann zum Aufbruch mahnen würde. Doch er blieb still. Mondschai sagte ebenfalls nichts, sondern beobachtete gespannt, wie von Grumkow reagieren würde. Selbst die Initiative zu ergreifen, wäre dem Professor nicht in den Sinn gekommen.

Langsam setzte die Dämmerung ein. Rund um die Tische wurden Fackeln entzündet. Martha, die schon ordentlich getrunken hatte, wandte sich an Peter und Grumkow.

»Jetzt kommt gleich der Höhepunkt. Die Göttin, die von Blüten träumte! Es ist ein … ja … hm … Theaterstück? Nein eigentlich nicht. Eher eine Art, belebtes Bild. Genießen Sie es!«, rief sie fröhlich und verschwand.

Peter dachte sich nicht viel dabei, denn während des gesamten Nachmittags war Martha mal gekommen, mal gegangen, hatte Weinnachschub gebracht, oder einen Korb voll Trauben oder eine Schüssel von Oliven. Sie würde wohl Wein holen. Das Stück schien wohl etwas aufwändiger zu sein, denn erstmals wurde der Blick auf die Bühne durch einen Vorhang verwehrt. Dahinter setzten offenbar umfangreiche Vorbereitungen ein. Martha kam nicht wieder.

Einige Zeit später setzte sphärische, überirdisch klingende Musik ein. Offensichtlich kamen wieder das Theremin und das Hang zum Einsatz. Langsam öffnete sich der Vorhang. Die Szene erkannte Peter sofort wieder. Er hatte sie erst vor Kurzem gesehen, es war kaum 48 Stunden her. Den Hintergrund bildete ein Wald, dessen Bäume runde, goldene Früchte trugen. Vor dem Wald standen acht Personen. Von der Decke hing ein kleiner Cupido mit dem Amorpfeil im Anschlag. Die Figur drehte sich langsam und schien erst die stillstehenden Akteure und dann jeden einzelnen im Publikum ins Visier zu nehmen. Ganz links der junge Mann, der als Merkur ins Programm eingeführt hatte. Wie alle anderen hielt er sich eine Maske vors Gesicht. Neben ihm standen drei Grazien, alle in hauchdünne Gewänder gekleidet, die mehr enthüllten als verbargen. Ganz rechts stand ein weiterer Mann, er wirkte dunkel, mysteriös und bedrohlich. Neben ihm schwebte förmlich eine junge Frau, in einem ebenso transparenten Gewand, wie die drei Grazien. Die zwei zentralen Figuren waren eine Göttin in der Mitte mit weißem Gewand und einem roten Umhang, den sie über dem Arm trug, die andere trug ein Kleid, das Peter nur zu vertraut war. Er wusste sofort, wer sich hinter dieser Maske verbarg. Es konnte nur Martha sein. Das Kleid hatte er in ihrem Garten gesehen und dann wieder in den Uffizien, auf der Einladungskarte – und gestern Abend. Es war das Kleid der Flora.

Die Musik hörte langsam auf. Die Figuren stellten sich vor, doch Peter war längst klar, was sie darstellten. Die acht Personen hatten eine Kopie von Botticellis Primavera auf die Bühne gezaubert. Der einzige Unterschied zum Gemälde: Die Figuren agierten nicht, standen stumm und verbargen ihre Gesichter hinter einer Maske. Schließlich begannen die Figuren sich vorzustellen, beginnend beim Merkur.

»Sono mercurio.«

Auch wer des Italienischen nicht mächtig war, begriff, wer welche Figur darstellte.

»Io sono Flora«, hörte Peter eine Stimme hinter der Maske sagen, die unverkennbar zu Martha gehörte.

Nachdem sie sich vorgestellt hatten, stellten die acht Personen die Figuren des Gemäldes nach. Dazu mussten sie die antiken Holzmasken vom Gesicht nehmen. Doch wer nun gehofft hatte, die Gesichter zu sehen, sah sich enttäuscht. Sie wurden nun hinter venezianischen Stoffmasken verborgen. Peter konnte seinen Blick zunächst nicht von Martha und ihrem Kleid losreißen, doch dann schweifte er nach rechts. Er glaubte, auch den Mann hinter der Maske des Zephyrs zu erkennen: Wenn ihn nicht alles täuschte, dann war das die Stimme von Paul Dix Lucas. Und plötzlich wurde Peter klar, dass eine von den fünf anderen Frauen auf der Bühne Laura Una Petreus sein musste.

Seine Gedanken rannten Zickzack wie ein Hase übers Feld. Würde sich hier und heute alles auflösen? Sollte er doch noch an sein Ziel kommen oder lief er geradewegs in eine Falle, wie immer die auch aussehen sollte?

Zwischen den sphärischen Klängen drangen nun allerhand Wort- und Satzfetzen in verschiedenen Sprachen, die leicht anschwollen und dann doch wieder abebbten. Es schien wie eine akustische Wolke aus Italienisch, Englisch, Französisch, Deutsch, Spanisch, Latein. Peter schnappte Worte auf wie Frühling, Lust, Begehren, Blühen, Vermehren. Alles schien sich in einen Traum oder eine Art Rausch zu verwandeln. Es mochte vielleicht am Rotwein liegen, oder am Grappa oder an einer bewusstseinserweiternden Substanz, die in den Oliven steckte, oder doch in den Würsten, oder im Brot? Er würde Flora danach fragen. Wie praktisch! Sie kam gerade von der Bühne, direkt auf ihn zu. Sie streckte beide Arme aus und nahm ihn bei den Händen.

Auch die anderen Figuren hatten die Bühne verlassen. Venus, die zentrale Figur in Botticellis Gemälde, hat sich von Grumkow auserkoren. Chloris war zielsicher auf Mondschai zugegangen. Doch der wehrte sich mit heftigen Handbewegungen, so dass sich Chloris dem hocherfreuten Onkel Ottavio zuwandte. Auch Merkur und Zephyr hatten sich im Publikum Partner erkoren, ebenso wie sich die drei Grazien drei Gefährten erwählt hatten.

Flora zog Peter von der Bank hoch und mit sich. Er drehte sich um, sah, dass seine Begleiter ebenfalls nicht ganz Herr ihrer Lage waren, doch er sträubte sich nicht, im Gegenteil. Wenn Flora Martha war, dann konnte ihm nichts passieren.

Hinter der Bühne kamen noch einmal ein Dutzend Gestalten hervor, alle sehr antik und sehr leicht bekleidet, jung und offensichtlich liebeshungrig. Auch sie suchten sich nun Partner aus dem Publikum.

Martha zog ihn weiter mit sich, in ein kleines Pinienwäldchen, das sich hinter der Bühne ausbreitete. Auch dort brannten überall

Fackeln. Zwischen den Bäumen waren großzügige Lager aus Moos bereitet worden. Peter ahnte, dass all das zu diesem ausgelassenen Fruchtbarkeitsfest gehörte und es erschien ihm alles ganz natürlich und richtig, auch, als Martha vor einem dieser Mooslager stehen blieb und ihn sanft auf das Moos drückte. Hinter ihr sah er ein anderes Paar kichernd vorüberhuschen, manche waren nackt und alle offenbar so berauscht wie er selbst. Er streckte sich im Moos aus, sah zu Martha hinauf und die streifte sich die Träger ihres Botticelli-Kleides von den Schultern. Sie ließ sich auf das Moosbett neben Peter gleiten.

»Gehört das auch noch zum Theaterstück?«

Martha nickt nur ernst mit großen Augen.

»Aber was ist jetzt mit der Göttin? Wer ist sie? Und warum träumt sie von Blüten?«

Martha legte ihm den Zeigefinger auf die Lippen.

»Du wirst alles erfahren – im dritten Akt. Doch jetzt beginnt erst einmal der zweite.«

Mit diesen Worten begann sie, ihn zu entkleiden.

Die Flora aus Amazonien

Peter erwachte und fühlte sich völlig desorientiert. Er lag auf einer Decke unweit der Bühne, die wieder mit dem Vorhang verschlossen war. Die ersten Sonnenstrahlen hatten ihn geweckt. Und wieder hörte er die Klänge des Theremins und des Hangs. Die Melodie kam ihm seltsam vertraut vor. Erst konnte er sie nicht richtig einordnen. Dann erkannte er »Die Morgenstimmung« aus Edvard Kriegs »Peer-Gynt-Suite«. Verwirrt sah er sich um. Viele andere, die in der Nacht mit ihm offensichtlich auch in dem Wäldchen verschwunden waren, lagen ebenfalls auf Decken. Ein paar schliefen noch, andere reckten sich gerade und schauten ebenso verwirrt um sich, wie Peter. Ein paar Meter weiter erkannte er Grumkow, der sich gerade aufrichtete. Onkel Ottavio schnarchte noch leise vor sich hin. Und noch einer wurde gerade wach. Peter glaubte seinen Augen nicht zu trauen. Es war tatsächlich Professor Mondschai.

Peter bemerkte nun auch die Kameraleute, die sich rechts und links von der Bühne bereit machten. Es handelte sich offensichtlich um internationale TV-Sender, die berichten wollten. Komisch, dachte Peter, so mitten in der Provinz.

Der Vorhang öffnete sich und Paul Dix Lucas stand auf der Bühne, noch immer im Kostüm des Zephyrs.

»Ein Willkommen an alle, die noch hier und unsere Gäste sind. Wir kommen nun zum finalen Akt unserer Darbietung ›Die Göttin, die von Blüten träumte‹. Heißen Sie unsere bezaubernde Venus Laura Una Petreus willkommen.«

Der Beifall fiel spärlich aus. Viele der Zuschauer waren noch nicht richtig wach, erschöpft von der Nacht oder einfach völlig desorientiert.

Doch die Kameras zeichneten alles auf.

Zephyr verschwand wieder hinter dem Vorhang.

Laura trat auf die Bühne, auch sie noch im Kostüm der Göttin, weiß ihr Kleid und rot der Umhang außen und blau mit Goldstickereien auf der Innenseite. Kupfergold schimmerte ihre glänzende Haut. Eine Amazone im mittelalterlichen Gewand.

»Flora ist die Göttin der Blüten – sie träumt von Blüten, lebt von Blüten und stirbt ohne Blüten«, sprach Laura laut und in einem fast monotonen Tonfall, der an das antike Theater erinnerte. Die Worte waren auch das Stichwort für Paul Dix Lucas, der nun wieder als Zephyr in Erscheinung trat. Er schob einen Wagen auf die Bühne, auf der eine rote Holzkiste stand, etwa ein Meter hoch, verziert mit zahlreichen Blütenornamenten, die an das Kleid der Flora erinnerten.

Der Wagen stand nun zwischen Laura und Paul. Sie nickte Paul zu. Der nahm seinen Caduceus, den Hermesstab und berührte damit die Kiste. Die vordere Wand der Kiste klappte nach unten und es kam die Wachsbüste der Flora zum Vorschein. Peter hörte einen gequälten Schrei. Er kam von Mondschai.

Die Augen der Flora bestanden nur noch aus leeren Höhlen, aus denen zahlreiche Bienen hervorkrochen, abhoben und davonsummten.

Wieder erhob Laura die Stimme, doch diesmal ohne das monotone Pathos des antiken Theaters. Sie klang eher sachlich. »Flora steht für die Blüten, doch Blüten können nur blühen, wachsen und gedeihen, wenn es Bienen gibt und die werden sterben. Die EU hat gestern zum wiederholten Mal für eine Verlängerung der Zulassung für Glyphosat gestimmt. Damit hat sie auch Flora zum Tode verurteilt.«

Sie streckte die Hand aus und deutete wie ein Racheengel auf den Freiherrn vom Grumkow. »Mortapes ist der Hersteller von Clean B, des am meisten verbreiteten Glyphosat-Produkts der Welt. Auch in Südamerika ist es für die Vernichtung der Flora und Fauna verantwortlich! Dieses Unternehmen hat eine Million Euro zur Untersuchung dieser Büste hier zur Verfügung gestellt – der Wachsbüste der Flora. Auch ich war in die Untersuchungen mit eingebunden. Doch für unsere Gruppe ist ein solch beispielloser Akt des Greenwashings völlig unerträglich. Mortapes spendet eine Million für die Flora, um sie zu töten?«

Sie atmete tief durch. Ihr Blick schweifte in die Runde. Die etwa zwanzig Gäste, die sich an der nächtlichen Frühlingsorgie beteiligt hatten, blickten, teils verunsichert, teils gespannt zur Bühne.

»Ihr, meine Freunde, Sie, meine Damen und Herren, sind nun Zeugen, eines einmaligen Kunstprojekts, das die Vergänglichkeit dokumentiert und damit in unsere Zukunft weist, die weiblich ist!«

Laura hatte jetzt ein Lächeln in ihrem Gesicht.

»Unsere Aktion wird gerade live im weltweiten Netz ausgestrahlt; das Fernsehen aus England und Deutschland wird berichten.« Sie deutete auf die Kameraleute und führte bedeutungsvoll aus: «Doch was wird uns dieses Projekt zeigen? Schauen Sie genau hin. Wachs ist ein unbeständiger, ja fast möchte ich sagen, ein flüchtiger Stoff. Eigentlich ist Wachs völlig ungeeignet, um ein Kunstwerk für die Ewigkeit zu gestalten. Doch diese Büste hier ist, die einen sagen fast sechshundert Jahre alt, andere meinen, nur hundertachtzig Jahre. Spielt das eine Rolle? Wachs kann so schnell vergehen, etwa, wenn es warm wird. Schauen Sie ganz genau hin.«

Peter starrte auf die Flora, wusste aber nicht, worauf Laura hinauswollte. Da hörte er den entsetzten Professor Mondschai.

»Nein! Was tun Sie, sind Sie wahnsinnig? Sie zerstören die Flora!«

Nun sah Peter es. Die Büste schien ein wenig Schlagseite zu haben, ja, sie begann sich sogar ein wenig zu bewegen. Die Flora stand auf einer Kochplatte! Mondschai wollte auf die Bühne stürmen, wurde aber von zwei kräftigen jungen Männern in römischen Togen festgehalten. Er machte sich los und rannte in die entgegengesetzte Richtung zum Parkplatz. Gleichzeitig riss er sein Handy heraus und begann zu telefonieren. Peter hörte noch von Ferne, wie er aufgeregt: »Polizia« und »Carabinieri« ins Telefon schrie.

Unterdessen fuhr Laura unbeirrt fort. Sie sprach von einem skandalösen Versagen der Politik, von den Grenzen des Wachstums und dem Irrglauben an den technischen Fortschritt. Und schließlich sprach sie von der Urbevölkerung Brasiliens, die besonders unter der Pandemie und den modernen »Errungenschaften« zu leiden hätte. Die Vernichtung des Regenwaldes sei »der offene Krieg gegen Flora.« Doch dieser würde sich rächen, ja, für die gesamte Menschheit. Und da seien sie, die Floralistas da Amazonia! Laura beendet ihre kämpferische Rede damit, sich zu den anderen zu stellen. »Viva Flora! Die Zukunft gehört dir!«

Erschöpft übergab sie an Martha, die nun in ihrem Flora-Kleid neben sie trat. Sie nannte nun die Zahlen und Fakten aus der Sicht der Imkerin, erzählte, wie auch ihre Existenzgrundlage vernichtet worden sei. Vieles hatte sie Peter schon in ihrem Garten erzählt. Damals. Damals? Peter schien das schon ewig lange her, dabei waren seither doch nur ein paar wenige Tage vergangen. Es drängte ihn alles, nun selbst auf die Bühne zu gehen, den Arm um sie zu legen, sie zu beschützen. Doch gleichzeitig war er tief erschüttert. Er wurde Zeuge, wie hier ein Kunstwerk zerstört wurde, wie es buchstäblich auf einem Altar geopfert wurde, dem Altar einer politischen Kampagne. Für jemanden wie ihn, der sein Leben lang mit und in der Kunst gelebt hatte, war das ein barbarischer und verabscheuungswürdiger Akt. Wie konnten Martha und Laura, die sich doch auch der Kunst verschrieben hatten, so etwas tun?

Wie versteinert stand er da und sah, wie die Büste, über deren wahre Herkunft seit über einem Jahrhundert gestritten wurde, nun langsam mehr und mehr zusammenschmolz. Das flüssige Wachs tropfte durch den Rost unter der Kochplatte in einen großen Eimer.

Nun ergriff Paul Dix Lucas das Wort. Er berichtete von dem großen Streit, ob die Büste nun von einem Vorfahren oder doch von Leonardo geschaffen worden sei. Er nannte den Streit müßig, angesichts des großen Dramas, das die Flora in sich trug.

»Die Flora wurde aus Bienenwachs und Walrat erschaffen. Beides steht heute als Symbol für den Raubbau an der Natur. Der Wal ist in den Weltmeeren fast verschwunden, weil der Mensch ihn so gnadenlos gejagt hat. Und die Bienen werden den Walen bald folgen, wenn wir nicht umdenken. Hier und heute stirbt die Flora symbolisch für Bienen und Wale, aber auch für Elefanten und Bären, für Mammutbäume und Cyanea und all die anderen Arten, die von der Ausrottung bedroht sind.«

Immer kleiner wurde die Flora. Die blanken Brüste flossen so langsam dahin und schließlich wurde das einzigartige Lächeln völlig schief, das Antlitz der Flora wandelte sich zu einer Fratze.

In der Ferne war der Signalton von Einsatzfahrzeugen zu hören. Offensichtlich hatten Mondschai und Grumkow Erfolg gehabt, bei ihrem Versuch, die Einsatzkräfte zu alarmieren.

Die Aktivisten ließen sich davon nicht stören. Sie zogen ihr Bühnenprogramm weiter durch. Peter fragte sich, ob die Flora völlig verschwunden war, bis die Polizei hier auftauchte, oder ob noch ein schmaler Rest, vielleicht Stirn und Haupthaar zu retten war. Doch was sollte da noch zu retten sein? Betroffen blickte er auf die Wachstropfen, die in den Behälter fielen.

Plötzlich stand Paul neben ihm.

»Wollen Sie mir helfen?«

Peter glotzte ihn nur an.

»Wollen Sie mir helfen?«, fragte Paul noch einmal.

»Na, Sie haben Nerven, nachdem, was ich gerade gesehen habe!«

»Was haben Sie denn gesehen?«

»Ich habe gesehen, wie Sie die Büste der Flora zerstört haben.«

»Ach, Peter, die Bühne ist der Ort der Illusionen. Haben Sie solche Kisten, wie die, in der die Flora steckte, schon mal gesehen?«

»Hm, was meinen Sie?«

»Na ja, kam Ihnen da etwas bekannt vor?«

Peter kratzte sich nachdenklich am Hinterkopf.

»Ja, doch, bei Zaubershows. Da werden solche Kisten auch manchmal benutzt. Dann kommt ein unschuldiges Mädchen rein, der Deckel kommt wieder drauf, wird 25 Säbel später wieder geöffnet und die holde Maid ist unversehrt.«

»Sehen Sie, so etwas haben wir auch vor und deshalb brauche ich Ihre Hilfe.«

Peter schaute ihn ungläubig an.

»Sie meinen, Sie haben die Flora gar nicht zerstört? Ich habe doch gesehen, wie sie geschmolzen ist.«

»Und deshalb sollen Sie mir auch helfen, das Wachs in Sicherheit zu bringen.«

Peter begann so langsam am Verstand von Paul zu zweifeln. Paul merkte das.

»Nein,«, lachte er, »ich bin nicht verrückt. Aber wir müssen uns beeilen, die Carabinieri sind gleich da.«

»Und was wird aus Martha und Laura?«

»Was soll aus ihnen werden? Sie werden natürlich verhaftet.«

»Und Sie verdrücken sich einfach, Sie Feigling?«

Paul rollte ungeduldig mit den Augen.

»Das ist Teil des Plans. Wenn Sie nicht wollen, dass die beiden länger als nötig in einem italienischen Knast bleiben, dann beeilen Sie sich jetzt besser.«

Die Signale wurden lauter. Peter starrte auf die Bühne, wo sich die letzten Überreste der Flora gerade verflüssigten und in den Eimer tropften.

Die Kameras hielten jede Sekunde fest.

Laura und Martha warfen den beiden einen fast flehentlichen Blick zu.

»Los jetzt!«, befahl Paul und rannte zu Bühne. Peter folgte ihm. Paul riss den Eimer unter der Kiste von dem Wagen und befahl

Peter, den Henkel zu packen. Gemeinsam hoben sie den Eimer hoch und verschwanden hinter der Bühne. Sie trugen die verflüssigte Flora durch das Wäldchen, in dem in der Nacht die wilde Orgie stattgefunden hatte. Als sie wieder zwischen den Bäumen hervortraten, sah Peter einen blauen Kombi. Paul öffnete die Klappe und sie wuchteten den Eimer hinein.

Durch das Wäldchen konnte Peter nun auch aufgeregtes Schreien und Stimmengewirr hören. Paul schwang sich hinter das Lenkrad. Peter ließ sich auf den Beifahrersitz fallen.

»Wo fahren wir hin?«

»Nicht weit. Ich habe gehört, Sie wollten das Geburtshaus von Leonardo da Vinci sehen?«

»Wir werden jetzt doch nicht Sightseeing machen?«

»Warum nicht? Der Moment ist so gut, wie jeder andere auch.«

Paul gab Gas und bog wenig später auf eine Landstraße ein. Keine richtige Straße, sondern ein kaum befestigter Hohlweg, der links und rechts von Korkeichen und Zypressen gesäumt war.

Schließlich hielt Paul an einem schmucklosen Haus an. Es war mit gelben Natursteinen errichtet, hatte ein flaches, mit Terrakottaziegeln gedecktes Dach. Der Grundriss war L-förmig. Das Haus verfügte nur über wenige Fenster. Ein junger Mann trat aus der Tür und winkte den Aussteigenden zu.

»Paolo,«, rief er fröhlich und warf ein paar italienische Sätze hinterher.

»Si«, antwortete Paul nur und umarmte den jungen Mann. Auf Englisch fügte er hinzu: »Und das ist Peter. Peter, das ist Gianni, unser Gastgeber in den nächsten Tagen«

»Ah, Peter und Paul, welch eine Ehre«, rief Gianni begeistert. »Es ist alles bereit. Ihr wart großartig. Die Übertragung ist gerade zu Ende gegangen. Naja, die Carabinieri haben sie recht unsanft beendet. Aber die Bilder, wie Martha und Laura in Handschellen von der Bühne geführt wurden, sind schon großartig. Allerdings werden sie jetzt bald nach euch suchen.«

»Gut so. Wir schaffen die Flora runter in die Werkstatt und das Auto stellen wir auf dem Parkplatz oben ab«, bestimmte Paul.

»Was hat das alles zu bedeuten?«, wollte Peter wissen.

»Geduld, ich erkläre es später. Wir müssen uns beeilen. Es werden bald Besucher kommen. Erst mal muss die Flora raus.«

Sie wuchteten den schweren Eimer aus dem Auto. Dann trugen sie ihn wieder zu zweit durch den Olivenhain in Richtung Westen, wo sie nach rund hundert Metern an ein kleines Häuschen kamen, im Stil ganz ähnlich dem Leonardo-Haus. Sie fanden dort eine kleine Werkstatt und zwei Wohnräume vor. Das war schon alles. Peter überlegte, wie lange er hier nun zubringen müsste. Er hatte kein Waschzeug, keine Kleider zum Wechseln und befand sich offenbar inzwischen auf der Flucht vor der Polizei. In was war er hier nur wieder hineingeraten? Er überlegte, ob er sich mit Giovanna in Verbindung setzen sollte. Sie würde ihn hier sicher rausholen. Allerdings müsste er ihr dann erklären, warum die Flora inzwischen nur noch ein riesiger schmutzig-brauner Wachsklumpen in einem Holzeimer war. Was hatten Paul und die anderen vor?

Sie kehrten zurück zu Leonardos Geburtshaus.

»Warum schauen Sie sich nicht das Haus an, während ich das Auto oben auf dem Parkplatz abstelle?«, meinte Paul.

»Äh, ja … aber warum bringen Sie das Auto weg?«

»Falls man unsere Flucht bemerkt hat, wird man nach einem blauen Kombi suchen. Wenn man ihn auf dem Touristen-Parkplatz bei Leonardos Geburtshaus findet, wird jedem halbwegs normalen Polizisten klar sein, dass wir dort die Fahrzeuge gewechselt haben. Keiner wird auf die Idee kommen, dass wir hier sind, beziehungsweise in einem Haus nur hundert Meter davon entfernt.«

»Das klingt einigermaßen einleuchtend«, gab Peter zu.

Paul verschwand und Peter betrat erwartungsvoll das Geburtshaus von Leonardo da Vinci. Doch schnell kroch die Enttäuschung in ihm hoch. Die Räume waren weitgehend leer, von einigen Bildschirmen abgesehen, auf denen man die Biografie des Universalgenies verfolgen konnte. Im Grunde hatte Peter sogar darauf spekuliert, Leonardo hier irgendwie zu begegnen. Doch da war nichts und die Leere in ihm entsprach der Leere der Räume.

Ein paar Minuten später kam Paul herein.

»Wir verziehen uns besser nach unten. Ich habe nun einiges zu tun.«

»Kann ich irgendetwas helfen? Sie haben mich doch sicher nicht hierher verschleppt, weil Sie jemand brauchten, der einen Eimer voller Wachs trägt.«

Paul lachte.

»Nein, natürlich nicht. Im Grunde brauchen wir einen Zeugen.«

»Einen Zeugen wofür? Dass Sie ein unwiederbringliches Kunstwerk zerstört haben, das möglicherweise von Leonardo da Vinci stammte?«

»Vielleicht müssen wir erstmal darüber diskutieren, was eigentlich ein Kunstwerk ist?«

»Wollen wir jetzt Philosophie betreiben?«, fragte Peter mit einem leicht gereizten Unterton.

»Nein, wir wollen über das angeblich zerstörte Kunstwerk sprechen. Was ist denn zerstört worden? Wachs hat seine Form verändert, aber wer gab dem Wachs die Form?«

»Das werden wir jetzt nie erfahren«, meinte Peter resigniert.

»Mal sehen … lassen Sie uns hinuntergehen. Wie zwei Philosophen im alten Griechenland werden wir jetzt zwischen den Olivenbäumen diskutieren.«

Peter hob frustriert die Schultern und folgte Paul hinaus in den Olivenhain.

»Ich habe Ihnen von meinem Ururgroßvater erzählt«, begann Paul, als sie zwischen den Bäumen standen. »Er war ein Exzentriker, wie Sie wissen. Er hat die Büste der Flora immer überall mitgeschleppt. Erinnert Sie das an etwas?«

»Leonardo und die Mona Lisa. Stimmt. Leonardo hatte die Mona Lisa nie weggegeben, obwohl sie eine Auftragsarbeit war. Wo immer er auch hinreiste, die Mona Lisa war immer in seinem Gepäck.«

»So ist es. Und so war es auch bei Richard Cockle Lucas und der Flora. Auf der anderen Seite taucht sie in keinem Werkverzeichnis auf. Er hat sie nie eigens fotografieren lassen, wie er es sonst mit allen Werken getan hat. Es gibt nur dieses eine Foto, wo sie, wie zufällig, in einer Ecke der Werkstatt steht.«

»Ja, das stimmt, aber was folgt daraus?«

»Es war erst sein Sohn, der die Flora zum Werk seines Vaters erklärte.«

»Aber warum sollte er so etwas tun?«

»Es war der pure Chauvinismus. Es war die Hochzeit der Nationalstaaten, der Vorabend des Ersten Weltkrieges. Bode hatte für das Deutsche Kaiserreich ein Werk von Leonardo geraubt, naja, nicht geraubt, aber durch Tricks entwunden. Das ließ sich nicht mehr ändern, aber was sich ändern ließ: Man konnte versuchen, dem Werk die Authentizität abzusprechen. Die britische Presse ließ die Bombe exakt an dem Tag platzen, als Bode die Flora in Berlin ausstellte.«

»Ja, ja, die Geschichte kenne ich, aber was wollen Sie mir damit sagen? Die Zeitungen, die man in der Büste gefunden hatte, schienen doch alles zu belegen, was Ihr Urgroßvater gesagt hatte. Glauben Sie, das war alles ein Fake?«

Paul schüttelte den Kopf.

»Nein, ich glaube, es war ein Drama. Sehen Sie, der Hals der Flora ist grotesk lang geraten. Die Proportionen stimmen hinten und vorne nicht. Einem Genie wie Leonardo, der im Grunde der Vater der richtigen Proportionen des Körpers in der Kunst ist, wäre so ein Fehler nie unterlaufen.«

»Aber dann ist da noch der Mund, das Lächeln«, wandte Peter ein.

»Eben. Ist Ihnen das nie aufgefallen? Jemand, der so ein Lächeln schaffen kann, bekommt dann nicht einmal die richtigen Proportionen für den Hals hin? Da stimmt was nicht.«

»Der Hals ist Cockle Lucas und das Lächeln Leonardo da Vinci? Meinen Sie das? Eine Art Frankenstein der Kunstgeschichte?«, fragte Peter aufgeregt.

»Ich sehe kaum eine andere Erklärung.«

»Aber wie soll das gehen?«

»Ich habe da eine Theorie, ich liege damit vielleicht nicht ganz falsch. Haben Sie schon mal von der Römerin gehört?«

Peter schüttelte den Kopf.

»Es gibt nämlich eine Kopie der Flora, die wohl irgendwo in Rom herumsteht.«

»Eine Kopie der Flora? Ja, doch, davon habe ich gehört. Aber alle möglichen Kunstwerke sind kopiert worden. Wo ist da die Sensation?«

»Nun, zum einen sind die Haare anders und sie ist viel besser erhalten. Die Berliner Flora zeigt deutlich, dass sie mehrfach beschädigt worden ist. Sie zeigt Spuren von Brüchen, die Hände sind abgebrochen. Sie scheint ein- oder mehrmals wieder zusammengesetzt worden zu sein. Und die Römerin ist unversehrt.«

»Na und? Warum interessiert sich niemand für sie?«

»Weil sie ganz definitiv nicht aus der Renaissance stammt. Sie gilt als Abklatsch, als Kunsttrödel. Sie sollte mal versteigert werden. Doch niemand wollte zweitausend Euro für sie ausgeben. Obwohl bei ihr, im Gegensatz zur Berliner Flora, alle Proportionen stimmen.«

»Aber was ist denn jetzt die Pointe?«, fragte Peter ungeduldig.

»Die Pointe ist, dass die Römerin aus dem 17., bestenfalls 18. Jahrhundert stammt.«

»Da hat Ihr Ururgroßvater noch gar nicht gelebt«, rief Peter aufgeregt.

»So ist es. Theoretisch könnte mein Großvater seinerseits die Römerin kopiert haben. Doch dann wären ihm die Proportionen nicht so misslungen. Kopieren konnte er. Oder die Römerin ist eine Kopie der Berliner Flora, dann ist sie aber deutlich älter, und mein

Ururgroßvater konnte sie gar nicht geschaffen haben – schon gar nicht mit diesem Hals.«

Peter kratzte sich am Hinterkopf.

»Und Ihre Theorie lautet?«

»Mein Ururgroßvater hat mit Sicherheit an der Flora gearbeitet. Dafür gibt es genügend Beweise. Aber sind das auch Beweise für seine Urheberschaft? Ich glaube, es verhielt sich so: Richard Cockle Lukas bekam den Auftrag von einem Sammler. Schätzungsweise war es ein junger Adeliger, der auf seiner Grand Tour die Überreste der Flora irgendwo in Europa gefunden hatte.«

»Grand Tour?«

»Ja, so nannte man im 18. und 19. Jahrhundert die Reisen von jungen wohlhabenden Engländern, meistens aus adeligem Haus. Sie wurden nach ihrer Ausbildung auf mehrmonatige Reisen durch Europa geschickt. Paris, Rom, Athen und die Côte d'Azur waren klassische Ziele. Manchmal machten sie auch noch in Nordafrika Station. Alexandria, Kairo und Luxor hießen dann die Ziele. Bis nach Assuan sind manche der feschen jungen Herren gereist. Es waren Bildungsreisen, bei denen es in erster Linie darum ging, das Wissen über die Klassische Antike und die Renaissance zu vervollkommnen.«

»Und dann haben sie Souvenirs mit nach Hause geschleppt?«

»So kann man das sagen, ja. Was glauben Sie, warum das Britische Museum mit so viel antikem Kram gefüllt ist? Das waren nicht alles Archäologen. Manches haben auch ambitionierte junge Herren von ihrer Grand Tour mitgebracht. Und irgend so ein junger Mann stand eines Tages im Atelier meines Ururgroßvaters und gab ihm den Auftrag, aus den Wachstrümmern wieder eine Statue zu machen. So einen Auftrag lehnt man nicht so einfach ab. Cockle Lucas erkannte das Alter der Büste und vermutete, dass Walrat für die Restauration wohl der geeignete Werkstoff sei. Ob er eigens danach gesucht hat oder ob ihn der Zufall durch eine Begegnung mit Melville dazu brachte, das weiß ich nicht. Es ist letztlich auch egal.

Jedenfalls glaube ich, dass das einzige Originale von Cockle Lucas an der ganzen Büste der Hals ist. Der scheint ihm aber so misslungen zu sein, dass sein Auftraggeber ihm die Büste einfach nicht mehr abnahm. Vielleicht ist er auch einfach verstorben, in einem Krieg gefallen oder pleitegegangen. Jedenfalls blieb mein Ururgroßvater auf dem Werk sitzen, einem Werk, dass ihn selbst nie zufriedenstellen konnte.«

Peter blinzelte in die Sonne.

»Deswegen fiel es Ihnen so leicht, die Flora zu zerstören?«

Paul lächelte hintergründig.

»Zerstören? Schaffen? Wo liegt denn der Unterschied? Beides sind Prozesse der Transformation. Ich sagte doch, wir müssen uns vielleicht noch genauer über den Begriff Kunst unterhalten. Ist der Zerstörer ein Frevler? Ist der Kopist ein Künstler?«

Peters Gedanken schweiften zurück. Die Frage hatte ihn schon einmal beschäftigt. Als er zum ersten Mal für Chroseby einen Auftrag angenommen hatte. Damals ging es um Vincent van Gogh, und die vielen Bilder, die ihm zugeschrieben wurden und möglicherweise gar nicht von ihm stammten.

»Vielleicht sind, vielleicht waren die Flora und die Römerin nur Kunsttrödel. Vielleicht aber stammt die Vorlage tatsächlich von Leonardo, vielleicht von einem seiner Schüler. Wir wissen es nicht. Aber eines wissen wir: Dass Flora als Göttin für das Wachstum, für die Natur und das Gedeihen steht. Und wenn die Flora nun auf einem Altar gleichsam geopfert wird, um damit einen Aufschrei der Natur zu symbolisieren, dann ist das ein Aufschrei, der nicht mehr überhört werden kann!«

Paul hatte mit viel Pathos in der Stimme gesprochen und sich dabei immer weiter gesteigert. Der meint das wirklich ernst, dachte Peter.

Wie die Klugheit helfen kann

[Originalzitat Decamerone 3. Geschichte]

Und wieder hatte ihn Paul vertröstet. Seit sie vom Festplatz mit der Flora geflohen waren, hatte Paul Peter versprochen, ihn über alle Hintergründe aufzuklären. Ja, er hatte sogar behauptet, Peter als Zeugen zu benötigen. Doch wie sollte das funktionieren? Nach jenem letzten Gespräch über die Flora und ihre vermeintliche Kopie, der Römerin, hatte sich Paul in die kleine Werkstatt eingeschlossen. Nicht einmal einen Blick hatte Peter hineinwerfen können. Auch von außen hatte er keine Chance. Das einzige kleine Fenster war mit dickem braunem Ölpapier verklebt. Natürlich hatte er Peter wieder um Geduld und Verständnis gebeten, aber es fiel schwer, das eine wie das andere aufzubringen. Schließlich entschloss er sich, doch bei Giovanna anzurufen. Die Situation wurde ihm nicht nur unbequem, sondern auch unheimlich.

Er griff nach seinem Smartphone und stellte fest, dass der Akku leer war. Und schnell wurde ihm klar, dass er auch keine Möglichkeit hatte, es aufzuladen. Selbst, wenn er im Besitz eines Ladegerätes gewesen wäre, so fehlte ihm doch hier unten in dem kleinen Häuschen der Strom. Auch war es nicht ratsam, oben im Leonardo-Haus nach Strom zu suchen, denn inzwischen hatte der übliche einigermaßen lebhafte Besucherverkehr eingesetzt. Es ging hier zwar nicht zu wie auf der Ponte Vecchio oder vor dem schiefen Turm von Pisa, und auch für Reisebusse war der Weg hier hinauf etwas mühsam. Doch die wahren Fans von Leonardo fanden trotzdem ohne Schwierigkeiten zu dem Haus. Ein paar Dutzend Besucher kamen jeden Tag und denen sollte er nun nach Möglichkeit aus dem Weg gehen.

Am Nachmittag fuhr das silberne Mercedes-Cabrio mit Ottavio Rossi am Steuer vor. Er traf einen ziemlich missgelaunten Peter an, der ziellos durch den Olivenhain schlenderte und beinahe vor Langeweile starb. Ottavio winkte ihm schon von Weitem zu. Dann wuchtete er Peters kleinen Rollkoffer aus dem Wagen und zog ihn hinter sich her – durch hohes Gras, als sei es das Pflaster von Florenz.

»Ah, Signor Peter, hier sind Sie! Ich habe Ihnen Ihre Sachen mitgebracht. Sie brauchen Sie sicher. Es kann ja noch zwei oder drei Tage dauern, bis Sie hier wegkommen«, sagte Ottavio bedauernd und etwas außer Atem, als er Peter endlich erreicht hatte.

»Woher wissen Sie das? Mir sagt ja keiner was.«

»Geduld, nur noch ein klein wenig Geduld«, versuchte Ottavio zu beschwichtigen.

»Ich habe aber keine Geduld mehr«, rief Peter und stampfte zur Bekräftigung im Gras auf.

Ottavio schlug ihm beruhigend auf die Schulter.

»Ihre Geduld wird sich auszahlen, das verspreche ich Ihnen!«

»Warum muss nur ich Geduld haben? Alle anderen scheinen zu wissen, was hier vor sich geht!«

»Glauben Sie mir, auch unsere Geduld wird derzeit stark beansprucht. Warum genießen Sie nicht die Tage hier? Andere Menschen bezahlen viel Geld dafür, um sich in dieser wunderschönen Umgebung erholen zu dürfen.«

»Ich nehme jetzt mein Ladegerät aus meinem Koffer und gehe hoch in das Leonardo-Haus. Dort werde ich doch wohl eine verdammte Steckdose finden, um mein Handy aufzuladen. Dann rufe ich jemanden an, der mich hier rausholt.«

Ottavio nickte stumm und hob verständnisvoll beide Arme. Nach ein paar Sekunden sagte er: »Das können Sie natürlich tun. Aber hier oben haben Sie keinen Empfang.«

Peter ließ den Kopf sinken. »Und wie lange wird das alles hier dauern?«, fragte er tonlos. Er gab sich geschlagen.

»Zwei, maximal drei Tage, dann sind Sie wieder in Berlin.«

»Berlin?«, fragte Peter entsetzt. »Was heißt hier Berlin? Ich will nach New York City im Staate New York, United States of America. Nach Hause.«

»Ich bin sicher, nach dem kurzen Abstecher in Berlin wird das kein Problem mehr sein. Sie wissen doch, Sie sollen unser Zeuge sein.«

»Wofür denn Zeuge, for God's sake?«

»Das werden Sie schon bald erfahren.«

Die Ringparabel

Ottavio hatte sich bald wieder verabschiedet und einen noch immer ratlosen Peter zurückgelassen. Zumindest hatte er nun Wechselwäsche und konnte endlich eine Dusche nehmen. Zumindest das entspannte ihn deutlich. Nachdem er sich ausgiebig geduscht und abgetrocknet hatte, schlang er das Handtuch um die Hüften und öffnete die Tür des Badezimmers. Dabei wäre er beinahe mit einer jungen Frau zusammengestoßen, die gerade das enge Häuschen betrat. Angesichts des fast nackten Mannes rang sie sich einen kurzen Schrei ab, fing sich aber schnell wieder.

»Scusi per favore, Signore, aber ich wusste nicht, dass Sie im Bad sind.«

»Das macht doch nichts, nein, das macht gar nichts«, sagte Peter, dem die Situation überaus peinlich war.

»Ich kann gleich wieder kommen«, entgegnete sie.

»Um was geht es denn?«

»Sie brauchen etwas zu essen, Signore.«

»Ah, brauch' ich das? Hm ja, in der Tat, ich hab' ja seit – wann habe ich das letzte Mal gegessen?«

»Sehen Sie? Was wollen Sie? Pasta? Rigatoni, Farfalle, Spirelli …«

»Verzeihen Sie, aber Sie müssen nicht unbedingt für mich kochen. Aber vielleicht sollten wir mal Mister Lucas fragen, wann er zu speisen gedenkt.«

»Oh nein«, rief die junge Frau und riss die Augen weit auf. »Er darf nicht gestört werden. Ich habe ihm Brot, Käse, Wurst und Oliven, dazu Wasser und Wein in die Werkstatt gestellt.«

»Dann wird das für mich auch reichen.«

Peter deutete auf den alten grob gezimmerten Holztisch, der vor dem Haus auf einer kleinen Veranda stand. Von dort hatte man einen grandiosen Blick in das ausladende Tal des Arno.

»Macht es Ihnen etwas aus, mir das alles hierher zu bringen? Ich würde dann der Sonne beim Untergehen zuschauen.«

»Aber gerne.«

Und schon war sie wieder entschwunden. Peter ging in seinen kleinen Raum, zog sich an und konnte es sich nicht verkneifen, beim Rausgehen an der Werkstatttür zu lauschen. Nichts! So sehr er auch sein Ohr an das Holz der Türe presste, er konnte nicht das geringste Geräusch vernehmen. Vielleicht war Paul tot? Peter schüttelte den Kopf. Vielleicht schlief Paul auch nur ein wenig.

Er trat auf die Veranda und ließ sich auf einem der beiden Holzstühle nieder. Die Sonne stand schon über dem Horizont. Plötzlich genoss er die Situation. Alles war ruhig und friedlich, von den Grillen und Zikaden abgesehen, die zwar für eine vernehmliche, aber sehr adäquate Geräuschkulisse sorgten. Er verstand gar nicht mehr, warum er sich so aufgeregt hatte. Irgendwie würde sich schon alles auflösen. Die Umstände hatte nichts Bedrohliches. Also konnte er sich genauso gut zurücklehnen und so tun, als mache er Urlaub. Das würde an der Situation nichts, aber auch gar nichts ändern.

Er blinzelte gerade träge in die untergehende Sonne, da kam die junge Frau wieder mit einem riesigen Tablett, das sich unter der Last von Käse, Schinken, Wurst, Oliven und Paninis nur so bog. Sie stellte das Tablett ab.

»Grazie, wir haben uns noch gar nicht vorgestellt, mein Name ist Peter … Peter Falcon.«

»Ja, ich weiß, mein Bruder hat mir das gesagt, Gianni. Den haben Sie ja kennen gelernt. Ich bin Filomena.«

»Filomena? Was für ein außergewöhnlicher Name. Er gefällt mir sehr.«

»Schön, nicht wahr?«

»Und wie kommt man zu so einem schönen Namen?«

»Filomena ist die Erzählerin der dritten Geschichte«, erklärte sie und nickte dabei ernst.

»Welche dritte Geschichte?«, fragte Peter.

»Na, von ›Decamerone‹, von was denn sonst?«

»Aha«, sagte Peter gedehnt. An ›Decamerone‹ führte hier offenbar nichts vorbei. »Wollen Sie mir nicht Gesellschaft leisten, ich meine, so beim Essen und beim Sonnenuntergang? Sehen Sie, uns Amerikanern sagt man immer nach, dass wir ein kulturloses Volk seien. Zumindest die Europäer behaupten das. Vielleicht könnten Sie mir diese dritte Geschichte erzählen?«

Filomenas Wangen röteten sich ein wenig.

»Meinen Sie wirklich?«

»Oh ja, glauben Sie, ich mache Scherze? Setzen Sie sich bitte.«

Sie nahm Platz und er bemerkte, dass auf dem Tablett zwei leere Gläser standen. Er stutzte. Doch dann wischte er den aufkeimenden misstrauischen Gedanken zur Seite. Vielleicht hatte sie das Glas vorsorglich doch für Paul bereitgestellt, sollte der irgendwann seine Klausur unterbrechen wollen. Peter füllte beide Gläser. Sie prosteten einander zu. Behutsam stellte sie das Glas zurück und sie begann fast feierlich.

»Ich kann die Geschichte natürlich nicht so gut erzählen, wie sie Boccaccio geschrieben hat und ich hoffe, dass ich nichts vergesse. Also: Der große Sultan Saladin hatte einst, nach vielen Kriegen, Geldsorgen. Da hörte er von einem reichen Juden in Alexandria und hoffte, der könne ihm zu Geld verhelfen. So lud er ihn ein. Also kam Melchisedech nach Bagdad an den Hof von Saladin. Melchisedech wurde auch aufs Beste empfangen und bewirtet. Da fragte ihn Saladin: Man sagt, du seiest ein weiser Mann, dann kannst du mir vielleicht die Frage beantworten, welches der drei Gesetze ist denn nun das wahre und richtige Gesetz: das der Juden, das der Muslime oder das der Christen? Melchisedech ahnte, dass, welche Antwort er auch immer geben würde, sie den Herrscher nicht zufriedenstellen konnte. So sagte er, er wolle mit einer Geschichte darauf antworten: Ein reicher Mann besaß einen wunderschönen Ring. Der würdigste seiner Söhne sollte den Ring erhalten, als Zeichen, dass er der Erbe sei. So hielten es auch die Nachkommen. Doch der letzte Besitzer des Ringes hatte drei Söhne, die alle edel, tugendhaft und schön waren. So konnte er sich nicht entscheiden, wem er den Ring vermachen sollte. So ließ er von einem geschickten Meister zwei Kopien herstellen, die vom Original nicht zu unterscheiden waren. Auf seinem Sterbebett gab er jedem seiner Söhne einen Ring, ohne dass die anderen davon wussten. Als der Vater nun gestorben war, wollte jeder das Erbe antreten, in dem er den Ring vorzeigte, doch es ließ sich nicht mehr feststellen, welches der echte Ring war. Saladin war von der Geschichte tief beeindruckt und bot Melchisedech seine immerwährende Freundschaft an.«

Einen Moment schwiegen beide. Dann sagte Peter: »Sehr schön, eine wirklich sehr schöne Geschichte.«

»Ich frage mich nur, was mit den Söhnen geworden ist. Haben sie sich versöhnt und einen gemeinsamen Weg gefunden, mit dem Erbe umzugehen oder haben sie erbittert gestritten und sich gegenseitig nichts gegönnt?«, sinnierte Filomena. »Ich wünschte mir, Sie hätten mit Ersterem recht, aber wer die Menschen kennt …«, er ließ den Rest des Satzes in der Luft hängen.

Sie plauderten noch ein paar Minuten, dann entschuldigte sie sich und ließ Peter auf der inzwischen dunklen Terrasse alleine zurück. Aus der Werkstatt war noch immer kein Laut zu vernehmen.

Die Route der Renaissance

Am nächsten Morgen erwachte Peter erfrischt und ausgeruht. Er konnte sich gar nicht so recht erklären, woher seine Hochstimmung rührte. Er saß noch immer, beinahe wie ein Gefangener, hier auf einem Hügel in der Toskana fest, verdammt drauf zu warten, dass … ja, dass was passierte? Er wusste es nicht. Er würde es erst erfahren, wenn sich die Tür zur Werkstatt öffnen würde. Er duschte sich und setzte sich auf die Veranda. Vergeblich hoffte er darauf, dass Filomena kommen würde, vielleicht mit einem Kaffee. Sie kam nicht. Nach einer Stunde unnützen Wartens beschloss er, einen Spaziergang zu machen. Alles war besser als die Warterei. Er ging bergabwärts, nicht die Straße entlang, er folgte den Olivenhainen. Nach ein paar Hundert Metern wurde die endlose Reihe der Olivenbäume durch ein blühendes Weizenfeld unterbrochen. Von dort aus hatte man einen beeindruckenden Blick auf das nicht weit entfernte Vinci.

Das dachte sich offenbar auch ein uralter Mann mit weitem wallendem Bart, der an einem etwas sperrigen Holzkasten auf einem Dreibein herumhantierte. Peter trat zu ihm und erkannte, dass es sich bei dem Kasten um eine Plattenkamera handeln musste.

»Entschuldigen Sie, mein Herr?«, fragte Peter, »ist das eine echte Plattenkamera?«

»Meinen Sie, es gibt auch unechte?«, fragte der Alte leicht belustigt zurück.

»Ich habe so etwas noch nie gesehen, also in natura, meine ich. Und was machen Sie damit?«

»Das ist aber eine sehr scharfsinnige Frage. Was macht man wohl mit einer Kamera?«

»Ja, Sie haben recht. Aber ist das alles nicht ein wenig umständlich? Schließlich gibt's ja heute in jedem Handy eine Kamera. Und mit Photoshop lassen sich alle möglichen Effekte nachahmen, inklusive einer Aufnahme mit einer antiken Plattenkamera.«

»Sie sagen es, mein junger Freund, nachahmen. Aber ist Nachahmen das gleiche wie Reproduzieren? Wie sieht es mit dem schöpferischen Prozess aus? Nicht, dass ich es geringschätze, wenn jemand mit der heutigen Technik viel Arbeit und schöpferische Kraft in die Arbeit an einem Bildbearbeitungsprogramm investiert. Aber ich denke, ein Bild mit einer Plattenkamera zu machen, ist eben doch etwas ganz anderes, als eine elektronische Vorlage am Computer zu bearbeiten.«

»Ja, da ist etwas dran.«

»Haben Sie schon einmal etwas von der Burg Guédelon gehört?«

»Offengestanden, nein.«

»Das ist eine mittelalterliche Burg in Burgund. Der Baubeginn erfolgte 1997.«

»Wie kann sie dann mittelalterlich sein?«

»Weil sie mit den Mitteln des Mittelalters gebaut wird. Es gibt keinen Strom, keine Bagger, keine Betonmischer, keine Eisenflechter. 2023 soll sie fertig sein. Der Nachbau einer solchen Burg hätte mit den heutigen Möglichkeiten zwei oder drei Jahre gedauert. Tatsächlich wird sie nach sechsundzwanzig Jahren fertig sein. Und deshalb ist es eine mittelalterliche Burg.«

»Sie meinen, Authentizität erwächst nicht aus dem Alter, sondern aus der Art, wie etwas gemacht wird?«

»Aber natürlich. Ich weiß, dass gerade Kunsthistoriker das vielleicht anders sehen. Aber die müssen ja immer an alles ein Zettelchen hängen oder in eine Schublade schieben können. Tobias und der Engel zum Beispiel wird allgemein Andrea del Verrocchio zugeschrieben ...«

»… dem Lehrmeister von Leonardo da Vinci?«

Der Alte brummte ein wenig unwillig.

»Lehrmeister würde ich ihn nicht nennen, aber naja. Der Fisch in der Linken und der Hund zu Füßen des Engels…«

»… richtig, die werden Leonardo zugeschrieben. Es gilt als das erste Zeugnis seines künstlerischen Werkes.«

»Ich weiß, ich weiß. Trotzdem ist es natürlich ein Verrocchio. Niemand würde an seiner Urheberschaft zweifeln.«

Er schaute Peter aus altersmilden Augen an, aus denen gleichwohl der Schalk blitzte. Die Umgebung hatte sich verändert, das Weizenfeld, in dem sie standen, schien auf einmal wie gemalt. Und Peter ahnte, mit wem er sprach.

»Wissen Sie, wer das wirklich größte Genie der Renaissance war?«, wollte der Alte von Peter wissen.

»Nun, ich nehme doch an…«

Der Alte unterbrach ihn und sagte:

»Sprechen Sie den Namen nicht aus. Es war Dürer, Albrecht Dürer.«

Peter war völlig verwirrt.

»Ja, Dürer war sicher ein großartiger Künstler und auf seinem Gebiet…«

»Ja, ja geschenkt. Ich weiß, was Sie sagen wollen. Nein, er hat etwas erfunden, da kam keiner von uns darauf, kein Michelangelo, kein Raffael, kein Botticelli, nicht einmal ich. Er hat das Kunstmarketing erfunden. Er war der erste, der ein Markenzeichen hatte, dieses AD ist heute noch so berühmt wie der Coca-Cola-Schriftzug. Die Werbegrafiker von heute kriegen sich immer noch nicht ein wegen dieses genialen Logos. Aber das reichte noch nicht. Er hat begriffen, dass es auf die Reproduktion ankommt. Seine Stiche. Die konnte er verkaufen wie geschnitten Brot. Unsereins hat einen Fürsten, einen Kardinal oder Bischof oder eine Krämerseele um einen Auftrag angebettelt und war dann seinem Auftraggeber ausgeliefert.«

Leonardo redete sich nun richtig in Rage.

»Dürer hat mit seiner Kunst, mit Kupferstich und Holzschnitt, einen völlig neuen Weg gewiesen. Er hatte gezeigt, wie der Künstler mit und durch seine Kunst unabhängig werden konnte und damit die Kunst auch gewissermaßen befreit.«

»Indem er die Abzüge seiner Stiche verkaufte?«

»Aber ja, er besaß für seine Stiche einen eigenen Verlag.«

»Und er warf damit die Frage nach Original und Reproduktion auf.«

»Genau.«

»Aber was ist denn nun das Kunstwerk? Die Druckvorlage oder der Druck, also die bearbeitete Kupferplatte oder das Pergament auf dem das Bild gedruckt ist?«

»Tja, das ist die Frage. Eines ist jedenfalls klar, keiner hat in der Renaissance seine Kunst so gut vermarktet wie er.«

»Man könnte sagen, dann war er in erster Linie ein guter Kaufmann.«

Leonardo machte eine wegwerfende Handbewegung.

»Geschäftstüchtig war vor allem seine Frau. Doch er hatte ihr sozusagen die Mittel in die Hand gegeben.«

Leonardo beschäftigte sich wieder mit seiner Kamera. Peter dachte nach.

»Aber was ist mit der Kunst? Sie sprechen von Vermarktung, von Reproduktion. Aber was ist mit der Kunst?«, wiederholte er sich trotzig.

Leonardo schaute von seinem Kasten auf und lächelte belustigt:

»Der Maler, der nur abbildet, ist wie ein Spiegel, der Dinge nachahmt, ohne Kenntnis von ihnen zu besitzen.«

Peter ließ den Satz sacken. Sollte es wirklich so einfach sein? Und wie fügte sich das in das Geschehen der letzten Tage ein?

»Ich habe da so ein Problem«, sagte Peter vorsichtig.

Der Alte winkte ab.

»Ich weiß, die Flora. Erwarten Sie nicht von mir, dass ich Ihnen nun sage, so oder so, und das ist die richtige, alleingültige Antwort. Wichtig ist, dass Sie für sich eine Antwort finden.«

In Peter kroch eine gewisse Enttäuschung hoch.

»Filomena hat Ihnen die Ringparabel von Boccaccio erzählt?«

»Woher wissen Sie das?«

»Sagen wir so, wir sind weitläufig verwandt. Nehmen Sie sie als meine Nichte. Vielleicht hilft Ihnen ja die Ringparabel weiter.«

Ein scharfer Windstoß kündigte ein neues Gewitter an. Im Tal wuchsen gewaltige dunkle Wolken. Peter sah wie auf dem nahen Feldweg der Wind den Staub aufwirbelte und zu kleinen Staubtrichtern formte. Plötzlich trieb eine Böe eine Staubwolke in sein Gesicht. Er musste den Kopf abwenden. Als er sich den Staub aus den Augen gewischt hatte, hatte auch das Getreidefeld seine normale Form wieder angenommen. Der alte Mann mit der Plattenkamera war verschwunden.

Peter rannte zurück zum Haus und erreichte es, als die ersten Regentropfen fielen. In der Tür stand Paul.

»Da sind Sie ja, ich habe schon nach Ihnen gesucht. Jetzt sind Sie dran.«

»Womit bin ich dran?«

»Schon vergessen? Wir brauchen Sie als Zeugen.«

Er schob Peter in die Werkstatt. Seine Augen hatten Mühe, sich an das Dämmerlicht zu gewöhnen. Das Wachspapier war von dem Fenster verschwunden, doch das nahende Unwetter ließ nur wenig Licht in den Raum dringen. Ungläubig blickte Peter auf den Werktisch.

»Warten Sie, ich mache Licht.«

Ein Baustrahler, gespeist von einer Autobatterie, flammte auf. Tatsächlich, auf dem Tisch stand sie: Die Wachsbüste der Flora – mit allen Rissen und Spuren, die die Zeit bei ihr hinterlassen hatten.

»Nun, sagen Sie mir? Ist das die echte Flora?«, fragte Paul.

Uns bleibt immer Paris

Als Peter am nächsten Tag erwachte, war Paul verschwunden. Gianni erklärte ihm, dass er noch in der Nacht mit einem Wagen aufgebrochen sei und ihn am nächsten Tag in Berlin treffen werde.

»Beeilen Sie sich, Peter. Wir haben einen Flug für Sie gebucht. Ich werde Sie zum Flughafen bringen.«

»Warum konnte ich nicht mit Paul fahren?«, maulte Peter, dem der Gedanke an einen Flug schon wieder den Magen umdrehen ließ.

»Falls es Paul nicht nach Berlin schafft, müssen Sie der Welt berichten, was passiert ist.«

»Warum ich, warum nicht ...«

»Laura und Martha sitzen noch in Untersuchungshaft.«

Peter durchfuhr es wie ein elektrischer Schlag. An die beiden hatte er gar nicht mehr gedacht, zu sehr waren seine Gedanken um die Flora, ihre vermeintliche Zerstörung und ihre offensichtliche Wiederauferstehung gekreist. Er kam sich ziemlich mies vor.

»Wir müssen die beiden so schnell wie möglich aus dem Gefängnis holen.«

Gianni grinste breit.

»Machen Sie sich keine Sorgen. Die beiden wissen genau, was sie tun. Wir müssen jetzt los.«

Peter raffte seine wenigen Habseligkeiten zusammen und folgte dann mit seinem Rollkoffer auf dem Arm Gianni, der zügig durch das Gras hinauf zum Leonardo-Haus stapfte. Dort stand bereits ein uralter, rostiger Fiat Panda abfahrbereit.

Es war ein strahlend schöner Morgen. Gianni hatte das Stoffdach zurückgerollt und kaum fuhr der Wagen den Hohlweg hinunter, begann er auch schon inbrünstig zu singen. Als er sein »'O sole mio« schmetterte, schloss Peter die Augen und stellte sich vor, in einer Gondel auf dem Canale Grande in Venedig zu sitzen. Gianni hörte mit seinem Gesang erst auf, als sie auf den Parkplatz des Flughafens Amerigo Vespucci rollten.

»Sagen Sie, Peter, haben Sie sich die Renaissance so vorgestellt?«, fragte er fröhlich.

Peter schaute Gianni misstrauisch an. Sollte sich hinter seinem Chauffeur noch eine Figur jener Epoche verbergen? Boccaccio vielleicht? Oder Nicola Machiavelli?

»Sie sind Gianni, nicht wahr?«, fragte er vorsichtig.

Gianni lachte.

»Wer soll ich sonst sein?«

Peter seufzte zufrieden.

Als er eingecheckt hatte, schaute er sich in einem Zeitungskiosk um. Die internationale Presse war noch immer voll von dem schändlichen Anschlag auf ein unschätzbares Kunstwerk der Renaissance. Peter deckte sich mit einigen englisch- und deutschsprachigen Blättern ein. Nicht alle zeigten ihre Verachtung. Eine deutschsprachige Zeitung zum Beispiel äußerte sich sehr differenziert über die Aktion und beschäftigte sich mit der Rolle des Mortapes-Konzerns und der Frage des Greenwashings.

»Das alles wirft grundsätzliche Fragen auf, nicht wahr?«, hörte er eine Stimme hinter sich sagen. Die Stimme kannte er nur all zu gut.

»Giovanna, wo kommen Sie denn her?«

Sie seufzte.

»Es war gar nicht so einfach, Ihnen zu entwischen. Ihre Reise nach Florenz hatte ich nicht gerade eingeplant. Aber auch, wenn es anders gelaufen ist, als ich es mir ausgerechnet habe, bin ich doch ganz froh darüber, wie alles gekommen ist.«

Peter war völlig verwirrt. Und Giovanna schien sich an seiner Verwirrung auch noch regelrecht zu weiden.

»Schauen Sie nicht so verdutzt. Sie haben Ihren Auftrag zu meiner vollsten Zufriedenheit erfüllt. Durch Sie habe ich Laura Una Petreus gefunden.«

»Wieso habe ich Ihren Auftrag erfüllt? Laura sitzt jetzt im Gefängnis – und Martha auch. «

»Machen Sie sich keine Sorgen. Sie ist auf freiem Fuß – und ihre kleine Freundin ebenfalls.«

Peters Gesicht lief rot an. Was wusste Giovanna? Ahnte sie von der Nacht in dem Wäldchen?

»Was immer auch passiert ist, es ändert nichts an meiner Wertschätzung, lieber Freund«, sagte sie mit warmen Worten und Peter meinte, in ihren dunklen Augen zu ertrinken.

»Die beiden sind auf Kaution frei.«

»Chroseby hat sie rausgeholt?«, fragte Peter völlig fassungslos.

Sie lachte laut auf.

»Wo denken Sie hin? Nein, nein, Chroseby lassen wir da mal schön raus. Ein paar politisch engagierte Kunstfreunde aus New York haben finanziell geholfen. Na, und rausgeholt hat sie hier dann Bernardine. Bernardine Blumenstihl!«

Giovannas Augen leuchteten.

»Sie meinen, Bernardine ...«

»Genau, Peter. Unsere verehrte Kunstexpertin aus Paris. Als sie von der Aktion durch die Medien erfahren hat, suchte sie gleich Kontakt zu Laura Petreus. Da muss sie etwas erfahren haben, was sie dazu bewegte, sich für die beiden einzusetzen.«

Peter konnte es nicht glauben. Jene berühmte und von ihm so geschätzte Kunsthistorikerin setzte sich für Laura und Co. ein! Was hatte sie erfahren? Giovanna schien Peters Frage zu erahnen.

»Vielleicht ist auch ihr Name Programm in dieser Sache. ›Blumenstihl‹ ist direkt aus dem Hebräischen übersetzt und deutet in der jüdischen Tradition auf den während der Nacht blühenden Stiel hin. In Israel ist der Mandelbaum der erste Baum, der nach dem Winter blüht, während die anderen Bäume zu schlafen scheinen ...«

Sollte Bernardine in Lauras Aktion so etwas wie ein Erwachen sehen?

»Aber sie haben die Flora doch ... Ist sie wirklich zerstört?«, Peter war verdutzt.

»Peter, ich möchte Sie noch etwas fragen. Als Sie so ganz alleine in Paris im Louvre vor der Mona Lisa standen, was hatten Sie da für ein Gefühl?«

»Es war großartig, es war einmalig, immerhin, das größte Kunstwerk der Welt ...«, stammelte Peter.

»Und das gleiche Gefühl hatten Sie, als Sie vor Botticellis Primavera standen?«

»Nein. Es war dieses Zusammenspiel. Von Kunst und Natur.«

»Ich verrate Ihnen ein Geheimnis. Hätte dieser italienische Glaser die Mona Lisa nicht geraubt, was wäre dann mit ihr passiert? Ich will es Ihnen sagen. Es gäbe keinen eigenen Raum für die Mona Lisa im Louvre, es wäre eines unter Tausenden von Bildern, natürlich mit einem hohen Stellenwert, etwas wie Dürers Selbstporträt, aber es wäre eben doch nur eines von vielen Renaissance-Gemälden. Erst der Raub hat sie so berühmt gemacht. Und durch das, was passiert ist, ist die Flora mindestens so berühmt geworden. Die Flora wird in Zukunft der Nofretete auf der Museumsinsel echt Konkurrenz machen.«

Peter kratzte sich nachdenklich am Hinterkopf.

»Wann immer Sie in Zukunft über Kunst oder den Wert der Kunst nachdenken, versetzen Sie sich zurück nach Paris, zurück in den Louvre und stellen Sie sich die Mona Lisa vor. Und nun gehen Sie, der Flieger wartet nicht. Wir sehen uns in New York.«

Sie drehte sich um und wollte gehen. Doch dann kam sie noch einmal zurück und drückte ihm eine braune Papiertüte in die Hand. Ein kesses Winken und sie verschwand. Peter betrachtete die Papiertüte und zog eine Schallplatte heraus.

Die Wiedergeburt

Ein sichtlich geknickter Professor Friedemann Mondschai ordnete noch einmal seine Papiere, rückte sein Mikrofon zurecht und blinzelte in die zahlreichen Kameras. Er saß an einem langen Tisch, der in der Cafeteria des Bode-Museums aufgebaut worden war. Neben ihm saß Freiherr Karl-Theodor vom Grumkow, auf der anderen Seite ein Beamter der Kriminalpolizei, eine Staatsanwältin, sowie ein Vertreter des Senats. Mondschai begann mit heiserer Stimme:

»Sehr geehrte Damen und Herren, ich begrüße Sie zu unserer Pressekonferenz. Wie Sie alle wissen, hat eine Gruppe, die sich selbst Floralista oder Zeugen der Flora nennt, in einem barbarischen Akt die Wachsbüste der Flora aus dem Museum entwendet und vor wenigen Tagen bei einem, ich möchte sagen, diabolischen Event vernichtet. Damit endet auch ein Streit, der seit über hundert Jahren unter Kunsthistorikern tobt, nämlich darüber, wer der wahre Schöpfer der Flora war. Stammt sie aus der Werkstatt des Universalgenies Leonardo da Vinci oder ist sie das Werk des weithin unbekannten englischen Bildhauers Richard Cockle Lucas? Leider werden wir das nie erfahren. Dank der Stiftung des Unternehmens Mortapes waren wir der endgültigen Lösung dieses Rätsels sehr nahe. Das alles wirft nun natürlich eine Menge Fragen auf, natürlich auch, wie dieses abscheuliche Verbrechen strafrechtlich zu würdigen ist. Leider werden wir nicht beantworten können, ob ein unbezahlbares Werk da Vincis oder die Skulptur eines eher durchschnittlichen Künstlers aus dem 19. Jahrhundert vernichtet wurde. Darüber müssen am Ende des Tages die Gerichte entscheiden. Ich übergebe nun das Wort an Freiherr von Grumkow von der Mortapes-Stiftung.«

Grumkow nickte lächelnd und begann. »Vorab möchte ich Ihnen mitteilen, dass dies heute meine letzte Amtshandlung im Dienste der Stiftung ist. Zu den Gründen später mehr. Wir alle haben gehört, dass die Büste der Flora zerstört worden ist. Nun, ich darf Ihnen hier eine Ankündigung machen, die Sie alle sehr überraschen wird: Die Flora ist unversehrt.«

Sofort setzte ein aufgeregtes Tuscheln ein. Mondschai fuhr herum: »Was sagen Sie?«

»Ich habe Ihnen einen Gast mitgebracht, der das bestätigen wird. Es handelt sich um Mister Peter Falcon aus New York, der für das Ihnen allen bekannte Auktionshaus Chroseby tätig ist und als Sachverständiger Kunstwerke auf ihre Echtheit überprüft.«

Die Tür ging auf und Peter kam herein. Ein Mikrofon wurde neben dem Tisch bereitgestellt. Peter trat heran: »Guten Tag, meine Damen und Herren. Es ist richtig. Ich habe die Flora gesehen. Allerdings dürfen Sie mich nun nicht fragen, ob sie echt ist oder nicht, denn die Frage, ob sie von da Vinci oder Lucas stammt, konnte bislang ja auch niemand stichhaltig beantworten. Vielleicht sollten Sie sich einfach selbst ein Bild machen.«

Peter gab ein Handzeichen. Paul schob einen Wagen herein, auf dem geschützt unter einer Glasvitrine unverkennbar die Flora stand. Aus dem Tuscheln wurde ein lautes Geraune. Peter versuchte, sich wieder Gehör zu verschaffen.

»Aber bitte, meine Damen und Herren. Beruhigen Sie sich wieder. Ich war selbst Zeuge an diesem Morgen, als eine Wachsbüste der Flora in Vinci dahinschmolz. War es die echte? Oder war es eine Kopie, wie diese?«

Wieder winkte er und diesmal schob Laura einen Wagen herein, auf dem ebenfalls eine Vitrine mit der Flora-Büste stand. Sie war von der ersten nicht zu unterscheiden. Aus dem Geraune wurde ein tumultartiges Toben.

»Ruhe bitte, Ruhe. Ich muss gestehen, dass ich mit bloßem Auge keinen Unterschied feststellen kann. Leider kann ich Ihnen auch nicht sagen, ob es sich bei beiden Büsten um eine Kopie handelt oder ob eine davon die echte Flora ist.«

Nun war es an Martha, die letzte Flora in den Raum zu schieben. Fotografen stürzten sich vor die drei Vitrinen, um Bilder zu machen. Journalisten zückten ihre Handys um ihre Redaktionen zu informieren. Mondschai, mit hochrotem Kopf, sprang auf und brüllte: »Was soll dieses Theater?«

Grumkow zog ihn am Arm wieder auf seinen Stuhl.

»Wenn Sie sich alle wieder beruhigt haben, kann vielleicht Mister Lucas einiges erklären. Er ist der Ururenkel von Richard Cockle Lucas, den manche als den wahren Schöpfer der Büste ansehen.«

»Was soll der uns schon sagen?«, schrie Mondschai. »Die Briten versuchen seit über hundert Jahren, uns die Flora wegzunehmen.«

»Lassen Sie ihn doch einfach mal zu Wort kommen. Sie haben sicher gleich die Möglichkeit, fundiert darauf zu antworten«, versuchte Grumkow ihn zu besänftigen.

Paul kam ans Mikrofon.

»Mein Name ist Paul Dix Lucas und es stimmt, ich bin der Ururenkel von Richard Cockle Lucas, was aber nicht bedeutet, dass ich automatisch der Auffassung bin, dass mein Vorfahr der Urheber jener Figur ist. In der Tat glaube ich sogar, dass er es nicht ist und wir lediglich einen einigermaßen missglückten Rekonstruktionsversuch vor uns sehen. Ich bin mit dieser Geschichte aufgewachsen. Und eines habe ich mich immer gefragt: Wenn eine solche Figur gegossen wird, dann muss es eine Vorlage geben. Entscheidend ist doch, wer die Vorlage geschaffen hat und das kann durchaus Leonardo da Vinci gewesen sein. Und wenn er es war, hat er diese Büste in die Form gegossen? Einer seiner Schüler? Ein Epigone Jahrzehnte oder gar Jahrhunderte später? Ich habe die letzten zehn Jahre meines Lebens damit verbracht, die Form ausfindig zu machen. Und tatsächlich ist es mir gelungen. Dabei habe ich auch von dem Datierungsprojekt erfahren und mitbekommen, wer es unterstützt. Und so reifte dieser Plan. Ich habe die ursprüngliche Form reproduziert und mit der neuen Form drei exakte Nachbildungen geschaffen. Also gab es nun vier Büsten der Flora. Eine, das stimmt, ist geschmolzen. Die Frage, die Sie sich alle stellen, ist: War das, was geschmolzen ist, das, nennen wir es mal, Original oder war es eine Kopie? Das werden Sie vermutlich nicht erfahren. Nach allem, was ich weiß, hat bislang kein technisches Verfahren wirklich Aufschluss über die Herkunft der ersten Flora geben können.«

Inzwischen war es mucksmäuschenstill geworden.

»Allerdings werden sowohl das Bode-Museum, als auch Mortapes ein großes Interesse an der Originalform haben. Die befindet sich nun allerdings in meinem Besitz. Im Namen der Floralistas möchte ich heute ein Angebot machen: Wir werden diese Form dem Bode-Museum und der Mortapes-Stiftung zur Verfügung stellen, wenn sich Mortapes bereit erklärt, binnen eines Jahres sein Produkt Clean B vom Markt zu nehmen und durch ein für die Umwelt und Gesundheit unbedenkliches Produkt zu ersetzen. Darüber hinaus verpflichtet sich Mortapes, Imker großzügig zu entschädigen, die durch Clean B in ihrer Existenz bedroht wurden, sowie einen Fonds einzurichten, der der Forschung rund um das Thema Bienengesundheit zu Gute kommt. Was meinen Sie, Herr von Grumkow?«

Grumkow räusperte sich. »Ich habe bereits einen Bericht verfasst, in dem ich dem Unternehmen dringend rate, im eigenen Interesse auf diesen Vorschlag einzugehen, und ihm mein Kündigungsschreiben beigelegt.«

Wieder setzte lautes Getuschel ein. Peter sah zu Grumkow hinüber, der den Kopf nun abwandte und zum Fenster hinausblickte. Auf seinem Mund zeigte sich mit einem Mal ein Lächeln. Peter folgte Grumkows Blick.

Über die Scheibe krabbelte eine Biene.

Epilog

Zum wiederholten Male setzte Peter die Nadel gekonnt auf den Anfang der Schallplatte.

»Sie haben wirklich besondere Fähigkeiten« hauchte eine Stimme, die zu Giovanna Ferrara gehörte. Es knisterte. Des-Dur. Es, C und B.

Tall, and tan, and young, and lovely
The girl from Ipanema goes walking
Each one she passes goes, »Ah«

When she walks, she's like a samba
That swings so cool and sways so gently
That when she passes
And when she passes, he smiles

Das Lied beschrieb einen einmaligen Moment, so wie er sich wohl vor langer Zeit in der Rua Montenegro in Rio de Janeiro abgespielt hatte.

Rund sechzig Jahre später, 7759 Kilometer weiter nördlich, irgendwo in einem New Yorker Apartmenthaus, öffnete Peter eine Flasche Wein, die er für diesen Moment aus Italien mitgebracht hatte.

Gab es eine Formel für Glück?

ENDE

Nachwort: Dichtung und Wahrheit

Der Roman »Die Göttin, die von Blüten träumte« ist natürlich eine Fiktion. Einige Begebenheiten der Geschichte sind an die Dreharbeiten zu den Filmen »Leonardo da Vinci und die Flora Büste« von Margarete Kreuzer und »Botticelli« von Grit Lederer angelehnt. An dieser Stelle gilt ein ganz besonderer Dank an sie, an so schönen Filmen mit ihnen gearbeitet haben zu können.

Die meisten der historischen Fakten im Buch sind richtig.

So erhob der Sohn des englischen Künstlers Richard Cockle Lukas den Anspruch, dass die Büste der Flora von seinem Vater geschaffen worden sei. Dass Wilhelm von Bode die Wachsbüste der Flora tatsächlich in London für 150 000 Reichsmark erstanden hatte, ist jedoch ebenso eine Tatsache, wie der über ein Jahrhundert währende Streit der Kunstkritiker über die wahre Urheberschaft dieser Büste. Auch die wissenschaftliche Untersuchung der Flora in den letzten Jahren mit einer immensen finanziellen Zuwendung der Privatindustrie ist eine Tatsache. Einen vergleichbaren Fall von Greenwashing, wie im Roman beschrieben, hat es im Falle der Flora aber nicht gegeben.

Auch der Teilchenbeschleuniger unter dem Louvre ist keine Fiktion. Er liegt fünfzehn Meter unter der berühmten Glaspyramide und heißt AGLAÉ. Die Untersuchungen der Flora konnten allerdings tatsächlich keine abschließende Erkenntnis über die Urheberschaft der Figur bringen.

Die Villa Schifanoia in Fiesole gibt es noch. Allerdings beherbergt sie kein Gästehaus, sondern das europäische Universitäts-Institut.

Herman Melville hat tatsächlich auf Walfang-Schiffen gearbeitet. Allerdings war seine Karriere als Walfänger nicht eben besonders ruhmreich. 1841 stach er mit dem Walfänger *Acushnet* erstmals in See. 1842 desertierte er auf der zu den Marquesas gehörenden Insel Nuku Hiva, weil er die Zustände an Bord nicht mehr aushielt. Er probierte es noch einmal auf dem Walfänger *Charles and Henry*, musterte aber in Hawaii ab. England besuchte er erstmals 1849.

Auch den sogenannten Aufstand der Wale hat es gegeben. Der Angriff der *Exeter* sowie die Darstellung der historischen Personen entsprechen den Tatsachen.

Aby Moritz Warburg (1866–1929) war ein deutsch-jüdischer Kunsthistoriker und Kulturwissenschaftler. Gegenstand seiner Forschung war das Nachleben der Antike in den unterschiedlichsten Bereichen der abendländischen Kultur bis in die Renaissance.

Für das »Girl from Ipanema«, das der Text von Vinícius de Moraes besingt, hat es ein reales Vorbild gegeben. Heloísa Eneida Menezes Paes Pinto (*1945), kurz Helô, wohnte in der Rua Montenegro. Auf ihren alltäglichen Wegen kam sie regelmäßig an der bevorzugten Bar der Bossa-Nova-Musiker vorbei und erntete ein Pfeifkonzert.

Alle handelnden Personen und Darstellungen sind dagegen frei erfunden und entsprechen keinen lebenden oder verstorbenen Personen.